KB030086

이둔의 기억

MEMORIAS DE IDHÚN

제2부 트리아다

MEMORIAS DE IDHÚN-TRÍADA
by Laura Gallego García

Copyright © Laura Gallego García, Ediciones SM, 2005
Korean Translation Copyright © 2009 by Munhakdongne Publishing Corp.
All rights reserved.

This Korean edition was published by arrangement with
Ediciones SM through Imprima Korea Agency.

이 책의 한국어판 판권은 Imprima Korea Agency를 통해
Ediciones SM과 독점 계약한 (주)문학동네에 있습니다.
저작권법에 의해 한국 내에서 보호를 받는 저작물이므로
무단 전재와 무단 복제를 금합니다.

이 도서의 국립중앙도서관 출판시도서목록(CIP)은
e-CIP 홈페이지(http://www.nl.go.kr/cip.php)에서 이용하실 수 있습니다.
(CIP제어번호: CIP2009001014)

MEMORIAS DE IDHÚN

이둔의 기억

6

제2부 트리아다

제2권 예정된 운명 II

라우라 가예고 가르시아 장편소설 | 고인경 옮김

문학동네

차례

M E M O R I A S   D E   I D H Ú N

제6권 예정된 운명 II

제5권 예정된 운명 I

제6권

예정된 운명 II

9

셉티모 신의 예언

전날 오후부터 알렉산더를 본 사람은 아무도 없었다. 그는 해가 저문 직후 자리를 떴고, 지금은 정오가 거의 다 되었다. 덴얄은 알렉산더를 찾아 그의 방으로 갔지만, 문이 닫혀 있었다. 알렉산더는 문 너머에서 몸이 조금 좋지 않지만, 곧 다시 나와서 일을 할 거라고 대답했다.

그날 아침, 덴얄은 알렉산더를 대신했다. 배워야 할 것과 가르쳐야 할 것들이 산더미처럼 쌓여 있었다. 덴얄은 내심 최후의 용이 죽었고 예언이 실현되지 않을 마당에 아무 소용 없는 짓이라고 생각했지만, 하나로 똘똘 뭉친 대부분의 사람들은 불굴의 신념으로 용이 돌아올 거라고 굳게 믿고 있었다.

덴얄은 자신이 예언을 믿고 있는지 더이상은 알 수가 없었다. 하지만 알렉산더에 대해서는 믿고 있었다. 그는 석 달이 조금 넘는 동안, 누에보스 드라고네스가 오랜 세월에 걸쳐 이룬 것보다 더 많은 성과를 거두었다. 알렉산더가 지휘를 맡는다면, 어느 누구도 본 적이 없는 황금용이 돌아오기를 기다리는 쪽보다는 아슈란을 무찌를 여지가 더 많다는 생각이 들 때도 가끔 있었다.

그래서 그는 그날 아침 자신이 알렉산더를 대신해야 한다는 생각에 불안한 마음이 들었다. 덴얄은 알렉산더가 몸이 조금 좋지 않다고 의무를 소홀히 할 사람이 아니라는 걸 잘 알고 있었다.

샤일 역시 이상하다는 생각이 들었다. 하지만 그는 덴얄과 달리 친구가 대체 무슨 일로 방에 틀어박혀 있는지 바로 짐작이 갔다. 그는 세번째 해가 떠오른 직후 알렉산더를 찾아갔다.

문은 잠겨 있었지만, 샤일은 아무 문제없이 문을 열고 방 안으로 들어가, 문을 살짝 닫았다.

"알렉산더? 괜찮아?"

희미하게 으르렁거리는 소리가 들려왔다. 샤일은 친구가 구석에 몸을 웅크리고, 두 손으로 얼굴을 가리고 있는 모습을 보았다. 조금 더 가까이 다가가자 알렉산더가 쉰 목소리로 가로막았다.

"다가오지 마."

샤일이 심호흡을 했다.

"알렉산더, 뭐하는 거야? 벌써 해가 중천이라고!"

알렉산더가 고개를 들자, 샤일은 어쩔 수 없이 한 걸음 뒤로 물러섰다. 그의 얼굴은 인간과 야수가 뒤섞인 기이한 모습이었다.

마법사는 진정하려고 애썼다. 이런 모습은 이미 본 적이 있다. 누르곤으로 돌아온 지 얼마 되지 않아, 일레아가 지난번에 보름달이 되었을 때였다. 날짜를 계산해보니, 중간 달이 다시 만월이 될 날도 얼마 남지 않았다. 하지만 알렉산더가 영향을 받는 건, 달이 뜨는 밤이라고만 생각했고, 낮에도 이렇게 될 줄은 꿈에도 몰랐다.

샤일이 걱정스런 표정으로 물었다.

"일레아 때문이야? 며칠 더 있어야 보름달이 될 테니 아직은 괜찮을 거라고 생각했는데."

알렉산더가 으르렁거렸다.

"정확히 앞으로 삼 일이지. 하지만 그것 때문만은 아니야. 삼 일 후에 무슨 일이 일어날지 알고 있어?"

샤일이 곰곰이 생각했다.

"일레아가 만월이 되는 것 말고? 정확히 모르겠는데, 오늘이 며칠인지도 잘 모르겠어."

알렉산더가 목 안 깊숙이 울리는 목소리로 대답했다.

"샤일, 삼 일 후면 올해의 마지막 밤이 되는 거라고."

샤일은 앞뒤를 꿰맞춰보았다.

"마지막 밤이면…… 세상에, 신들이시여!"

알렉산더가 미소를 지었다. 불길한 미소였다.

"그래. 모든 신들과 여신들, 그리고 빌어먹을 세 달 같으니."

샤일은 맥이 빠져 털썩 주저앉았다. 그는 고개를 들어 진지한 표정으로 알렉산더를 보았다.

"사흘 뒤면 일레아는 물론이고, 아예아도, 에레아도 만월이 되는군. 잠깐만! 삼 일 뒤 에레아가 보름달이 되는 거라면, 그 말은 이미 날짜가……"

그는 머릿속으로 재빨리 계산했다.

"지난번 만월 이후 칠십사 일이 지났다는 말이잖아. 우리가 이 둔에 머무른 지 벌써 그렇게 된 거야?"

"그래. 그때 자넨 신전으로 가고 있었지. 난 바니사르에서 잔뜩 놀랐을 때였고."

"그날 밤 무슨 일이 있었지?"

알렉산더의 머릿속에 암린이 그들을 배신하고 에이세슈에게 넘겼던 그날 밤의 장면들이 스치듯 지나갔다. 그는 별안간 변신했었고, 그후 무슨 일이 있었는지는 기억하지 못했다. 알레그라는 이렇게 말했다.

"모르는 편이 나을 거야."

긴장감 어린 침묵을 깨고 샤일이 중얼거렸다.

"올해의 마지막 날. 즉 세 달이 다 보름달이 되는 거군."

"그날 밤이 되면 내가 어떻게 될지 생각조차 하기 싫어. 내 주위 사람들에게 무슨 일이 일어날지도 그렇고."

마법사도 중얼거렸다.

"나도 싫다. 이제 어쩔 거야?"

"모르겠어. 알레그라에게 말했더니 해결책을 찾아보겠다고 했어. 하지만 시간이 너무 빨리 지나갔고, 우린 누르곤을 복구하느라 정신이 없었지."

샤일이 고개를 끄덕였다.

"그리고 알레그라는 아직 슈르 이카일에서 돌아오지도 않았어. 알렉산더, 다른 일은 그렇게 용의주도하고, 잘 챙기면서……" 샤일이 한숨을 내쉬었다. "음력 계산을 제대로 못 하다니 놀랍군."

알렉산더가 시선을 피했다.

"아무리 시간이 지나도 나한테 일어난 일들을 받아들이기는 아직 힘들어. 특히 우리가 이둔으로 돌아온 이후부터는 말이야. 모든 게 너무나 익숙하면서도 너무나 달라……아무것도 변한 게 없는 것처럼 행동하려고 하지만, 그래도 속으로는 우린 우리 고향에서조차 이방인인 셈이지. 넌 가끔씩 그런 기분 안 들어?"

샤일이 고개를 끄덕였다.

"그래, 그런 기분이야. 하지만 그럴 때면 잭과 빅토리아를 떠올리지. 전혀 알지도 못하는 세상에서 그애들이 어떤 기분이었을지 생각하지 않을 수 없어."

새삼 침묵이 흘렀다. 알렉산더가 말했다.

"가끔은 그 셰크의 말이 맞다는 생각이 들어. 우리는 그 문을 넘어서지 말아야 했어. 우리가 림바드에 계속 있었다면 잭도 아직 살아 있을 거야. 그리고 너도 다리를 잃지 않았겠지."

"그때는 해야 할 일을 한 거야. 지금처럼 말이지. 하루 종일 여기 있을 셈이야? 우리 편 사람들한테는 네가 가끔씩 보기 흉한 모습을 하고 있다는 게 놀라운 일은 아니잖아."

알렉산더가 억지로 미소를 지었다.

"내가 통제력을 잃을까봐 두려워서 그래. 지금, 낮에는 이렇게 있을 수 있지만……밤이 되어 달이 뜨면 무슨 일이 벌어질까?"

샤일은 잠시 입을 다물었다가 대답했다.

"콰이다르를 찾아볼게. 그라면 뭘 해야 할지 알 거야."

"샤일, 좋은 생각 같지는 않은데."

"그래, 콰이다르가 너를 못 미더워하는 건 알지. 하지만 그는 대마법사야. 그의 힘으로도 너를 도울 수 없다면 누구도 불가능할걸. 내 말 이해하지?"

알렉산더가 고개를 끄덕였다.

샤일은 조심스럽게 문을 닫으며 방을 나갔다. 몹시 근심에 잠겨 있던 그는 문 바깥쪽 구석에 웅크린 채 두 사람의 대화를 주의깊게 엿듣던 그림자를 미처 발견하지 못했다.

'세 달의 만월.'

세시스가 생각에 잠긴 채 되뇌었다.

둘은 이제는 썰물이 빠져나간 지하실에 있었다. 방해할 사람은 아무도 없었다. 전날 밤 싸움을 치렀으니 빅토리아는 두 번 다시 이곳으로 내려오지 않을 테고, 크리스티안은 위층의 홀에 틀어박혀 하루 종일 코빼기도 보이지 않았다.

그리고 탑에 있던 나머지 사람들은 모두 떠나고 없었다. 빅토리아는 마법사들과 이야기를 나눈 후 원한다면 떠나도 좋다고 말했다. 최후의 유니콘의 눈을 바라본 이후에 그들 중 누구도 더이상 아슈란과 한편이 되고 싶어하지 않았다. 하지만 저항군에 가담할 용기도 없었다.

오직 한 인간 마법사만이 루나리스 아가씨 곁에서 싸우며, 예전에 자신의 군주였던 네크로맨서로부터 유니콘을 지키겠다고 말했다.

잭은 그와 은밀히 이야기를 나누고, 정말로 그들을 위해 뭔가 하고 싶다면 누르곤으로 달려가 알렉산더에게 메시지를 전해달라고 부탁했다. 그와 빅토리아가 아직 살아 있다고, 무사하다고. 그리고 무엇보다, 세 달의 만월에 무슨 일이 일어날지 반란군에게 알려야 한다고 했다. 아와 숲의 보호막이 깨어질 때야 그걸 알게 된다면 아무 소용도 없겠지만 최소한 경고라도 해야 했다.

마법사는 세번째 해가 떠오른 후 떠났다. 그는 탑을 떠난 마지막 사람이었다.

그리고 지금은 그들 셋, 잭과 크리스티안, 빅토리아만이 거대하고 황량한 카슬룬 탑에 남아 있을 뿐이었다. 하지만 잭은 셰시스가 가까이 있으니 안전하다고 생각했다. 그런 생각 자체가 말도 안 되는 것이며, 자신의 본능은 여전히 셰크를 믿어서는 안 된다고 속삭이고 있음에도 불구하고. 하지만 그 혼돈의 세상에 떨어진 후, 오직 셰시스만이 그의 마음속에 생겨난 모든 문제에 답해주었다.

잭이 소곤거렸다.

"아슈란이 다시 천체의 힘을 이용하려고 해. 하지만 이해가 안 되는 게 있어. 천체결합처럼 어마어마한 일을 벌일 힘이 있다면, 왜 지금까지 요정의 보호막에 대해 아무 조치도 안 한 거지?"

'그자가 천체결합을 일으켰다면, 다시 힘을 쌓기 위해 지금까지 몇 년이 필요했던 게 당연하지. 난 마법에 대해서는 잘 모르지만, 그게 무궁무진하지 않다는 건 알아. 그의 능력이 제 아무리 크다 해도, 우마둔의 문을 열고, 천체결합을 일으키자면 분명 엄청난 힘을 소모해야 했을 거야. 하지만 이젠 힘을 회복하면서 많은 시간을 보냈고, 한편으로는 새로운 마법의 근원도 접수하게 된 셈이지.'

잭은 무슨 말인지 알아들었다.

"드락웬 탑을 말하는 거군. 탑이 에너지를 다시 빨아들인 후, 더 막강해진 거야. 수 년 동안 애써왔던 카슬룬 탑의 정복도 불과 며칠 만에 이뤄냈고. 아직 아와 숲의 보호막은 어쩔 수 없지만…… 하지만 바로 세 달이 만월이 되고, 그 힘이 그자의 마법과 합쳐지면 가능하다는 말이네."

'맞았어. 그리고 너희들이 그자와 대결을 벌여야 하는 날이 바로 그날이라는 그 하이브리드 녀석의 말에도 동의하는 바야. 그 날 밤 예언이 실현되겠지. 꼭 실현되어야 한다면 말이다.'

잭이 몸을 꼿꼿이 세웠다.

"하지만 세 달의 만월까지는 겨우 이틀 반 남았어. 크리스티안이 컨디션을 회복할 수 있을지 모르겠어."

셰시스가 넌지시 말했다.

'그렇다면 그냥 둬. 허약하다면 짐밖에 되지 않을 테니까.'

"그렇게 할 순 없어. 아슈란을 무찌르기 위해서는 그가 필요해. 여교왕과 대마법사의 의견과는 달리, 난 예언이 크리스티안에 대해 언급한 부분이 아직 실현되지 않았다고 생각해."

셰시스가 몸을 곧추 세우며 관심을 나타냈다.

'예언이 키르타슈를 언급했다고? 그런 말을 한 적이 없잖니.'

"알고 있는 줄 알았어. 내가 아는 건, '오직 용과 유니콘만이 아슈란을 무찌를 수 있을 것이다. 그리고 셰크가 그들에게 문을 열어줄 것이다' 라는 말뿐이야."

'마지막 부분은 모르고 있었어.'

"사제들이 비밀에 부쳤기 때문이지. 우리도 마지막 순간까지 몰랐어. 물론," 잭이 별안간 덧붙였다. "그 셰크가 반드시 크리스티안이어야만 하는지는 모르겠어. 당신이 될 수도 있겠지, 셰시스. 나를 이둔으로 돌아오게 하는 문으로 이끌어주었고……"

셰시스가 말을 잘랐다.

'조용, 얘야. 생각을 할 수 없구나.'

입을 다문 잭은 조금 마음이 상했다. 하지만 셰시스가 깊은 명상에 잠겨 두 눈을 감은 채 고개를 갸웃거리는 모습을 지켜보니 노여움이 사라졌다. 잭은 뭔가 일이 심각하다는 걸 깨달았다.

머릿속에서 셰시스의 목소리를 다시 듣기까지는 한참을 기다려야만 했다.

'예언은 신들의 명령이야. 여섯 신들은 용과 유니콘에게 아슈란의 위협에 맞서, 그자와 싸우라고 명령을 내렸지. 그래서 아슈란이 용과 유니콘을 모조리 죽인 거고. 하지만 셰크들은 내버려 두었어.'

"당연하지. 동맹이잖아. 아슈란은 그 예언을 몰랐던 거야."

셰시스가 무지갯빛으로 번득이는 눈으로 잭을 응시했다.

"그게 확실하니?"

잭은 입을 다물고 당황해했다. 셰시스가 말을 이었다.

'절대로 적을 과소평가해서는 안 된다, 잭. 과연 여섯 신들이

셰크에게 그러라고 명령을 내릴 수 있을까?'

"그런 일을 하는 게 신들이잖아."

'잭, 잭, 내가 가르친 걸 떠올려보렴. 이 전쟁에서 싸우는 신들은 각각 자기 장기 말만 움직일 수 있어. 상대방의 말이 아니라.'

그게 무슨 뜻인지 이해한 잭은 다리가 후들거려 쓰러지지 않도록 벽을 짚어야만 했다.

"그럴 리가 없어."

잭이 중얼거렸다.

'신탁은 신들의 목소리다. 모든 신들의 목소리지, 잭. 일곱 신 모두의 목소리라고.'

잭은 침을 삼키고 눈을 감았다.

"당신들의 신인 셉티모 신 역시 예언을 했다는 거야? 크리스티안의 개입이 그의 작품이라고? 하지만 그건 아무 의미도 없어! 그럼 왜 '셰크가 그들에게 문을 열어줄 것이다'라고 한 거지? '셰크가 그들을 파괴할 것이다'라고 하지 않고."

'여섯 신들이 이미 첫번째 예언을 했고, 그 예언을 없앨 수 없었으니까.'

"그럼 그게 첫번째 예언에 맞서기 위한 예언이라는 말이야? 아니면 예언이 우리에게 두 가지로 알려진 거라는 말이야?"

'두 가지 다야. 온혈생물들의 사제들이 예언의 마지막 부분을 왜 숨겼을 거라고 생각하니?'

잭은 무슨 말인지 알아들었다.

"그 예언을 나중에 들었기 때문이겠지. 예언이 원래부터 용과 유니콘, 셰크 모두에 대해 말했더라면, 사제들조차 예언의 진실성을 의심했을 거야. 루나리스와 나를 구하려고 그렇게 서두르지도 않았을 거고. 하고 싶은 말이 그거야?”

‘신들의 계획은 뒤죽박죽이라 이해하기가 어렵지. 하지만 분명히 의미는 있어. 이제야 무슨 일이 있었는지 알겠구나……’

“말해줘, 제발.”

잭이 안달하며 졸라댔다.

‘아슈란은 새로운 전쟁의 장군으로, 이둔의 새 사제로 셉티모에 의해 선택되었지. 하지만 여섯 신들은 위험을 알아차리고 용들에게 공격하라고 명령을 내린 거야. 유니콘들도 예언을 통해 차례로 부름을 받았지.’

잭은 드락웬 탑을 공격하는 수백 마리의 용과 탑에 가까이 다가가는 수백 마리의 유니콘을 상상했다.

‘신들의 명령은 철회할 수 없어. 용과 유니콘이 전쟁터에 보내졌다면, 아무리 셉티모 신이라도 멈추라고 명령할 수 없었던 거지. 오로지 한 가지 선택만 있을 뿐이야. 즉 그들을 파괴하는 일. 그래서 아슈란은 싸움이 시작되기 전에 그들을 없애려고 천체를 이동시킨 거야. 그리고 우리 셰크들을 끌어들인 거고.’

“한 번에 두 가지 일을 한 거구나.”

잭이 중얼거렸다.

‘하지만 아슈란은 온혈생물들을 과소평가했지. 온혈생물들이 너희 둘을 구했으니까. 그제야 그는 예언이 어떻게든 실현되리라는 것을, 너희가 그자와 대결을 벌이게 될 거라는 사실을 안 거야. 예언을 물릴 수는 없지만, 수정하려고 시도해볼 수는 있었지. 그래서 자기 신에게 애원했고, 그 간청이 받아들여진 거야. 셉티모 신이 자신의 예언을 만들어낸 거지. 그런 뒤, 너희 사제들은 신탁의 목소리에 변화가 있다는 걸 알았지만, 그걸 어떻게 해석해야 할지 몰랐던 거야. 그래서 이 사실을 숨긴 거야.'

잭이 이해했다.

"예언은 본질적으로는 같은 거였어. 셉티모 신은 예언을 바꿀 수 없었지만, 그래도 뭔가를 덧붙일 수는 있었지. 하지만 뭣 때문에 우리에게 문을 열어주라고 크리스티안을 보낸 거지?"

'한쪽으로만 생각하지 마. 문을 열고, 길을 제시하는 것…… 그 하이브리드 셰크는 너희의 길잡이가 될 운명을 타고난 거야, 잭. 그리고 그 일을 예전부터 해오고 있는 거고.'

잭은 무슨 말인지 알아듣고, 등골이 오싹했다.

"크리스티안의 진짜 임무는 우리를 아슈란에게 이끄는 거군. 무엇 때문이지? 우리가 아슈란을 무찌르게 하려고?"

'그를 무찌르는 일이 정말로 그렇게 간단할 거라고 생각하는 게냐? 아니, 얘야. 승부는 완벽했어. 너희가 그자에게서 빠져나가자, 아슈란은 뒤쫓아 셰크를 보냈어. 아슈란은 너희를 죽이라고 명령을 내렸지만, 예언에 대항하여 싸울 수 없다는 것을 깨달은 셉티모의 목소리가 그에게 이렇게 소곤거렸지. 그애들을 다시 데려오라고. 아슈란과 셉티모는 너희들의 본능이 예언보다 더 강해지길 기대했어. 너와 키르타슈가 어쩔 수 없이 맞서게 될 거라는 사실을 알고 있었으니까. 그애는 너보다 더 많은 준비를 했고,

그래서 아무리 예언이 있다 해도 키르타슈가 결국 널 죽일 거라고 계산한 거야.'

"하마터면 그럴 뻔했지."

잭이 나지막이 중얼거렸다. 하지만 셰시스의 말은 아직 끝나지 않았다.

'……그래봤자 세상에 남은 최후의 유니콘은 없애지 못할 거라는 걸 잘 알면서도 말이야.'

잭은 그대로 얼어붙고 말았다.

"크리스티안이 빅토리아를 죽이지 못할 거라는 사실을 아슈란이 미리 알았단 말이야? 말도 안 돼. 크리스티안이 배신했다는 사실을 알고는 고문까지 했다고!"

'정말로 그랬니? 좋아, 그자가 크리스티안을 벌한 게 네 목숨을 살려주어서가 아니라 유니콘을 사랑했기 때문이라고 확신하는 거냐?'

잭은 그 점을 곰곰이 생각했다.

"크리스티안이 날 죽일 기회가 있었는데 그러지 않았다는 건 어떻게 알았어?"

'뻔하지. 그 당시 넌 그애를 상대할 준비가 되지 않았을 거야. 한번쯤은 네 목숨을 살려줬겠지. 그러지 않았다면, 지금 너는 죽은 목숨이었을 테니까.'

고개를 돌린 잭은 언짢아했다. 하지만 크리스티안이 알레그라의 정원에서 자신과 빅토리아, 두 사람을 한꺼번에 죽일 기회가 있었는데도 그러지 않았던 일이 생생하게 떠올랐다.

'아슈란은 너희 둘을 죽이라고 명령했지. 예언은 너희를 아슈란에게 데려오라고 했고. 그러니 키르타슈는 이것도 저것도 하지 않은 셈이야. 널 죽였더라면 자기 임무를 완수했겠지. 너희를 아슈란에게 넘겨도 마찬가지고. 하지만 유니콘에 대한 감정 때문에 그 명령에 따르지 못한 거야. 말해보렴, 그래서 아슈란의 처벌이 효과가 있었니?'

"그런 것 같아. 크리스티안은 우리를 배신하고 빅토리아를 자기 아버지에게 넘겼었지. 빅토리아 말이, 그때 아슈란이 크리스티안의 내면에 있는 셰크의 힘을 더 키웠다고 했어. 그러다 자기 아들을 죽일 뻔했다고."

'놀랄 일도 아니군. 인간의 감정이 그를 너무 나약하게 만드니까. 그 때문에 키르타슈가 네 목숨을 살려준 거야. 그가 다시 셰크가 되지 않았다면, 아슈란에겐 쓸모가 없었을 테지. 그랬다면 아마도 그 녀석을 죽였을걸, 그렇고말고.'

"하지만 자기 아들이잖아."

잭이 작은 소리로 말했다.

'세상의 모든 유니콘들을 능히 죽일 수 있는 자가, 아무리 자기 아들이라고는 해도 절반은 셰크인 놈을 죽이는 데 가책을 느낄 거라고 믿는 거냐?'

"그렇겠네."

잭이 한숨을 내쉬며 중얼거렸다. 하지만 그러면서도 그는 세시스가 방금 전, 아슈란이 저지른 범죄를 하나하나 읊을 때, 용들을 전멸시킨 일은 일부러 빼놓았다는 사실을 놓치지 않았다. '증오와 본능' 때문이다. 잭은 서글픈 마음이 들었다.

'생각해봐, 잭, 예언에서 키르타슈의 역할이 뭔지. 그 녀석의 아버지가 지시한 일을 생각해보라고. 그리고 신탁을 통해 셉티모 신이 요구한 일을 생각해봐.'

잭은 곰곰이 생각했다.

'용과 유니콘을 죽여라.'

'그들을 데려와라.'

잭은 무슨 말인지 알아들었다.

"나를 죽이고, 빅토리아를 데려가야만 했던 거군. 그애를 아슈란에게 넘기는 거지."

'맞아. 빅토리아는 이 세상 최후의 유니콘이야. 믿기 힘든 능력을 보유하고 있지. 아슈란은 자기 자신을 위해 빅토리아를 얻으려는 거야.'

"하지만 빅토리아를 죽이려고 게르데를 보냈잖아."

'게르데? 네 기억 속에서 이미지가 보이는구나. 요정이군. 아무리 아슈란이라 해도, 요정 하나가 너희 용과 유니콘을 무찌를 수 있다고 생각할 정도로 멍청하지는 않다. 분명 다른 목적으로 보냈을 게야.'

잭은 게르데의 개입으로 저항군에 어떤 일이 일어났는지를 돌이켜 생각해보았다. 빅토리아의 말로는, 아슈란에게 빅토리아가 유니콘이라는 사실을 알린 게 바로 게르데였다고 했다. 그것은 당시엔 빅토리아 자신조차 모르던 일로, 크리스티안은 자기 아버지에게 그 사실을 숨기고 있었다.

그런 뒤, 게르데와 트라스고들이 알레그라의 저택을 공격했고, 그러는 동안 크리스티안은 아슈란에게 야만적인 고문을 당했다. 그때 빅토리아가 셰크의 반지를 끼고 있던 게 기억났다. 그 반지를 통해 빅토리아는 지구 너머 수천 개의 세상을 지나, 드락웬 탑에 붙잡혀 있는 셰크의 고통을 생생하게 느낄 수 있었다.

빅토리아가 저항군과 함께 싸우고, 저택을 지키기 위해 반지를 뺐던 것도 기억났다. 그리고 빅토리아는 그녀가 반지를 빼는 바로 그 순간 크리스티안을 잃었고, 그가 다시 키르타슈로 변한 거라고 믿었다.

잭이 곰곰이 생각했다.

"반지가 두 사람을 이어주었던 게 사실이라면, 아슈란은 빅토리아가 반지를 뺐을 때 키르타슈 안의 셰크를 회복시킨 거야. 다시 말해, 우리의 정신을 딴 데 돌리려고 게르데를 보낸 거지. 빅토리아가 싸우느라 어쩔 수 없이 크리스티안을 포기하게 하려고 말이야."

잭은 속으로 덧붙여 생각했다.

'그리고, 그렇게 하지 않았더라면, 십중팔구 크리스티안은 끝까지 저항했을 거야. 그랬다면 아슈란은 그를 죽여야만 했겠지.'

잭은 치가 떨렸다.

"알레그라의 말이, 빅토리아를 납치해간 건 키르타슈의 아이디어라고 했어. 아슈란은 빅토리아를 죽이려고 했었고."

'아마도, 그럴 수도 있지. 하지만 아슈란이 가장 바라는 건 바로 잭, 네가 죽는 거였어. 아슈란은 마지막 순간까지도 빅토리아

에게 손대는 걸 미룰 거다.'

"왜?"

'아, 모든 마법사의 꿈이니까. 유니콘을 붙잡은 사람은 지금까지 없었지. 하지만 어린 소녀의 약한 몸속에 숨어 있는 유니콘이라면 잡기가 훨씬 더 쉬운 법이지.'

분노로 잭은 부들부들 떨었다.

"그는 빅토리아를 손에 넣었고, 그녀에게 뭔가 끔찍한 짓을 했어. 빅토리아는 그 일에 대해 말하고 싶어하지 않아. 아슈란의 포로로 잡혀 있는 동안 무슨 일이 있었는지 절대로 얘기하지 않아."

셰시스는 즉시 무슨 말인지 알아들었다.

'그녀로 하여금 강제로 마법을 건네주게 한 거야. 그래서 드락웬 탑이 되살아난 거군. 루나리스에게서 훔친 마법 덕분에 말이야. 그건 두말할 것도 없이 유니콘이라는 생물에게 가할 수 있는 가장 무시무시하고 치욕적인 일이야. 그 아이의 영혼에 평생 지울 수 없는 상처를 남겼을 거다.'

"더군다나 그 일로 빅토리아는 죽을 뻔했어."

잭이 분노에 차 두 주먹을 불끈 쥐며 중얼거렸다.

셰시스가 흥미롭다는 듯이 쳐다보았다.

'정말? 그랬군. 그렇다면 왜 그애가 도망치게 내버려뒀는지 설명이 되는군.'

"도망가게 내버려뒀다고? 아냐, 크리스티안과 샤일이 그앨 구해준 거야."

'생각해보렴, 잭. 죽어버린 유니콘은 아무짝에도 쓸모가 없지.

강제로 마법을 빼앗는 과정에서 하마터면 그애를 죽일 뻔했으니, 이번엔 다른 방식으로 마법을 얻어야겠다고 생각한 게 틀림없어.'

"어떻게?"

'지금까지의 일들처럼 진행해온 거지. 키르타슈가 저항군에 가담하도록 떠나게 내버려두고, 그래서 너를 죽이게 했지. 그러면 루나리스가 자기 것이 될 테니까. 아니면 자기 아들의 것이 된다 해도 상관없고. 어쨌든 결국 그의 것이 될 테니까.

널 죽일 수 있는 건 오로지 키르타슈뿐이었고, 만일 정말로 그랬다면, 유니콘이 그를 용서하지 않았겠지. 하지만 키르타슈를 향한 루나리스의 사랑이 결국 증오를 이기게 되면, 그애는 절반만 셰크인 그놈의 품에 안길 테고, 머지않아 키르타슈와 그 아버지와 같은 편이 되는 거지. 물론 나중에 둘 다 죽일 수도 있어, 그렇고말고. 그래도 마찬가지로 예언은 실현되지 않았겠지. 어쨌든 너는 죽었으니까.'

잭은 이 말들을 소화하려고 애쓰며 자리에 앉았다.

"그럼 지금은 어떤 상태인 거지?"

잭이 중얼거렸다.

'지금은 예언이 이루어지려는 거지. 키르타슈는 너흴 아슈란이 있는 곳까지 데려갈 거야. 내가 아는 건, 아슈란이 두 팔 벌리고 루나리스를 기다리고 있다는 거다. 지금쯤이면 빅토리아를 죽이지 않고도 써먹을 방법을 이미 찾았을지도 모르겠군. 아니라면 기회가 있었을 때 그앨 없앴을 테니까.'

잭이 몸을 부들부들 떨었다.

"어떻게 그렇게 자신하는 거야?"

'그게 이치에 맞는 유일한 설명이니까. 그자는 힘을 총동원하여 누르곤을 공격할 게다. 세 달이 만월이 되는 밤에. 너희가 자신을 찾아올 거라는 걸 알고 기다리고 있을 거야. 그는 키르타슈가 빅토리아를 자기에게 넘겨줄 거라는 걸 알고 있어. 이미 한 번 그런 적이 있으니까.

또한 네가 죽을 거라는 것도 알고 있어. 너도 한 번 그런 적이 있으니까. 여섯 신들의 예언은 너희가 아슈란과 대결한다고 말하고 있어. 셉티모 신의 예언은 셰크가 그에게 너희를 건네줄 거라고 말하고 있고. 키르타슈 스스로는 이 사실을 의식하지 못하더라도, 어쨌든 자기가 맡은 역할을 계속 수행해온 셈이지. 심지어는 빅토리아에 대한 그의 사랑까지도 예정되어 있었던 거야.'

잭이 중얼거렸다.

"그럴 리가 없어."

'그럴걸. 너도 알잖아.'

그랬다. 잭도 안다. 모든 것이 맞아 떨어졌다.

눈을 감자, 아찔한 기분이었다. 잭은 깊이 숨을 들이마셨다. 그리고 결정을 내렸다.

"빅토리아를 아슈란에게 데려가지 않겠어."

잭이 결심했다.

"우리가 싸워야 한다면, 당신과 나, 그리고 크리스티안이야. 빅토리아는 싸우게 하지 않을 거야."

셰시스가 날개를 접으며 잭의 말을 수정했다.

'너와 키르타슈지. 나는 너희와 동행하지 않는다.'

잭은 망치로 한 대 얻어맞은 듯 돌아보았다.

"뭐라고? 그게 무슨 뜻이야?"

'난 너희와 동행하지 않는다고.'

잭은 그 말을 받아들이는 데 조금 시간이 걸렸다. 무슨 말인지 깨닫자, 배신당한 기분과 실망, 속은 느낌과 분노가 한꺼번에 밀려왔다. 크리스티안은 이렇게 말했었다. '네가 누구를 믿어야만 하는지 똑바로 알기를 바란다.' 그 빌어먹을 셰크의 말은 왜 언제나 옳은 걸까?

그 순간, 셰시스를 증오하는 마음을 다스리던 통제력이 박살나고 말았다. 잭이 분노에 찬 고함을 지르며 셰크를 향해 돌진했고, 얀드라크의 정신이 풀려나오려 했다.

하지만 미처 변신할 틈이 없었다. 셰시스가 육중한 꼬리를 세찬 채찍처럼 내리치며 잭을 바닥에 쓰러뜨렸기 때문이었다.

잭은 숨을 쉴 수 없었다. 셰크의 차가운 비늘에 닿자 분노가 다소 누그러졌다. 셰시스가 가르쳐준 대로 여러 차례 심호흡을 하고 아슈란을 생각했다.

아슈란. 빅토리아를 고문하고, 이용하려고 했던 작자. 잭과 빅토리아, 모두를 죽이라고 키르타슈를 보냈던 작자.

아니면 적어도 잭만이라도 죽이라고 했던 아슈란.

그러자 아슈란을 미워하는 건 셰시스 역시 마찬가지라는 사실이 떠올랐다.

"이제 당신은 복수하고 싶지 않은 거야?"

셰시스가 그를 떼어놓으며 나직이 말했다.

'복수하고 싶어. 하지만 이젠 나 개인의 문제가 아니야. 세스하크, 아슈란…… 그들은 여전히 우리 신의 위임자들이지. 내 아이들이 죽었어. 그 아이들 중 하나가 예언의 일부가 되어야 했기 때문에.

나의 신이 그렇게 지시한 거다. 아슈란의 변덕 때문도, 세스하크의 약속 때문도 아니었어. 난 그 둘과 우리 종족에게 대들 수는 있지만, 나의 신에 맞설 수는 없어. 미안하다, 잭.'

잭은 여전히 그녀를 노려보았다. 셰시스는 똬리를 틀고 눈을 감았다. 잭은 이게 대화를 끝내는 그녀의 방식이라는 걸 알고 있었다. 진정하려 했지만 막상 말을 꺼내자 목소리가 떨렸다.

"당신은 내게 신이 아니라 자신과 싸우는 법을 가르쳐줬어. 신들과 예언을 뛰어넘는 싸움의 이유를 찾아주었지. 그리고 난 그렇게 할 거야. 당신이 가지 않는다면 그 결정은 존중할게. 하지만 난 계속 나아갈 거야. 당신을 이처럼 불행하게 만든 그자를 죽이러 당신 아들과 함께 갈 거야. 그리고 가는 길에 세스하크와 마주치게 된다면, 당신 남편의 가슴에도 도미바트를 찌를 거고."

그는 셰시스의 반응을 기다리지 않고 그대로 돌아섰다. 그녀가 움직이지 않으리라는 것을 그는 알고 있었다.

암린 왕의 바니사르 군대가 도착하여 캐바니온 왕의 병영 가까이에 진을 쳤다. 다음날 매우 이른 시각, 형님을 보고 싶다는 암린 왕의 전갈이 요새 안에 포위되어 있는 사람들에게 전달되었다.

알렉산더는 그와 말을 나눌 기분이 아니었다. 세 달의 만월이 가까워지자 그 영향은 점차 커져갔고, 대마법사조차 그를 정상적인 상태로 돌릴 방법을 찾지 못하고 있었다.

대마법사가 침통하게 말했다.

"내가 그날 밤 해줄 수 있는 유일한 일은 다른 사람에게 해가 가지 않도록 자네를 가두는 일뿐이라네. 그리고 내가 알고 있는 모든 잠금 주문으로 문을 봉인하는 것뿐이지."

그러면서 그는 알렉산더에게 위장의 주문을 걸어주었다. 누군가 그를 보더라도 그들이 알고 있는 알산 왕자로 보이도록.

"왜 나는 이런 생각을 진작에 못 한 거지?"

샤일이 쩔쩔 매며 중얼거렸다. 알렉산더는 미소를 짓지 않을 수 없었다.

"사랑에 빠졌으니까. 그 이후부터 넌 온통 정신이 없잖아."

샤일은 저도 모르게 얼굴을 붉혔다.

지금 두 사람은 누르곤의 풍요로운 대지였던 터 위로 자라난 숲의 경계에 있었다. 다른 사람들의 눈에 알렉산더는 완벽한 인간의 모습으로 보였지만, 그 영혼은 이미 야수와 전투를 시작하고 있었다.

샤일은 그 곁에서 가만있지 못했다. 알렉산더에게 무슨 일이 벌어지고 있는지 제대로 알고 있는 건 오로지 샤일과 대마법사뿐이었고, 샤일은 달의 영향력이 미치는 순간이 오기 전까지 아무 일도 일어나지 않도록 알렉산더와 동행했다.

코반과 덴얄, 하렐은 그런 줄은 까맣게 모른 채, 심각한 표정으로 두 사람을 따르고 있었다.

그들 앞에 믿음직해 보이는 두 전사와 마법사, 사제의 호위를 받으며 암린 왕이 도착했다. 암린의 사제는 튜닉의 가슴 부분에 서로 얽혀든 두 마리 뱀의 상징을 달고 있었다.

그걸 본 반란군들의 얼굴이 어두워졌다. 그는 어둠의 신 셉티모의 사제였던 것이다. 셰크가 지배하는 지난 십오 년간, 날개 달린 뱀의 신을 기리는 신전들이 꽤 많이 세워졌다. 여섯 신들의 두 교단이 금지하고 박해했던 숭배의 중심지로, 오래전에 파괴되었어야 할 신전들이었다.

알렉산더는 동생을 호위하고 있는 다섯번째 사람을 알아보았다. 천상족 혼혈인 마흐 킵이었다. 알렉산더가 똑바로 쳐다보자 마흐 킵은 눈길을 떨어뜨렸다. 그 불편해하는 모습을 본 알렉산더는 그를 탓할 수는 없었다. 사실 전장은 그가 있어야 할 장소가 아니었다.

암린 왕이 한 걸음 앞으로 나서며 차갑게 인사했다.

"형님."

"암린."

알렉산더가 대답했다. 비통함과 조소가 묻어나는 말투였다.

"지난번 봤을 때보다는 더 좋아 보이네요."

암린이 팽팽한 긴장 속에 말했다.

알렉산더는 그 도발에 대꾸하지 않았다. 지난번에 만났을 때는 에레아가 보름달이었고, 그는 무지막지한 야수로 변신했다. 암린은 그 사실을 잊지 않은 게 분명했다. 다른 상황에서라면 알렉산더 역시 농담 삼아 대꾸할 수도 있었으리라. 하지만 세 달의 만월까지는 불과 이틀밖에 남지 않았고, 그 때문에 알렉산더는 달과 자신의 상태에 관련된 거라면 극도로 신경이 날카로웠다.

"뭣하러 온 거냐?"

알렉산더가 으르렁거렸다.

"무기를 내려놓고, 아슈란 님께 충성을 맹세하라고 요구하러 왔습니다."

알렉산더는 어이가 없다는 듯 웃지 않을 수 없었다. 그게 그의 유일한 답변이었다.

암린은 관용을 베푸는 듯한 미소를 지었다.

"우리 군대를 봤나요, 알산 형님? 아니면 나무가 시야를 가리기라도 하는 겁니까?"

"넌 그걸 군대라고 부르느냐? 내가 본 건 뱀과 동맹을 맺은 배신자 패거리뿐이다."

"말조심해라, 변절자야."

사제가 위협했다. 그러자 암린이 말했다.

"딩그라, 드락웬, 바니사르, 슈르 이카일의 연합세력이지요. 받아들이시죠, 형님. 당신들이 이길 가망은 전혀 없어요."

알렉산더가 거친 숨을 내쉬었다. 자제하기가 점점 힘들었다.

"우리를 보호해주는 요정의 보호막은 보았느냐? 아니면 셰크의 날개가 네 시야를 가리기라도 하는 거냐?"

암린은 더이상 웃지 않았다.

"알산 형님. 정말로 내 형이라면, 내가 기억하는 형은 현명하게 행동할 겁니다. 경고하는 바입니다. 무기를 거두고 항복해요. 그러지 않으면 아무도 살아남지 못할 겁니다."

"지금 날 걱정하는 건가? 이거 아주 감동적이군."

암린의 온몸이 경직되었다.

"생각할 시간을 이틀 드리죠, 알산 형님. 하루도 더는 안 돼요."

'이틀 뒤면 난 어떤 것도 제대로 생각할 상태가 아니겠지.'

알렉산더는 속으로 생각했다. 갑자기 몹시 피곤해졌다. 동생을 바라보자 둘이 함께 뛰놀던 어린 시절이 떠올랐다. 어머니, 용감하신 가이닐 왕비가 돌아가신 후 두 형제가 느꼈던 고통과, 당시 겨우 다섯 살 꼬마에 불과했던 암린이 울지 않으려고 안간힘을 쓰던 모습이 기억 났다.

그는 심호흡을 했다. 눈물을 꾹 참던 그 꼬맹이가 지금 아슈란과 동맹을 맺은 장본인이자 왕국을 에이세슈에게 넘겨준 바니사르의 왕이라고는 상상조차 할 수 없었다.

불현듯 알렉산더가 말했다.

"코반 스승님과 수련할 때는, 우리 둘이 이 기사단에서 가장 용감하다고 생각했었다. 누르곤과 바니사르, 난델트의 명예와 정의, 영광을 위해 함께 싸우는 꿈을 꿨지. 한 전투에서, 서로 다른 진영에서 싸울 거라고는 한 번도 생각해본 적이 없다."

암린이 한 걸음 물러서며 마치 따귀라도 한 대 맞은 듯한 시선으로 그를 보았다.

암린은 알렉산더를 책망했다.

"나 역시 형이 우리를 십오 년 동안이나 버릴 거라고는 생각하지 못했어요. 더구나 인간인지 아닌지도 알 수 없는 이상한 존재로 변해서 돌아올 줄은. 하지만 알산 형, 그 상상 속의 전투를 위해, 어린 시절의 추억을 위해 한 번만 더 경고하지요. 무기를 버려요. 아슈란 님은 나만큼 인정이 많지는 않을 테니까."

알렉산더는 고개를 가로저었다.

"숨 라르 누르곤, 동생아."

알렉산더가 나지막이 말했다.

둘은 마지막 눈길을 주고받았다. 암린의 안색이 어두워졌다.

"그래요, 좋아요, 형님."

암린이 경멸을 담은 어조로 내뱉었다.

"이건 형님이 원한 겁니다."

암린은 박차를 가하여 말을 돌려세웠다. 반란군들은 어두운 표정으로 생각에 잠긴 채, 그들이 떠나는 모습을 지켜보았다.

잭은 오후 내내 이리저리 탑을 오가며 시간을 보냈다. 크리스티안은 계속 방에 틀어박혀 있었고, 빅토리아는 혼자인 모양이었다. 하지만 아직은 빅토리아와 이야기를 나눌 용기가 나지 않았다. 셰시스의 말을 깊이 생각하고 소화할 필요가 있었다.

세 달이 하늘 높이 떠오르자, 잭은 세 달의 만월까지 겨우 이틀밖에 남지 않았다는 사실을 떠올렸다. 마냥 이렇게 시간만 보낼 수는 없었다. 그는 빅토리아를 찾아나섰다.

빅토리아는 어두운 자기 방 침대에 누워, 얼굴을 돌린 채 세 달을 바라보고 있었다.

그는 빅토리아 곁에 누워 그녀의 귓가에 속삭였다.

"늦어서 미안해. 할 일이 있었어. 많이 심심했니?"

"아니. 쉬고 있었어. 요즘 들어 기운이 별로 없어서."

"너, 너무 말랐어. 좀더 많이 먹어야 해."

"알아. 곧 좋아질 거야, 걱정 마. 정작 저녁을 먹지 않은 사람은 너라고. 방금 식당에서 올라왔는데, 오늘 아침에 해놓은 요리가 아직도 그대로 있던걸. 네 몫은 손도 안 대고 말이야."

"조금 있다가 내려갈 거야."

빅토리아가 돌아누워 진지한 시선으로 그를 보았다.

"잭, 무슨 일이야?"

'만월에 대해 알려야만 해.'

잭은 생각했다. 하지만, 뭐라고 하지? 다른 대책이 없으니 이틀 뒤면 아슈란과 대결하러 간다고? 셉티모 신이 예언을 자기에게 유리하게 바꾸었고, 크리스티안이 다시 한번 빅토리아를 제 아버지에게 건네줄 것이며, 그러면 나는 이 전투에서 죽을 확률이 꽤 높다고?

그는 빅토리아를 꼭 끌어안고 그녀의 귓가에 속삭였다.

"빅토리아, 물어보고 싶은 게 있어. 네가 대답하고 싶어하지 않는 건 알지만, 그래도 어쨌든 물어봐야겠어. 드락웬 탑에서 무슨 일이 있었니?"

품안에 안긴 빅토리아의 몸이 떨리는 게 느껴졌다.

"그 일은 말하고 싶지 않아, 잭."

"그래, 그 이유도 알아. 무슨 일이 있었는지 알게 되면 내가 무지 화를 낼 테고, 크리스티안에게 달려가 그 앙갚음을 할 거라고 생각하는 거잖아. 널 고문하라고 자기 아버지에게 넘겼으니까. 어떻게 그를 용서할 수 있는 거지, 빅토리아?"

"사랑하니까, 잭. 너도 잘 알잖아."

그는 빅토리아를 더 꼭 안았다. 그리고 이마에 붙은 머리카락을 조심스럽게 떼어주었다.

"나를 사랑하는 것처럼?"

"너를 사랑하는 것처럼."

"그렇다면, 내가 무슨 짓을 해도 용서할 거야?"

빅토리아가 미소를 지었다.

"단 한 가지, 용서할 수 없는 게 있지. 아무리 널 사랑한다고 해도 그건 용서할 수 없을 거야. 무슨 말인지 알지?"

"알아. 아무리 그렇다 해도, 아슈란이 한 짓은 끔찍했어. 다시 그자와 맞서는 게 무섭지 않니?"

"무서워. 하지만 몇 주 전에 그를 다시 똑바로 마주보았는데, 그렇게까지 무시무시하지는 않았어."

그러면서도 그녀는 미간을 찌푸렸다. 아슈란의 눈길과 관련된 뭔가가 기억 저편에 묻혀 있었지만, 도무지 끄집어낼 수가 없었다.

"뭐라고? 아슈란과 같이 있었다고?"

"드락웬 탑으로 크리스티안을 찾으러 갔었어. 그런데 그의 아버지가 나를 맞이했고, 그가 어디 있는지 말해준 거야."

잭이 멍하니 중얼거렸다.

"믿을 수가 없군. 드락웬 탑에 네가 모습을 나타냈는데, 겨우 그뿐이었다고? 너 혼자? 왜?"

빅토리아는 대답하는 데 뜸을 들였다.

"그때만 해도 나한테는 아무것도 중요하지 않았으니까. 무서울 게 없었지. 설사 아슈란이 나를 죽였다 해도, 그때라면 오히려 내게 호의를 베푼 셈이었을 거야."

잭은 빅토리아의 말에 소름이 끼쳤다. 그는 다정하게 이마에 입을 맞추었다.

"그런 말 하지 마. 두 번 다시 그런 말은 하지 마, 알겠니?"

잭이 빅토리아의 귓가에 속삭였다.

"절대로 목숨을 저버리는 일은 하지 말라고. 설령 어떤 이유로 내가 널 떠난다고 해도, 이 싸움에서 쓰러진다 해도…… 그래도 계속 살아갈 거라고 약속해줘. 크리스티안와 함께 남을 거라고, 그애가 널 행복하게 해준다면 말이야. 하지만 절대로, 결코 목숨을 저버리지는 마. 그건 우리가 지닌 가장 아름다운 거야."

빅토리아가 잭을 돌아보았다. 이제 그는 자신이 무엇을 해야만 하는지 알 것 같았다.

"잭?"

빅토리아가 속삭였다.

잭이 강렬한 시선으로 쳐다보며 미소를 지었다.

"넌 너무 아름다워. 너에 대한 사랑만 빼고는 뭐든 내줄 수 있어. 너의 최소한의 안전만 보장된다면."

빅토리아가 고개를 가로저었다. 두 눈에 눈물이 글썽글썽했다.

그녀는 잭을 꼬옥 안아주었다.

"안전함 따위는 중요하지 않아. 나 스스로 돌볼 수 있어. 네가 무사한 걸 알면 그걸로 됐어. 그리고 아무리 힘든 일이라 해도 아슈란과 다시 맞설 거야, 이 악몽을 끝내기 위해서 말이야. 필요하다면 우리 셋의 안녕을 위해 싸울 거야."

잭이 침을 삼켰다. 안 돼, 말할 수 없어. 빅토리아가 용서하지 않을 거야. 그는 빅토리아를 꼭 끌어안고 얼마나 사랑하는지 귓가에 속삭였다. 빅토리아도 잭을 끌어안고는, 이제껏 누구도 들려준 적이 없는 아름다운 말을 그의 귓가에 속삭였다.

"이 세상에 계속 존재해줘서 고마워."

잭은 비슷한 말을 하고 싶었지만 목소리가 나오지 않았다.

"네가 여기 있다는 사실만으로도 이렇게 행복해지다니."

빅토리아가 소곤거렸다.

"행복하니?"

"너무나. 네가 여기, 내 곁에 있으니까. 그리고 크리스티안도. 내가 행복해지기 위해서는 너희 둘만 있으면 돼."

"그래."

잭은 갑자기 자신이 몹쓸놈이 된 듯한 기분이 들어 작게 대답했다.

두 사람은 그렇게 한동안 서로의 곁에 머물러 있었다. 빅토리아가 잠든 뒤에도, 잭은 여전히 깨어 생각에 잠겼다.

천상족 혼혈인은 세 달이 하늘 높이 떠오를 즈음, 아와 숲의 경계에 도착했다. 두건 아래로 얼굴을 가리고, 도망자처럼 움직이는 모습은 이런 일에 익숙하지 않은 듯 보였다. 숲의 경계를 감시하는 파수군 요정 드리아데들은 그가 누르곤까지 가도록 내버려 두었다.

막 도착한 그는 알산 왕자와 대화하고 싶다고 청했지만, 그를 맞이한 사람은 덴얄이었다.

누에보스 드라고네스의 지도자가 인상을 찡그리며 대꾸했다.

"왕자님이 오시는데 조금 시간이 걸릴 거요. 그동안 내게 이야기하면 됩니다. 그래, 그 쥐새끼 같은 암린이 이제 또 뭘 원하는 겁니까?"

그러자 마흐 킵이 고개를 가로저었다. 그의 모습은 왠지 슬퍼 보였다.

"나를 보낸 건 왕이 아니오, 반란군. 왕은 내가 여기 있는 줄 모르시오. 에이세슈도 그렇고. 하지만 이 사실을 알게 되면 망설이지 않고 나를 죽일 거요."

덴얄은 그를 물끄러미 쳐다보았다. 다른 사람의 말이라면 믿지 않았겠지만, 천상족 혼혈인은 아니었다. 천상족의 피를 타고 난 사람이라면, 이런 상황에서 회의와 고뇌에 젖어 괴로워하는 건 물론이고, 사악하고 거짓된 방식으로 남을 속일 수 없기 때문이었다.

덴얄이 재촉했다.

"그렇다면 어서 말해보시오. 당신이 왕을 등지고 이런 행동을 하는 게 사실이라면, 가능한 한 빨리 돌아가야 자리를 비웠다는 사실이 발각되지 않을 테니. 그게 아니라면…… 이제부터 우리와 한편이 되고 싶다는 거군요."

마호 킵은 몸을 부르르 떨었다.

"당신들 편에 가담할 수는 없소. 에이세슈의 영향력 아래 왕을 혼자 둘 수도 없고. 당신들은 암린 왕을 셰크에게 굴복하고 친형과 맞붙으려는 배신자라고 경멸하고 있지요. 그렇지만, 왕의 마음속에는 미움도 원한도 없답니다. 단지 고독과 두려움뿐이지요."

"에이세슈를 두려워한다고요?"

천상족 혼혈인이 고개를 가로저었다.

"백성들을 실망시킬까봐, 시아가 그랬듯 사랑하는 바니사르가 셰크들의 서릿발 아래 또다른 황무지로 변할까봐 두려워하시죠. 영혼을 함부로 파실 분은 아니라오. 그래서 오늘 아침 경고를 하러 오셨던 거지요. 그건 최후통첩도, 도전도 아닌 경고이자 간청일 뿐이었소……당신들은 들으려고도 하지 않았지만.

난 지금 그분이 할 수 없었던 말을 전달하려는 거요. 이틀 뒤면 요정의 보호막이 무너질 거고, 당신들은 패하게 될 거요."

덴얄은 그대로 돌처럼 굳고 말았다.

"거짓말이야."

마호 킵이 슬픈 미소를 지었다.

"거짓말이라면 얼마나 좋겠소."

그는 두건으로 얼굴을 가리고는 자리를 뜨려고 뒤돌아섰다.

"내 말 명심하시오. 이틀 뒤, 올해의 마지막 밤이 되면, 아슈란이 요정의 보호막을 파괴하고, 그의 군대가 공격해올 거요."

그는 입구를 향해 몇 걸음 내딛었다. 덴얄이 그를 붙잡았다.

"잠깐! 왜 우리에게 이런 말을 하는 거지?"

"당신도 나만큼이나 잘 알 텐데. 보호막이 무너지고 셰크의 세력이 공격해오면, 대학살이 일어날 거요. 그래서 간청하는 거요. 왕이 제안한 대로 무기를 거두지 않을 거라면, 최소한 아이들과 노인들, 즉 죽음을 받아들일 준비가 되지 않은 모든 이들, 소중한 이들을 이틀 내로 내보내시오."

마호 킵이 떠나려 하자, 이번에는 덴얄도 그를 막지 않았다.

"당신들이 속고 있는 거요, 천상족 혼혈인."

덴얄은 간신히 이렇게 대꾸할 뿐이었다.

"보호막은 무너지지 않을 거요. 십오 년 이상이나 잘 작동해왔으니."

어둠 속에서 천상족 혼혈인의 목소리가 들려왔다.

"카슬룬 탑도 십오 년 이상 잘 버티고 있었지요. 그러나 무너졌소. 그러니 아와의 보호막도 쓰러진다면…… 예언에 나오는 용과 유니콘이라도 해도 당신들을 구할 수 없을 거요……"

그의 마지막 말은 밤의 어둠 속으로 사라져갔다.

잭은 잠든 빅토리아를 두고, 크리스티안을 찾아갔다. 그는 하루 종일 방에 틀어박혀 있었다. 셰크는 몸을 숙인 채, 이상하게 함몰된 마룻바닥의 한 부분을 들여다보고 있었다. 그것은 육각형 모양이었고, 가장자리가 고대 이둔의 비밀언어가 적힌 상징들로 장식되어 있었다.

"그게 뭐야?"

잭이 궁금해하며 물었다.

"일종의 포털이야. 모든 탑에 하나씩 있는데, 최고 등급의 마법사들이 탑에서 탑으로 순간이동할 때 사용하는 거지."

잭은 그대로 굳어버렸다.

"모든 탑에? 그럼 드락웬 탑에도?"

셰크가 고개를 끄덕였다.

"그 말은 아슈란의 부하들이 이 입구를 통해 들어올 수 있다는 뜻이잖아!"

"아니, 이건 작동을 안 해. 카슬룬의 마법사들이 오래전, 다른 탑들이 셰크의 수중에 떨어지기 시작했을 때, 기능을 중단시켰거든. 하지만 드락웬 탑의 입구는 여전히 작동중이야. 탑의 힘을 되찾았을 때, 탑에 걸려 있던 모든 주문들도 전부 힘을 되찾았거든. 십중팔구 게르데가 이 입구도 다시 작동시키려 했겠지만, 그럴 여유가 없었지."

"네 말은 그러니까 이 입구를 다시 작동할 수 있다면, 드락웬 탑의 심장부까지 곧장 갈 수 있다는 말이야?"

"그렇지. 아슈란은 늘 자기 것을 유용하게 활용하니까."

잭은 입이 바짝바짝 타들어가는 기분이었다.

"하지만 그자도 벌써 이 사실을 염두에 두고 있을걸."

놀랍게도, 셰크는 아무 대꾸가 없었다.

"너도 이미 그쯤은 짐작하고 있겠지?"

크리스티안이 시인했다.

"그래. 모든 게 수상해. 앞뒤가 맞지 않는 것들이 있어. 갈수록 함정이 있다는 생각이 들어. 하지만 우리에겐 다른 선택이 없어. 세 달이 만월이 되는 밤에 싸우든, 그러지 않든 간에……"

"동감이야. 나 역시 싸워야만 한다고 생각해."

잭은 잠시 말을 끊었다가 계속 이어갔다.

"하지만 빅토리아와 함께는 아니야."

크리스티안이 돌아서서 그를 보았다.

"아슈란이 빅토리아를 또다시 원할 거라는 생각이 들어."

"또다시?"

크리스티안이 나직이 반복했다.

잭은 너무 많은 말을 했다는 걸 깨닫고 해명했다.

"빅토리아가 이야기한 건 아니야. 하지만 아슈란이 그애에게 무슨 짓을 했는지 짐작이 가. 너무 끔찍한 기억이라서 그애는 그 이야길 하지 않으려는 거야. 마법을 억지로 빼앗아간 거지, 그렇지? 드락웬 탑을 소생시키려고 빅토리아를 이용한 거잖아."

셰크는 아무 말도 하지 않았다. 잭은 크리스티안의 냉담함과 침묵에 지치기 시작했다.

"넌 거기 있었어."

어쩔 수 없이 잭은 크리스티안을 추궁했다. 짧은 침묵이 감돌았다.

"그래, 난 거기 있었어."

크리스티안이 대꾸했다.

"그애가 많이 고통스러워했니?"

크리스티안이 심호흡을 하며 나지막이 시인했다.

"그래. 아주 많이."

잭은 주먹을 불끈 쥐며 자제하려고 애썼다.

"어떻게 그걸 내버려둘 수 있었지?"

"그때는 상관없었으니까, 아니 그렇다고 느꼈었으니까. 하지만 결국 나도 참을 수 없었지. 빅토리아는 아주 용감했어."

크리스티안이 그렇게 덧붙였다.

잭의 마음이 약간 가라앉았다. 그는 미소를 지으며 말했다.

"그래, 빅토리아는 정말 용감해. 그런 일이 있었는데도, 다시 그자와 맞서려고 할 정도로."

잭이 뭔가 제안하려 한다는 걸 안 크리스티안이 먼저 입을 열었다.

"다시는 빅토리아를 그의 손아귀에 들어가지 않게 할 거야."

셰크가 약속했다. 그 목소리는 위협적인 어조를 띠고 있었다.

"하지만 너는 그자가 있는 곳으로 우리를 데려갈 거잖아. 우리 둘을."

"싸우기 위해서야."

"무슨 차이가 있지? 너는 또다시 빅토리아를 아슈란에게 데려가는 거야."

크리스티안이 잭을 쳐다보았다.

"대체 무슨 소릴 하는 거야?"

"나는 예언을 믿지 않아, 크리스티안. 넌 믿니?"

급작스런 질문이라 크리스티안은 조금 움찔했다. 그리고 곰곰이 생각했다.

"내가 예언이 실현되는 걸 막으려고 너희를 죽이려고 했던 걸 생각해보면 믿는 것도 같아. 또 그 예언을 피하려 한 걸 보면 믿지 않는 것 같기도 하고. 그 말은 예언을 꼭 피할 수 없다고는 생각지 않는다는 거야. 그런데 만일 예언이 필연이 아니라면, 예언이 아닌 거지."

잭은 셰크의 추리를 따라가기가 조금 힘들었지만, 나름대로 의견을 피력했다.

"난 믿지 않아. 우리가 이 싸움에서 살아날 거라고 믿지 않는다고. 그리고 나 자신의 생명은 걸 수 있지만, 빅토리아의 생명은 아니야. 무슨 말인지 알아? 내가 아슈란을 없애지 못하면, 조만간 결국에는 셰크들이 나를 죽이게 될 거야.

하지만 그러면 그들이 빅토리아와 맞설 이유가 없어지게 되는 거지. 빅토리아를 아슈란과 강제로 대결하게 해서 어쩔 수 없이 죽게 하고 싶지 않아. 그리고 그자가 원하는 대로 빅토리아를 이용하도록 쟁반에 받쳐 건네주고 싶지도 않고."

크리스티안이 잭에게 기나긴 시선을 던지며 물었다.

"너만 드락웬 탑에 싸우러 가겠다는 거야? 너 혼자?"

잭이 머뭇거렸다.

"너와 같이 가서 네가 죽을지도 모른다는 생각을 해봤어. 우리 둘 다 죽으면, 빅토리아는 견딜 수 없을 거야. 그러니 만일 내가 실패하면, 네가 그애를 데리고 멀리 가. 아슈란이 모르는 곳에서 그앨 지켜줘. 그러면 내가 돌아오지 않더라도, 적어도 너하고는 함께할 수 있을 테니까."

"그건 자살 행위야, 잭."

"그래, 하지만 대안이 없어. 나는 빅토리아가 다시 드락웬 탑에 가지 않았으면 해. 아슈란이 그애에게 그런 짓을 저지른 후에는 더더구나 안 되지."

짧은 침묵이 흘렀다.

"빅토리아는 그후에도 이미 드락웬 탑에 또 갔었어. 알잖아?"

"그래, 빅토리아가 말해줬어. 완전히 미친 짓이었지. 어떻게 넌 그애가 그자와 있도록 내버려둘 수 있었지?"

"해치지 않을 거라는 걸 알았으니까. 내게 빚을 졌고, 그앨 존중해줄 거라고 약속했거든."

"……네가 나를 죽였으니까. 그래서 그런 거야?"

잭이 나지막이 말을 끝맺었다.

"아니라는 것 알잖아. 내가 너를 찌른 건 나 자신을 통제할 수가 없어서야."

잭은 더이상 고집부리지 않았다.

"아슈란은 마법을 탈취할 때, 하마터면 빅토리아를 죽일 뻔했어. 그런 위험을 또다시 감수하고 싶지는 않을 거야."

셰크가 시인했다.

"그래. 아슈란은 네가 죽으면 빅토리아가 날 위해 자기 편이 될 거라고 믿고 있었어."

"나도 그럴 거라고 생각했지."

"네가 다른 식으로 당했더라면 그랬을지도 모르지. 하지만 그렇게 한 건 나였고, 때문에 빅토리아는 나를 용서하지 않았어."

두 사람 모두 한순간 입을 다물었다.

잭이 말을 계속했다.

"아슈란이 거기 있는 한 그애가 다시 그곳에 가지 못하게 할 거야. 동의해?"

크리스티안이 미소를 지었다.

"그러기에는 이미 좀 늦었잖아. 림바드에서 차원의 문을 열지 않겠다고 했을 때 내 말을 들었어야지. 너희가 지구에 남아 있었다면 빅토리아는 무사했을 거야."

"그때는 샤일과 알렉산더가 같이 있었고, 두 사람의 의견이 가장 현명하다고 생각했으니까. 이제 그런 현명함 따윈 지옥에나 가라고 해."

크리스티안은 미심쩍다는 듯 잭을 보았다.

"정말로 내가 동행하지 않아도 그자를 상대로 이길 가망이 있다고 생각하는 거야? 예언은 유니콘과 용, 셰크, 이 셋에 대해 말하고 있잖아."

"빅토리아는 이미 충분히 할 만큼 했어. 예언은 유니콘이 아슈란을 무찌를 때 어떻게 도울지까지는 자세히 말하지 않았어. 어쩌면 우리가 동맹을 맺은 걸로 충분한 게 아닐까? 그게 예언에서 말하는 그애의 역할일 수도 있잖아."

"그건 알 수 없지."

"난 아슈란이 빅토리아에게 관심이 많다는 걸 알아. 그러니 가능한 한 빅토리아를 그자로부터 멀리 떼어놓아야 해."

크리스티안이 진지한 표정으로 몸을 일으켰다.

"물론이지. 그렇다면 나도 너와 함께 드락웬 탑에 가겠어."

"빅토리아 빼고?"

"빅토리아 빼고. 하지만 우리가 돌아오지 않으면 그애는 어떻게 될까?"

잭은 세시스를 떠올리며 미소지었다. 그녀가 잭과 동행하지 않는다 해도, 설사 그 일까지 거절하지는 않으리라고 생각했다.

"그앨 돌봐줄 누군가를 알아. 그쪽에 맡길 수 있을 거야."

크리스티안의 파란 눈이 캐묻듯 잭을 보았다. 그런 후 천천히 고개를 끄덕였다.

하렐은 고개를 흔들며 말했다.

"그건 불가능합니다. 아무도 아와 숲의 보호막을 무너뜨릴 수 없어요. 설사 아슈란이라 해도."

샤일이 조바심을 내며 물었다.

"어떻게 그렇게 자신할 수 있죠? 드락웬 탑의 마법이 카슬룬 탑의 마법사들을 무릎 꿇게 했잖아요. 요정들의 마법이 대마법사 셋을 합친 것보다 더 강하다고 생각하는 거요?"

실포는 날개를 바르르 떨 뿐 아무 대답도 하지 않았다. 지금까지 요정들이 취해온 태도로 봐서, 딱히 이상할 것도 없는 반응이었다. 요정의 보호막이 어떻게 작용하는지는 아무도 알지 못했다. 요정과 실포들이 극비로 유지해왔기 때문이었다.

샤일은 보호막에 대해 듣는 순간부터 관심을 가졌다. 그냥 겉으로 봐서는 두드러지지 않지만, 세번째 해가 질 무렵 주의 깊게 관찰한 사람이라면, 숲을 덮고 있는 가느다란 천장, 저무는 햇살 아래 희미하게 반짝이는 은빛 먼지층 같은 지붕을 볼 수 있다. 요정들과 이들이 통행을 허락한 사람들을 빼고는 누구도 보호막을 통과할 수 없었다.

샤일은 그게 어떤 마법을 통해 가능한 건지 늘 궁금했다. 겉으로 보기에는 요정들의 타고난 능력처럼 보이지만, 요정들의 재능은 기본적으로 나무와 식물들에 관한 것이고, 하늘에 보이지 않는 보호막을 세울 정도는 아니라는 것을 그는 잘 알고 있었다. 이에 대해 질문이라도 할라치면 드리아데들은 갑자기 무뚝뚝해져서 회피했고, 그 역시 화제를 고집하지 않았다.(드리아데들은 온순하지만, 일단 화가 나면 굉장히 사납고 거칠어질 수도 있었다.)

하지만 지금은 저항군과 누르곤에 피신한 모든 이의 안전이 위험에 처한 상황이었다.

덴얄이 심각한 표정으로 끼어들었다.

"우리는 협정을 맺었소. 우리를 보호해준다는 조건으로 누르곤을 당신들에게 넘겨준 겁니다. 우리는 약속을 지켰습니다. 저 빌어먹을 나무들이 사방을 둘러싸더니, 누르곤은 이제 아와 숲의 일부가 되었죠. 그러니 알아야겠습니다. 당신들이 그렇게나 자랑스러워하는 이 보호막이 그만 한 가치가 있는지를요. 뱀들은 저 보호막을 쓰러뜨릴 수 있다고 확신하고 있습니다. 그 말이 사실이 아니라는 걸 증명해주시오. 당신들이 할 수 있는 일이라면 말입니다."

하렐은 근엄한 눈빛을 던졌고, 샤일은 그 황금색 눈에서 격앙된 반짝임을 보았다. 그는 곁에 꼿꼿이 서 있던 사이세이와 눈길을 주고받았다.

실포가 쏘아붙였다.

“우리는 동맹입니다. 우리가 누르곤의 기사들을 믿는 것과 마찬가지로 당연히 당신들도 아와 숲의 보호막을 신뢰할 거라고 생각했습니다. 아닌가요?”

덴알에게 한 말처럼 보였지만, 실제로는 코반에게 던진 말이었다. 기사단 군장은 순간 머뭇거렸다.

마침내 코반이 말했다.

“하렐. 당신과 나는 동맹 이상이오. 친구라고 할 수 있소. 당신은 우리에게 믿음을 청하고 있군요. 당신은 진심으로 우리를 믿고 있나요? 보호막이 그 정도로 안전하다면, 어째서 그렇게 기를 쓰고 그 작동원리를 숨기려 하는 거요? 심지어 동맹자이자 친구들에게도.”

실포는 즉각 대답하지 않았다. 생각에 잠긴 그가 고개를 천천히 움직이자, 어린 나뭇가지를 닮은 초록색 머리카락이 황갈색 무늬로 뒤덮인 젊은 얼굴 주위에서 흔들렸다.

하렐이 말했다.

“보호막은 절대적으로 확실합니다. 우리 빼고는 누구도 어떻게 작동되는지 모르니까요. 그러니 계속 그렇게 놔두는 편이 좋을 겁니다.”

“다른 사람은 아무도 모른다는 말이 확실한 거요? 이슈란을 과소평가하는군요."

덴얄이 투덜거렸다.

그때 샤일이 불쑥 끼어들었다.

"그렇다면 게르데는 어때요? 게르데는 보호막을 어떻게 파괴하는지 알 수 있지 않을까요?"

"게르데."

하렐이 그 이름을 되풀이했다. 그의 얼굴은 경멸로 일그러졌다.

"그녀는 마법사의 탑에 너무 오래 머물렀죠. 때문에 다른 요정들처럼 아와 숲의 비밀은 알지 못해요."

"하지만 보호막을 한 번 통과한 적이 있잖아요."

"보호막은 숲의 자손들이 통행하는 걸 막지는 않아요, 마법사. 그리고 뱀들은 숲의 자손이 아니지요. 게르데는 보호막이 어떻게 작용하는지 알아도, 어떻게 파괴하는지는 모를 겁니다."

코반이 끼어들었다.

"위험을 감수하고 싶지는 않소. 만일 아슈란이 보호막을 파괴할 수 있다고 믿는다면, 그자가 어떻게 해서 그렇게 믿게 된 건지 우리도 추측해봐야만 합니다. 하렐, 내 말이 맞다는 걸 당신도 알 거요."

실포는 한참 동안이나 침묵을 지키더니 마침내 말했다.

"좋아요. 숲까지 저를 따라오세요. 보여드리겠습니다."

샤일이 그를 미심쩍은 표정으로 쳐다보았다. 이제 목발을 짚고 제법 잘 돌아다니고 있지만, 나무가 우거진 숲속을 다니는 건 퍽 힘들 것이다. 요새 밖으로 동행해야 한다면 뒤처지고 말리라는 생각이 들었지만 하렐이 보여준다는 게 뭔지 알고 싶었다.

실포가 그의 고민을 이해했다.

"걱정하지 마세요, 마법사. 당신을 위해 니멘을 찾아보죠."

샤일은 무슨 말을 하는 건지 잘 몰랐지만 그냥 고개를 끄덕였다. 니멘은 거대한 개미를 닮은 장갑차 모양의 곤충이었다. 요정들은 숲의 울퉁불퉁한 곳을 다닐 때 종종 이들을 이용했고, 누르곤의 반란자들도 같은 목적으로 이들을 길들이는 법을 배웠다.

하지만 샤일은 한 번도 그런 일을 해볼 마음이 생기지 않았다. 사이세이의 손이 그의 손에 깍지를 끼는 게 느껴졌다. 필요하다면 언제든 곁에서 그를 돕겠다는 뜻이었다.

하렐이 요새 끝의 숲속으로 들어갔다. 세 명의 인간과 한 명의 천상족 여인이 그 뒤를 서둘러 따라갔다. 실포는 날아가지는 않았지만, 숲에서 그를 따라가기는 대단히 힘들었다. 하지만 그는 계속 가느다란 선율로 부드럽게 휘파람을 불었고, 동료들은 그 소리를 따라 앞으로 나아갔다.

늘 그렇듯이 샤일이 제일 마지막이었다. 그와 사이세이는 좀더 앞서간 다른 사람들과 합류하는 데 다소 시간이 걸렸다. 그들은 하렐이 부르는 소리에 달려온 니멘들 곁에서 두 사람을 기다리고 있었다. 실포는 니멘의 머리를 어루만지며 고맙다고 말했다.

하렐이 가만히 잡고 있는 동안, 덴얄과 코반은 샤일이 곤충의 등에 타는 것을 도와주었다.

"이제 어떻게 하면 되죠?"

마법사는 일단 위에 올라탄 후 질문했다. 실포가 미소지었다.

"그냥 꼭 붙들고 있으면 돼요. 니멘은 나를 따라 계속 숲을 갈 겁니다. 당신은 그대로 맡기고 있으면 돼요. 아주 간단하죠."

정말로 그랬다. 익숙해지는 데 조금 시간이 걸렸지만, 여섯 개의 발을 움직이자 곤충은 정말로 하렐의 뒤를 따라 숲의 이끼 위를 미끄러지듯 살살 움직여가기 시작했다.

그들은 한동안 계속 그렇게 갔고, 마침내 실포가 숲의 작은 공터에서 걸음을 멈추었다. 달빛을 받아 빛나는 그곳에는 위나 여신을 모시는 신전이 있었다.

샤일은 경탄의 눈길로 응시했다. 위나 여신의 신전들은 숲속 매우 깊은 곳에 자리를 잡고 있어 찾기가 쉽지 않다.

요정의 건축물은 정말 장관이었다. 뭐라고 불러야 할지는 모르겠지만, 그들이 세운 모든 건물들이 그렇듯이 신전도 살아 있는 나무로 지은 것이었다. 어린 헤나이 나무로 지은 신전은 붉은 가지들이 부채처럼 위로 펼쳐져 있었고, 요정의 힘이 나뭇가지들이 서로 꼬이도록 유도하여 살아 있는 벽을 형성하고 있었다. 나무의 가장 높은 부분은 저절로 서로 칭칭 감겨, 일종의 종 모양으로 지붕 위에 쭉 뻗어 있었다.

"이단네."

하렐이 부드럽게 불렀다.

신전 안에서 뭔가 움직이더니 날렵한 형상 하나가 밖으로 나왔다. 드리아데는 대부분의 숲의 파수꾼 같은 옷차림이 아니라 위나 여신의 사제들이 입는 초록색 튜닉을 입고 있었다.

미소를 띠고 밖으로 나온 요정은 불청객들을 보고는 미소가 그대로 입가에 얼어붙었다. 요정은 어쩔 줄 몰라하며 소곤거렸다.

"인간들이잖아요, 하렐. 이게 웬일이에요?"

"진정해요, 이단네."

실포가 그녀를 진정시키려 애썼다. 그때 사이세이가 공손하게 끼어들었다.

"세 여신이 당신의 꿈을 지켜주기를, 자매여."

그제야 이단네는 천상족 여사제와 세 달 교단의 역삼각형 표시를 수놓은 초록색과 은색의 튜닉을 주목했다. 그녀의 표정이 조금 누그러졌다.

"위나 여신께서 우리 주위에 생명이 자라게 하시기를."

요정이 대답했다.

사이세이가 함께 있어서 한결 수월해졌다. 완전히 다 납득한 건 아니지만, 결국 드리아데는 그들이 보고 싶어하는 것을 보여주기로 타협을 봤다. 불만이 가득한 드리아데 특유의 뚱한 표정을 지으며, 이단네는 실포, 천상족 여인, 세 명의 인간들을 거대한 나무 아래까지 안내했다.

"이게 뭔지 아시겠어요?"

그들은 나무 기둥에서 별다른 특별한 걸 발견하지 못했다. 하지만 나무가 어찌나 큰지, 눈길을 들어올리니 그 끝이 보이지 않을 정도였다.

이단네는 불만을 표시하듯 흔들며 나무의 까끌까끌한 껍질을 다정하게 어루만졌다. 요정이 그들을 꾸짖었다.

"당신들이라면 틀림없이 알아볼 줄 알았는데. 우리가 돌로 된 당신들 요새 주변에 이 나무들을 많이 심어놨거든요. 사실 아와 숲 전체에 심었지요. 주의를 끌지 않도록 주의하면서, 우리 숲의 거의 모든 표면을 뒤덮게 한 거예요."

요정이 잠시 주저하더니 애원하는 눈길로 하렐을 보았다. 하지만 실포가 고개를 끄덕이자 이단네는 한숨을 내쉬었다.

"렐레빈 꽃이에요. 우리를 보호하는 보호막을 형성하는 건 이 꽃들이에요."

결국 요정은 마지못해 털어놓고 말았다.

샤일과 덴얄, 코반은 믿을 수 없다는 표정으로 서로 쳐다보고만 있을 뿐이었다.

사이세이가 뭔지 깨닫고는 불쑥 말했다.

"밤에 피는 파란 꽃이에요. 맞아요, 요새의 총안에서 보면 보여요. 사방에 있어요. 하지만 서로 꽤 떨어져 있죠. 꽃받침 안에 사람 한 명이 거뜬히 들어갈 정도로 굉장히 크고요."

그건 그리 이상한 일이 아니었다. 아와 숲에는 거대한 꽃들이 넘쳐났기 때문이었다. 하지만 렐레빈처럼 숲 전체에 퍼져 있는 종류는 별로 없었다. 대개 꽃들은 같은 종끼리 군락을 이루어, 응달진 곳이나 강가, 다른 식물들 근처에 자리를 차지하곤 했다.

하지만 렐레빈은 사방에 있었다. 그러면서도 서로 거리를 두고 퍼져 있는 것이, 우연일 수는 없었다. 샤일은 즉각 어찌된 일인지 알았다.

이단네가 잿빛 피부를 더 환하게 보이게 하는 하얀 이를 드러내며 부드럽게 웃었다. 요정이 고개를 끄덕였다.

"네, 파란 꽃들은 밤에 꽃을 피워요. 달빛을 먹고살지요. 달빛을 취하여 저장하고, 그 뒤에 그것을 저 보호막으로 변신시켜 모두를 보호해주며, 우리들 요정들을 제외하고는 아무도 숲으로 들여보내지 않는 겁니다. 오로지 우리만이 그 틈을 여는 방법을 알아요. 그렇게 보호막의 틈을 열어 우리의 동맹이나 우리가 신뢰하는 사람들만 통과시키는 거예요."

"어떻게요?"

코반이 알고 싶어했다.

여사제의 얼굴이 어두워졌다. 요정이 무뚝뚝하게 대답했다.

"그런 질문까지 대답해달라니, 참. 우리는 숲 전체에 렐레빈 꽃을 심고, 마법으로 자라게 해요. 꽃들은 달빛을 포착하고, 그걸로 보호막을 만듭니다. 보호막을 부수려면, 렐레빈을 전부 망가뜨려야만 해요. 일시에 한꺼번에 말이에요. 그런데 꽃들을 망가뜨리려면 보호막을 통과해야만 하지요. 그러니 여러분들이 보다시피, 아슈란이 보호막을 없애는 건 완전히 불가능해요."

샤일은 생각에 잠긴 표정으로 고개를 끄덕이다가 물었다.

"그럼 달은요? 꽃들이 달빛을 거두지 못하는 낮에는 어떻게 됩니까? 구름이 달을 가리면 어떻게 되나요?"

하렐이 말했다.

"그래도 보호막은 계속 작동합니다. 힘을 잃으려면 여러 주 동안 렐레빈이 빛을 못 보게 차단해야만 해요. 지금은," 하늘로 힐끗 시선을 던지며 그가 덧붙였다. "달빛을 아주 흠뻑 섭취하고 있죠. 아슈란이 지금 당장 달들을 가린다 해도, 보호막은 내일 밤에도 똑같이 버티고 있을 겁니다."

이단네가 미소를 지으며 덧붙여 말했다.

"내일 밤이면 세 달의 만월이에요. 렐레빈들은 그 어느 때보다도 아름답고 강할 거예요."

샤일과 덴얄, 코반이 시선을 주고받았다.

"천상족 혼혈인이 우리에게 거짓말을 한 거군."

코반이 간단히 말했다.

사이세이가 눈길을 피했다. 샤일은 고개를 흔들며 말했다.

"뭔가 이상해요. 무슨 이유로 그가 거짓말을 하죠? 무엇 때문에요? 보호막이 내일 밤에 무너지는 게 아니라면, 왜 공격 날짜를 세 달의 만월일로 정한 거죠?"

덴얄이 어깨를 으쓱했다.

"그 천하의 악당이 천체결합을 꽤 좋아하니까 그런가보죠, 뭐."

덴얄이 투덜거렸다.

샤일은 미간을 찌푸렸다. 천체결합이라는 말은 늘 그에게 상반되는 감정을 불러일으켰다. 지난번, 여섯 천체의 결합이 일어났을 때의 공포가 여기 있는 다른 사람들보다 훨씬 뚜렷하게 떠올랐다. 그에게 그 일은 여전히 악몽 같았다. 그날 그는 최후의 유니콘인 루나리스를 발견하여 구출해냈다.

한숨을 내쉬며 다시 달 쪽으로 시선을 돌린 그는 천체들이 어떻게 해서 그런 무시무시한 파괴력을 낼 수 있는지 궁금했다.

그러자 불현듯, 머릿속에서 섬광이 번쩍했다.

"무슨 일이에요?"

코반은 공포에 질린 샤일의 표정을 보고 물었다.

샤일은 조금 뜸을 들인 후에야 말을 할 수 있었다. 목소리가 제대로 나오지 않아 목청을 가다듬어야만 했다. 그는 동료들에게 고통에 찬 눈빛을 던졌다.

그는 간신히 이렇게 말할 수 있었다.

"천상족 혼혈인의 말이 맞아요. 아슈란은 내일 밤, 세 달의 만월이 되면 보호막을 무너뜨릴 수 있어요. 십오 년 전에 여섯 천체의 힘을 사용했던 것처럼 달의 힘을 이용할 겁니다."

인간들과 천상인, 요정들은 멀뚱히 쳐다보기만 할 뿐이었다.

"무슨 뜻이에요?"

덴얄이 알고 싶어했다.

"무슨 말인지 모르겠어요? 또다른 천체 결합 같은 거예요. 저번에는 해와 달의 빛이 용과 유니콘에게 치명적이었죠. 이번에는," 그는 깊이 숨을 들이마셨다. "보름달 달빛이 렐레빈 꽃들에게 치명타가 되는 거예요. 꽃들은 달빛을 취하기 위해 최대한으로 꽃잎을 벌리겠죠, 하지만 그 달빛은 아슈란의 사악한 힘에 물들어 있을 테고, 꽃들을 완전히 망가뜨리게 되는 거죠.

그러면, 아와 숲의 보호막도 쓰러지게 되는 겁니다. 세 달의 만월의 밤에, 천상족 혼혈인이 말한 그대로요."

10

알렉산더의 심판

"누르곤. 얼마나 많은 추억이 깃든 곳인지! 암린 왕, 당신도 저 곳으로 수련하러 온 적이 있지요?"

캐바니온 왕이 요정의 보호막 너머, 아와 숲 위로 모습을 드러낸 요새의 총안을 응시하며 중얼거렸다.

바니사르의 왕이 긴장된 자세로 대답했다.

"그렇습니다. 비록 끝까지 마치지는 못했지만. 누르곤이 쓰러졌을 때 전 겨우 열여섯 살이었습니다."

케바니온이 생각에 잠겨 고개를 끄덕였다.

"그리고 지금 다시 세워졌군요. 한 번 더 쓰러지기 위해서."

암린은 아무 말도 하지 않았다.

딩그라의 왕이 의논할 일이 있다고 그를 불러냈다. 하지만 약속 장소는 그의 천막이 아니라 좀더 떨어진 병영 외곽이었다.

그것은 그리 좋은 징조가 아니었다. 그럴 경우 대개는 시에셀이 함께 자리했기 때문이었다.

그렇다고는 해도, 암린은 에이세슈까지 만날 줄은 예상치 못했다. 지금 날개를 접은 두 셰크는 서로 마주 보며, 몸을 돌돌 말고는 눈을 반쯤 감고, 갈라진 혓바닥으로 암린이 몹시 불쾌하게 여기는 그 쉭쉭거리는 소리를 내며 텔레파시로 대화를 나누고 있었다. 사적인 대화였다. 비밀 이야기를 주고받기 위해 두 왕과 굳이 거리를 둘 필요가 없는데도, 둘은 멀찌감치 물러나 있었다.

딩그라의 왕은 두 뱀을 너그러운 표정으로 바라보며 기분 좋게 한마디 했다.

"둘이 사이가 좋아 보이는군요. 또 누가 알겠소. 여기서 새로운 동맹이 맺어질지…… 서로 다른 이성끼리 말이오."

캐바니온 왕은 자기가 한 농담에 혼자 웃었지만, 암린 왕은 재미있다고 생각하지 않았다. 그는 어두운 표정으로 대답했다.

"셰크들이 무슨 마스코트라도 되는 양 여겨서는 안 됩니다, 캐바니온 왕. 그들에겐 당신이 오히려 마스코트인 셈이죠. 아직도 깨닫지 못했소?"

캐바니온의 미소가 입가에 얼어붙었다. 그가 쏘아붙였다.

"너무 잘난 척 마시오. 셰크들이 전부 다 한 인간을 섬기고 있고, 그 인간이 바로 우리 편이라는 사실을 상기시켜드리지요. 우리가 놈들의 애완동물이라면 감히 어디 그렇게 하겠소?"

"아슈란은 우리 편이 아니고, 앞으로도 아닐 거요."

"내가 당신 입장이라면 내 말을 새겨들을 거요. 말하자면, 지금의 당신 입장이 별로 좋지 않으니 말이오."

암린이 인상을 찌푸렸다.

"뭐라고요? 무슨 뜻으로 하는 말이오?"

딩그라의 왕은 미처 대답할 틈이 없었다. 셰크들이 다시 두 사람에게 다가왔기 때문이었다. 시에셀이 먼저 물결치듯 우아한 몸짓으로 나섰다.

'바니사르의 암린 왕.'

시에셀이 말했다. 암린이 고개를 숙였다.

"시에셀."

암린이 나지막이 대답했다.

'내일 밤, 세 달이 하늘 높이 떠오르면 아와 숲의 보호막은 무너질 것이고, 우리는 공격을 할 거요. 그러면, 누르곤은 무너질 겁니다.'

암린은 이미 알고 있는 이야기를 시에셀이 굳이 반복하는 이유를 모르겠기에 조금 당황한 상태로 고개를 끄덕였다.

시에셀이 암린의 생각을 짐작하듯 계속 말을 이어갔다.

'우리는 이 사실을 잘 알고 있지요. 당연히 우리가 알고 있어야만 하는 일이오. 하지만 어째서 우리의 적들도 이 사실을 알고 있는 거요?'

무슨 소린지 알아들은 암린이 긴장했다.

"반란군들에게 최후통첩을 던졌소. 만월의 밤이 되기 전에 항복할 기회를 준 것이오."

에이세슈가 끼어들었다.

'알고 있소. 시간 낭비를 한 거지. 놈들이 항복하지 않으리란

건 당신도 알고 있잖소…… 그게 아니라면, 분명 놈들의 요정 보호막이 가장 필요한 순간, 놈들을 실망시킬 거라는 사실을 알려주려 했던 거겠지.'

바니사르의 왕은 인상을 찡그리고는 셰크들이 대체 무슨 이야기를 하려는 건지 혼란스러워하며 질문했다.

"그럼 강제로 항복하게 하려고 내가 그 말까지 해야 했단 말이오? 우리 계획은 비밀이라 짐작했소."

에이세슈가 말을 잘랐다.

'당신이 내일 일어날 일을 발설하지 않은 건 잘한 일이오. 그렇지만, 그 사실을 발설한 자가 있었고, 그게 바로 당신 측근이라는 이야기지.'

암린은 마치 따귀라도 맞은 듯 한 걸음 뒤로 물러났다.

"뭐라고요? 그럴 리가 없어요. 그 사실을 아는 사람이 거의 없는데……"

갑자기 옆에서 어떤 움직임이 느껴진 그는 몸을 돌렸다. 천상족 혼혈인 마흐 킵이 서 있었다. 마흐 킵은 늘 그렇게 그의 곁에 있었지만, 너무 조용해서 종종 그가 있다는 사실에 별 주의를 기울이지 않을 때가 많았다.

그런데, 그는 지금은 고개를 숙이고 부들부들 떨고 있었다. 암린은 한순간에 무슨 일인지 이해했다.

"아니야……"

암린이 중얼거렸다.

충실한 신하가 고개를 들고, 괴로운 기색이 역력한 바닷빛 눈동자로 왕을 응시하며 작은 소리로 말했다.

"절 용서해주십시오, 왕이시여."

'배신자들은 처벌받아야 한다는 사실을 아시지요, 암린 왕?'

에이세슈가 공손하게 물었다.

암린은 고개를 들어 셰크에게 맞서려는 듯 한 발 앞으로 내디뎠다. 그는 나지막이 말했다.

"그는 요하비르 신의 자손이오. 한 번도 누구를 해친 적이 없소. 처벌받을 만한 일을 더더구나 하지 않았소."

에이세슈가 눈을 가늘게 뜨고 말했다.

'그자는 배신자요. 그렇지 않소……암린 왕?'

왕은 격하게 몸을 떨었다. 그는 셰크의 힘이 두려워 고개를 숙이고 눈길을 피했다.

'그렇지 않소?'

에이세슈가 집요하게 물었다.

암린은 대답하지 않았다. 그러자 셰크가 말했다.

'당신은 친형을 내게 넘겨주었지. 당신의 신하도 마찬가지일 거요. 놈은 배신자에 지나지 않으니까. 당신 왕국의 안녕을 위해서요, 암린 왕.'

암린은 다급하게 고개를 돌리고 두 주먹을 불끈 쥐었다. 가만히 서 있는 몇 초가 영원처럼 느껴졌다. 등을 돌리고 그곳에서 멀어지며 그는 감히 마흐 킵을 쳐다볼 엄두를 내지 못했다.

캐바니온은 자리를 떠나는 암린을 보았다. 그를 쫓아갈 생각은 조금도 없었다.

'당신도 그만 가시죠.'

시에셀이 귀찮다는 듯이 명령했다.

딩그라의 왕이 항변하려 하자 셰크의 눈이 사납게 번쩍였다.

그러자 캐바니온이 서둘러 말했다.

"암린 왕이 병영으로 돌아가는지 확인해보도록 하죠."

두 왕이 자리를 뜨자, 그곳에는 단지 두 셰크와, 그리고 그들 앞에 고개를 숙인 채 겁에 질려 부들부들 떨고 있는 천상족 혼혈인뿐이었다.

'아무리 그래도 넌 왕을 미워할 수 없을 게다.'

시에셀이 생각에 잠긴 표정으로 중얼거렸다.

마흐 킵이 작은 소리로 말했다.

"나는 옳다고 생각하는 바를 행했을 뿐이오. 나의 군주 역시 옳다고 믿는 일을 하시는 것이고."

시에셀은 뒷걸음치며 그 둘로부터 멀어지려 했다. 에이세슈는 고개를 숙여 온갖 색으로 번득이는 눈으로 겁을 먹고 부들부들 떨고 있는 마흐 킵의 눈을 들여다보았다.

그것은 자비롭게도 아주 짧은 순간이었다. 순간 몸이 마비된 마흐 킵은 두 눈을 부릅떴고, 그러는 사이 에이세슈가 그의 의식을 마구 휘저었다. 천상족 혼혈인의 몸이 생명을 잃고 바닥으로 스르르 미끄러져내리자 시에셀의 날렵한 몸도 전율했다.

에이세슈가 생각에 잠겨 말했다.

'이놈이 문제를 일으키리라는 걸 짐작했어야 했는데. 어쨌거나, 이런 일이 다시는 일어나지 않게 단단히 단속하는 게 낫겠지.

천상족은 전쟁에서는 전혀 쓸모가 없으니 모두 집으로 돌려보낼 거야. 셀레스티아나 그자들이 왔던 곳 어딘가로.'

시에셀이 동의했다.

'좋은 생각이군. 당신이 우리 군대에서 단 한 명이라도 천상족을 찾아낼 수 있을지는 심히 미심쩍지만 말이야. 이자는 혼혈인이잖아.'

'천상족이든 혼혈인이든 다 마찬가지지. 그저 이 병영에 파란 피부를 한 혼혈생물이 단 하나도 없길 바랄 뿐이야. 그자들은 언젠가 병영을 떠날 테고, 그러지 않으면……'

'천상족을 죽이는 일은 영 내키질 않아.'

시에셀이 말했다. 에이세슈는 둥근 몸통을 높이 추켜세웠다.

'그저 온혈생물일 뿐이야.'

그가 냉정하게 말했다.

'알아. 하지만 다른 온혈생물들과는 다르지. 아름다운 영혼을 지니고 있으니까.'

샤일이 지친 표정으로 말했다.

"마지막으로 부탁하오, 사이세이. 누르곤을 떠나, 멀리 가요. 셀레스티아나 신전이나 숲 한가운데 교왕이 짓고 있는 새 신전으로. 이곳에 남아 있지 말아요. 보호막이 쓰러졌을 때 당신이 이곳에 없었으면 하오."

여사제는 고개를 들어 찬찬히 샤일의 눈을 쳐다보았다. 샤일은 불편한 기분이 들었다.

“그런 식으로 보지 마요. 당신에게 나쁜 일이 일어나지 않기를 바라는 것뿐이오. 그게 다요.”

사이세이가 말했다.

“내가 별 도움이 되지 않을 줄은 알아요. 하지만 당신을 남겨놓고 가고 싶지 않아요. 당신 곁을 떠나기 싫어요.”

“그저 잠시뿐이오.”

“그렇게 생각해요? 당신 마음에 깃든 두려움과 의구심을 읽을 수 있어요, 샤일. 마음 한편으로 당신은 보호막이 무너지면 아무도 살아남지 못할 거라고 믿고 있잖아요.”

샤일은 숨을 깊이 들이마시며 시인했다.

“그럴지도 모르죠. 하지만 내 자리는 이곳에서 저항군과 함께 내가 믿는 바를 위해 싸우는 거요. 그리고 이 전투에서 죽어야만 한다면, 그렇게 할 거요. 하지만 당신은……”

사이세이가 고개를 숙였다.

“신들은 우릴 버렸어요. 안 그래요, 샤일?”

마법사는 사이세이의 말을 듣자 가슴이 미어졌다. 그는 그녀를 꼭 끌어안았다.

샤일이 속삭였다.

“아니라고 믿고 싶어요. 무슨 일이 있어도 신들이 우리 곁에 있다고 믿고 싶어요. 하지만, 잭이 죽은 이후로는 무슨 생각을 해야 할지 모르겠소.”

사이세이가 그에게 기댔다. 두 사람은 요새 주위에 자라난 숲 속의 나무 아래에 앉아 있었다. 샤일을 숲속 한가운데로 데려가

주었던 니멘이 두 사람 주위에서 뛰어다니고 있었다. 그때도 그랬고, 지금도 그렇듯이 니멘은 자유로운 생물이지만, 무슨 이유에선가 마법사에게 애정을 지니고 있는 듯했다. 세 달들이 그들 위에서 반짝였고, 거의 완벽하게 둥근 그 모습은 다음날 밤이면 세 달의 만월에 접어들 거라는 사실을 상기시켜주었다. 이 만월은 가히 장관이라 할 수 있을 정도로 아름답지만, 올해에는 불길하고 어두운 것을 의미할 뿐이었다.

사이세이가 소곤거렸다.

"당신, 혼란스러워하는군요. 의심하는 마음뿐이에요."

"그래요. 이둔에 돌아온 이후 의심만 늘어났지. 전에는 모든 게 분명했고, 왜 싸워야 하는지, 뭘 해야 하는지 알고 있었는데. 잭과 빅토리아가 우리가 그 오랜 세월 동안 찾고 있던 바로 그 용과 유니콘이라는 사실을 알았고, 단지 그 사실만으로도 신들이 우리 편이며 예언이 이루어질 거라고 믿었어요. 키르타슈가 우리 편에 가담한다는 사실마저도 이미 예언에 적혀 있었으니까.

하지만 우리가 이둔으로 돌아온 뒤에, 난 다리를 잃고, 다시 당신을 만났고, 잭과 빅토리아는 이쪽으로, 키르타슈는 저쪽으로 가고…… 모든 게 혼란스러워요. 우리 임무는 얀드라크와 루나리스를 찾는 거였고, 그들을 찾는 동안은 모든 게 분명했지만, 그 후부터는……"

샤일이 한순간 입을 다물었다. 사이세이가 그를 안아주었다.

"이제 당신 임무를 완수한 거라는 생각이 드는 건 아니에요?"

사이세이가 달콤한 목소리로 물었다.

"그렇게 생각했었소. 그래서 빅토리아에게 그렇게 말했지요. 잭과 빅토리아가 떠나기 전, 바로 그때 말이오. 그때부터 모든 게 점점 더 악화되기만 했소."

"자신을 괴롭히지 말아요. 당신 잘못이 아니에요."

"왜 매번 신들은 우리를 더 힘들게 하는 거지? 왜 아슈란이 보호막을 파괴하게 하는 거고, 왜 하필 그때가 알렉산더가 야수로 변신하는 바로 그 밤이어야만 하는 거지? 이제 모든 징후들이 한 방향을 가리키고 있소, 사이세이. 바로 우리가 졌다는 거요. 어쩌면 이 미친 짓을 끝내고, 암린 왕이 말한 대로 항복해서, 예언 없이는 우리에게 남은 게 아무것도 없다는 사실을 받아들이는 게 나을지도 모르겠소."

사이세이는 대답하지 않았다. 샤일은 사이세이가 그 말에 큰 충격을 받았다는 걸 깨달았다. 그는 그녀를 안으며 애정을 담아 말했다.

"그래서 당신은 이 모든 것으로부터 멀리 떠나 있어야만 해요. 셰크들은 셀레스티아가 위협이 되지 않는다고 여기고 있으니까. 르히르로 돌아가요. 그곳이라면 안전할 거요. 내가 사랑하는 사람들 중에 적어도 누군가는 살아남았으면 해요. 당신이라도 살릴 수 있었으면 좋겠소."

사이세이는 눈물을 참으려고 눈을 깜박였다.

"당신 없이는 떠날 수 없어요."

사이세이가 속삭였다. 샤일이 그녀를 바라보며 말했다.

"아마 다른 상황이었다면, 당신과 함께 떠났을 거요. 바로 코앞에 닥친 그 일만 아니라면, 알렉산더가 잘할 수 있으리라는 사실을 아니까. 하지만 지금 상태로는 그를 내버려둘 수가 없어요. 그는 내 친구요. 그리고 내일 밤이면 통제해야 하는 사나운 짐승처럼 변할 테고, 그 사이 아슈란이 보호막을 무너뜨리고 셰크들은 우리에게 총공격을 해올 거요. 사이세이, 난 떠날 수 없어요."

느닷없이, 그림자 하나가 두 사람 위로 훅 날아오르더니, 근처의 나무 꼭대기에 부딪히며 수직으로 떨어져내렸다. 벌떡 일어난 사이세이는 그쪽으로 막 달려가던 케스트라와 하마터면 부딪힐 뻔했다.

"도대체, 무슨?"

샤일이 지팡이를 찾아 주위를 더듬으며 말을 꺼냈다.

케스트라는 중얼거리며 용서를 구하고는 쏜살같이 달려갔다. 사이세이는 샤일이 일어서도록 도와주었다. 멀리서 키마라의 목소리가 들렸다.

"저 둘이 무슨 꿍꿍이를 꾸미는 건지 보러 갑시다."

마법사가 미간을 찌푸리며 투덜거렸다.

두 사람이 숲속으로 뒤쫓아 가자, 케스트라는 나무 위를 쳐다보고 있었다. 두 사람도 그 시선의 방향을 따라가니, 나무로 만든 용 하나가 나뭇가지에 걸려 있었다. 환영 마법이 사라져, 이제는 진짜 용처럼 보이지 않았다. 샤일은 그것이 조종사들이 연습 때 사용하는 작은 용들 중 하나라는 걸 알아보았다.

나뭇가지 하나가 꺾이면서 용이 몇 미터 정도 더 아래로 떨어져내렸다. 다행히 다른 가지에 걸렸지만 그래도 꽤 높은 곳이었다.

"대체 무슨 일이야?"

샤일이 물었다.

케스트라가 두 사람을 돌아보고는 말했다.

"키마라가 안에 있어요. 거봐, 그렇게 낮게 날지 말라고 경고했었잖아……"

샤일과 사이세이가 시선을 주고받았다.

"어디 좀 보자."

여사제가 말했다.

사이세이가 감미로운 멜로디를 부르며 공중으로 몇 미터 솟아오르더니, 사고를 당한 용 옆에 자리를 잡았다.

땅에서 케스트라가 흥미롭게 지켜보았다. 모든 천상족이 공중부양 능력을 타고났으며, 바루족이 텔레파시를 사용하듯 그것이 그들 고유의 능력이라는 걸 알고는 있었지만, 그녀는 한 번도 그 능력을 직접 본 적이 없었다. 사이세이가 용의 해치가 있는 곳까지 둥둥 떠올라 키마라의 이름을 불렀다. 삐거덕 하는 소리와 함께 두 사람이 하는 말이 묻혀버렸다.

케스트라가 소리쳤다.

"조심해요! 가지가 부러져요!"

사이세이는 나뭇가지 하나가 부러지자 저도 모르게 비명을 질렀고, 용은 바닥으로 곤두박질쳤다.

하지만 샤일이 밑에서 기다리고 있었다. 그가 힘찬 목소리로 주문을 걸자, 용이 별안간 공중에 멈추더니 바닥에 사뿐히 내려앉았다. 샤일은 절뚝거리며 다가갔다.

"키마라! 키마라, 괜찮니?"

샤일이 이름을 부르는 사이 사이세이가 스르르 바닥으로 내려와 샤일 옆에 착지했다. 불쑥 해치가 열리고 머리칼을 땋은 혼혈 얀의 머리가 입구로 삐죽이 솟아나왔다.

키마라가 말했다.

"이제 내가 뭘 잘못했는지 알았어. 다음번에는……"

"오, 신들이시여! 너희 둘, 대체 무슨 장난을 하는 게냐?"

화가 나기도 하고, 동시에 키마라가 아무 해를 입지 않아 안도하기도 한 샤일이 그녀의 말을 가로막았다.

두 사람 중 누구도 대답할 틈이 없었다. 바로 그때, 누군가 불쑥 공터에 나타났기 때문이었다. 나무 사이를 달빛처럼 재빨리 움직이는 가벼운 그림자를 본 샤일은 파수꾼 요정인 드리아데임을 깨달았다. 한순간 그는 요정이 나무를 부순 일로 그들을 질책할까봐 겁이 났다. 경악에 찬 표정으로 나무를 본 요정이 그들을 몹시 언짢은 표정으로 쳐다보기는 했지만, 그가 이곳까지 온 건 다른 이유 때문이었다.

"당신이 샤일인가요, 마법사님? 요새에서 당신이 필요하다는 말을 전해달라고 저를 보냈습니다. 급한 일이에요. 알산 왕자님 때문이에요."

샤일은 무슨 소린지 알아들었다. 고개를 끄덕이고는 자리를 뜨기 전에 두 소녀를 돌아보았다.

"우리 이야기는 다음에 하자고. 알렉산더 일이 조금 시간이 걸릴 것 같으니까……"

그는 순간 케스트라의 얼굴을 보고 놀라 입을 다물었다. 보는 사람이 당황할 정도로 증오가 가득한 표정이었다. 하지만 왜 그런지 자세히 알아볼 틈이 없었고, 드리아데를 따라 요새로 가면서 샤일은 자신이 시아 족 소녀에게 그런 반응을 일으킬 만한 무슨 말이라도 했는지 의아해했다.

크리스티안은 심호흡을 하며 머리칼을 쓸어올리고는 고대 이둔어가 적힌 입구의 상징들을 살펴보려고 몸을 굽혔다.

고대 이둔어는 잘 알고 있다. 아슈란이 크리스티안을 데려오기 바로 직전, 용과 유니콘들이 전멸할 뻔했던 천체 결합이 일어났던 그날 밤에 한 유니콘이 크리스티안으로 하여금 제 뿔을 만지게 하여 그를 마법사로 만들었기 때문이다.

그 시절의 기억은 그다지 많지 않다. 아슈란은 어쩌면 자기 아들에게 마법의 흔적이 깃들어 있음을 발견하고 그다지 달갑게 여기지 않았을지도 모른다.

그렇지만 그는 아들을 하이브리드로 만든 후, 그를 가르치고 그의 안에 고동치는 마법을 이용하고자 많은 노력을 기울였다. 크리스티안은 고대 언어를 포함하여 마법 이론과 관련된 것이라면 무엇이든 놀랄 만큼 손쉽게 배워나갔다.

하지만 다른 마법사들이 사용할 때는 아무 문제 없던 주문들도 그가 시도하면 제대로 되지 않았다. 주문이 마치 내면에서 얼어붙은 듯, 흘러나오지 않았던 것이다. 그는 스승들에게 그렇다는 걸 설명했지만, 그들은 그 말을 이해하지 못했다.

당연한 일이었다. 그들은 셰크가 아니었으니까.

크리스티안은 미간을 찌푸리고 다시 상징 위로 몸을 숙였다. 그리고 틀림없이 문을 열어주는 역할을 맡고 있을 두 상징 위에 손바닥을 올려놓았다. 뭘 해야 할지, 어떤 주문을 걸어야 할지 그는 잘 알고 있었다. 하지만 마법은 여전히 생겨나지 않았다.

그는 눈을 감고 빅토리아를 생각했다. 그것만으로도 가슴이 따뜻해지자 크리스티안은 그 감정이 내면을 채우도록 기다렸다. 인간적인 느낌이군, 하고 그는 생각했다. 마법이 생성되려는 기미가 느껴졌다.

사실 그것은 위험한 일이었다. 그러다가 내면의 셰크가 질식하게 되면, 결국 자신의 일부가 죽을 수도 있다. 또한 책이 탑에 함께 있는 건 그에게 그다지 도움이 되지 않았다.

하지만 그는 자신이 두 영혼 사이에서 균형을 찾을 거라고 믿었다. 둘 다 모두 생생하게 살아남는 건 물론이고, 서로 도움을 줄 수 있을 거라고 기대했다.

상징들이 희미하게 빛났다. 그의 얼굴에 저절로 미소가 떠올랐다. 뜻대로 되는 중이었다.

조금씩 열리는 문을 닫기 위해 그는 뒤로 물러났다. 일단 시험삼아 해본 것이므로 즉시 닫을 생각이었다. 만월의 밤에 책과 함께 이 문을 넘어설 준비가 되었을 때 다시 열 것이다.

하지만 그럴 틈이 없었다.

육각형 가운데 별안간 키 큰 사람의 형상이 모습을 갖추며 나타났고, 크리스티안은 놀라 뒷걸음쳤다.

"나를 이렇게 빨리 보게 될 줄 몰랐느냐……아들아?"

아슈란이 미소를 지었다.

크리스티안은 그때서야 그것이 진짜 아슈란이 아니라 이미지라는 걸 깨달았다. 두 탑 사이의 포털은 완전히 열리지 않았고, 아버지는 그 문을 통과할 수 없었다.

"또다시 나를 배신했구나."

아슈란이 나지막이 말했다. 크리스티안이 차분하게 대꾸했다.

"오직 단 한 번뿐입니다. 그렇게 생각하지 않으실지도 모르지만, 이미 그때부터 저는 당신의 종이 아니었습니다."

"나는 지금껏 관대했다, 키르타슈, 아주 관대했지. 그러니 네게 또 기회를 주어선 안 되겠지만, 그래도 마지막으로 한 번 더 기회를 줄 생각이다. 네가 용을 죽이지 않을 거라면, 내가 있는 이곳까지 데리고 오너라. 내일 밤, 만월의 밤에 예언이 이루어지도록 그 둘, 용과 유니콘을 데려와라. 내가 그애들과 대결을 벌여 직접 이겨주마. 넌 그애들을 내가 있는 곳까지 인도해라, 키르타슈. 그것이 너의 운명이다. 너의 신과 네 본성에 대항하려 하지 마라."

아슈란의 이미지가 서서히 공중에서 사라져갔지만 그 말들은 그가 완전히 자취를 감추기 전까지 방 안을 맴돌았다.

움직일 힘조차 없던 크리스티안은 부들부들 떨면서 그 자리에 가만히 서 있을 뿐이었다.

콰이다르가 소리쳤다.

"붙잡아! 빠져나가지 못하게 해!"

생물은 다시 울부짖으며 샤일이 마련해놓은 마법의 감옥에서 날뛰고 있었다. 코반은 보이지 않는 끈이 풀리자 놀라 비명을 질렀고, 이전에 알렉산더였던 존재는 성나고 굶주린 채 그들에게 달려들었다.

샤일은 제때 물러서지 못했다. 비틀하던 그는 목발에 발이 꼬여 쿵 하고 뒤로 넘어지고 말았다. 기사단 군장이 검을 쳐들고 샤일과 생물 사이를 막아섰다. 하지만 검을 사용할 기회는 없었다. 대마법사의 마법이 보이지 않는 실로 야수를 다시 붙잡았기 때문이었다. 알렉산더는 울부짖으며 몸부림을 쳤지만 줄을 풀지는 못했다. 코반은 안도의 숨을 내쉬었다. 샤일은 지팡이 쪽으로 다가가 일어서려고 애썼다.

젊은 마법사가 친구였던 존재를 보며 중얼거렸다.

"무슨 조치를 취해야만 해요. 이렇게 놔둘 수는 없어요."

콰이다르는 인상을 찡그리며 고개를 흔들며 말했다.

"저 몸속에서 야수의 영혼을 끄집어낼 수가 없네. 그것은 이미 그의 일부가 되었어. 설사 방법을 찾아 그 주문을 실행한다 해도, 그는 죽고 말걸세."

코반은 맥이 빠져 중얼거렸다.

"야수의 영혼이라니. 그럴 리 없어. 그에게 이런 짓을 하다니."

샤일은 이 연로한 기사단 스승이 알렉산더가 바니사르의 알산 왕자였으며 기사가 되기를 꿈꾸던 꼬마였을 때부터 그를 알았다는 사실을 떠올렸다.

대마법사가 말을 이었다.

"그를 다시 원래의 상태로 돌릴 수가 없어. 벌써 이런 상태인데, 내일 밤, 세 달이 만월이 되면 무슨 일이 벌어질지 상상하기조차 하기 싫네. 저항군의 안녕을 위해, 누르곤과 아와 숲에 있는 모든 피난민들의 안전을 위해 알산 왕자를 처형해야만 해."

샤일이 반대했다.

"안 돼요! 그럴 순 없어요. 제가 돌보겠습니다. 아무도 해치지 않게 제가 통제할 게요."

"나도 돕겠소."

코반이 이를 악물고 말했다.

대마법사는 두 사람에게 짧은 눈길을 던졌다.

"천상족 혼혈인의 말이 맞다면, 내일 결전이 벌어질 것이오. 그러면 우리는 당신들 둘 모두 필요로 하게 되겠지. 마법사와 누르곤의 기사는 현재 군대에서 가장 핵심적인 역할을 하고 있으니까. 그 두 사람이 하이브리드 괴물을 돌보느라 시간 낭비를 하게 놔둘 순 없소."

샤일이 격분하여 몸을 떨며 대꾸했다.

"이 괴물이 바로 내 친구라고요. 그는 천체 결합이 일어났을 때 최후의 용을 구해내고 다시 데려올 수 있었던 유일한 사람입니다. 그저 처리해버려야 할 허섭스레기가 아니라 영웅으로 대접받아 마땅한 친구라고요!"

콰이다르는 대답할 틈이 없었다. 별안간 문이 열리고, 누에보스 드라고네스의 지도자인 덴얄이, 하얗게 질린 얼굴로 심각한 표정을 하고 입구에 나타났기 때문이었다. 샤일은 어쩔 줄 몰라

멍하니 있었다. 알렉산더가 울부짖는 소리를 아무도 들을 수 없도록 이 방의 소음을 단단히 차단했다고 생각했는데. 혹시 콰이다르가 그 주문을 푸는 야비한 짓을 한 게 아닌지 의심하는 순간, 덴얄 뒤에 서 있는 그림자가 보였다.

케스트라였다.

그녀도 드리아데 요정이 숲에서 그들에게 경고했을 때 함께 있었다. 하지만, 이 시아 소녀가 왜 덴얄을 불러 온 거지?

샤일은 알렉산더를 바라보는 케스트라의 증오에 찬 표정을 보았고, 그 답을 찾았다. 덴얄의 얼굴에 떠오른 공포를 목격한 샤일은 콰이다르가 새로운 동지를 얻었다는 것을, 그날 밤 이후 알렉산더는 더이상 반란군을 이끌 처지가 못 된다는 것을 깨달았다.

첫 해가 이미 지평선 위로 솟아올랐을 때 잭은 잠을 깼다. 고개를 돌려 창문을 힐끗 본 그는 아름다운 날이 되겠군, 하고 생각했다. 불행히도 오늘은 올해의 마지막 날로, 세 달이 만월이 되고, 좋든 싫든 예언이 실현될 날이다. 깊이 숨을 내쉰 그는 품안에 잠들어 있는 빅토리아에게 고개를 돌렸다. 늘 이렇게 살 수는 없는 걸까? 어쩌면 아침 햇살 아래 빅토리아를 보는 건 오늘이 마지막일 수도 있다. 잭은 빅토리아를 꼭 안아주었다.

빅토리아가 잠을 깨자, 잭은 머릿속에 떠오른 모든 의구심과 근심을 털어버리려고 했다. 바로 오늘 밤 크리스티안과 함께 드라웬으로 가게 될 테고, 이 여행에서 살아 돌아오지 못할지도 모른다는 걸 생각하자, 빅토리아와 보내는 마지막 날일지도 모를 이 날을 최대한 누리고 싶었다.

잭은 이미 셰시스와 이야기했고, 만일 두 사람이 돌아오지 못하게 되면 뱀이 빅토리아를 돌봐주기로 합의했다. 잭은 셰시스가 빅토리아에게 호기심을 갖고 있다는 인상을 받았다. 이 셰크가 마지막 순간, 싸움에서 한발 물러선 것이 가슴 아프기는 했지만 그래도 빅토리아를 좋은 이의 손에 맡겼다는 걸 알 수 있었다.

그날은 너무도 빨리 지나갔다. 그는 하루종일 빅토리아 곁에서 한시도 떨어지지 않았다. 두 사람은 대화도 많이 하고, 함께 탑 여기저기를 쏘다니며 미소와 달콤한 말, 입맞춤을 나누었다. 빅토리아는 문득 유달리 열정적인 태도를 보이는 잭을 떼어놓으며 물었다.

"잭, 무슨 일 있어? 괜찮아?"

잭은 잠시 빅토리아를 쳐다보다가 그녀를 온힘을 다해 끌어안으며 자신의 눈에 담긴 진실을 감추었다.

잭이 속삭였다.

"미안해, 놀라게 하고 싶지 않았어. 요즈음 네가 너무 그리웠거든. 이렇게 다시 함께 있는 게 너무 기뻐."

이렇게 말하는 자신이 너무나 안타까웠다. 바로 그날 밤 또다시, 어쩌면 영원히 빅토리아를 혼자 두게 될지도 모르는데.

문득 크리스티안 역시 드락웬 탑으로 떠나게 될 테고, 그 역시 빅토리아와 작별을 나눠야만 한다는 생각이 들었다. 힐끗 창문을 본 그는 첫 해가 저물기 시작했다는 걸 깨달았다. 체념의 한숨이 나왔다. 이둔의 기나긴 낮이 그날따라 너무나 짧게 느껴졌다.

그렇지만 이제는 마무리를 해야만 한다. 뱃속이 텅 빈 느낌이 었다. 그는 침을 삼키고 있는 힘을 다해 빅토리아를 끌어안았다.

잭이 속삭였다.

"무슨 일이 있어도, 내가 널 사랑한다는 사실은 절대 잊지 마."

빅토리아가 몸을 떼며 잭의 눈을 보았다.

"잭, 무슨 일이야? 뭘 숨기고 있는 거니?"

그러나 잭은 고개를 흔들고 입술을 깨물며 뒤로 물러났다.

"이만 갈게. 잊지 마, 빅토리아. 사랑해."

"나도 그래, 잭. 하지만……"

잭은 빅토리아의 마지막 말을 기다리지 않았다. 작별의 손짓을 하고 자리를 떴다.

조망대로 올라간 그는 진정하려고 애썼다. 첫 태양이 저무는 모습을 응시하며 그저 크리스티안이 빅토리아와 작별하는 데 얼마나 오랜 시간이 걸릴지 궁금해할 따름이었다.

빅토리아는 떨면서 창가에 가만히 서 있었다. 뭔가 일이 이상하게 돌아간다는 생각이 든 지 벌써 여러 날째였다. 하지만 잭과 크리스티안 둘 다 회복했고, 최근에 얻은 이 행복을 망치고 싶지 않았다.

그렇지만…… 겉으로 보이는 이 안정감이 그저 환영에 지나지 않는다는 걸 그녀는 아주 잘 알고 있었다.

뒤에 크리스티안이 와 있는 게 느껴졌지만 그녀는 돌아보지 않았다. 그를 기다리던 참이었다.

"무슨 일이 있는 거야, 크리스티안?"

그의 입술이 바로 귀 아래 목 부분에 스칠 듯 와닿는 게 느껴졌다. 빅토리아는 미소를 지으며 눈을 감았다.

"큰 전투가 임박했어."

크리스티안이 귓가에 속삭였다.

빅토리아는 오싹 한기가 드는 걸 참았다.

"우리 셋이 같이 싸워야 하는 전투야, 그렇지? 왜 잭은 아무 말이 없는 거지?"

"너 때문에 걱정하고 있어. 나도 마찬가지고."

"그러지 않아도 된다니까. 나도 너희와 함께 싸울 거야."

"하지만 널 또다시 드락웬 탑으로 데려가고 싶지 않아, 알지?"

빅토리아는 그의 눈을 보려고 돌아섰다. 그녀의 손이 크리스티안의 손을 찾아 깍지를 꼈다. 그녀는 나지막이 말했다.

"이해해. 하지만 그때처럼 되진 않을 거야. 이번에는 달라."

"그걸 어떻게 알지?"

"알아. 네가 나를 배신하지 않으리라는 건 네 눈을 보기만 해도 충분히 알 수 있어."

크리스티안의 푸른 눈이 순간 가늘어졌다.

"배신하는 데는 여러 가지가 있어. 그리고 원치 않더라도 내가 어쩔 수 없이 널 해치게 될 수도 있어…… 내가 원래 이렇게 생겨 먹었기 때문이야."

빅토리아는 깊이 심호흡을 했다.

"크리스티안, 무슨 일이 있는 거야?"

그녀가 되물었다. 셰크는 지평선 쪽으로 시선을 피했다.

"마지막 태양이 지고 나면 말해줄게, 기다려줄래?"

"그래, 네가 내 곁에 있다면."

"네 곁에 있을게. 지금 내가 있고 싶은 유일한 곳이니까."

크리스티안이 약속했다.

빅토리아는 미소를 지었다. 그녀는 조금 더 그에게 다가가 바짝 붙어선 채, 저무는 해를 지켜보았다. 바로 그 순간이 뭔가 엄숙하고, 더할 나위 없이 중요하다는 기분이 들었다. 크리스티안이 곁에 있는 기쁨을 마음껏 누리고 싶었지만, 그가 말하려는 게 무엇일지 불안했다. 뭔가 심각한 일이 틀림없다.

부드럽게 허리를 감싸는 크리스티안의 팔을 느낀 그녀는 한숨을 내쉬며, 눈을 감고 그에게 몸을 기댔다.

지친 샤일은 두 손으로 얼굴을 감쌌다.

아주 긴 하루였다. 알렉산더는 첫 태양이 떠오를 때 절반쯤 인간의 모습을 되찾았고, 비록 꽁꽁 묶인 상태이긴 했지만 그와 그의 미래를 둘러싸고 불거진 논쟁에 참석할 수가 있었다.

반란군들은 일상적으로 회의를 열거나 의사결정을 하는 요새의 중앙 입구에 모였다. 의논하기로 한 문제는 그날 밤의 전투 계획이 아니었다. 그들은 그 순간을 위해 오랫동안 준비해왔고, 보호막이 무너질 거라는 소식을 듣고 심한 충격을 받기는 했지만 그 상황에 대비하여 모두 뭘 해야 할지 잘 알고 있었다.

그렇지만 전투가 벌어지는 그날 밤, 알렉산더가 그들을 이끌 수 없을 뿐만 아니라, 그들 모두에게 심각한 위협이 될 거라고는 어느 누구도 생각해본 적이 없었다.

콰이다르가 말했다.

"많은 사람들에게 어려운 결정이라는 걸 잘 아오. 하지만 알산은 이제 우리가 알던 그 왕자가 아니오. 지금까지는 그의 내면에 이식된 야수를 다스릴 수 있었지만, 오늘 밤이 되면 무슨 일이 벌어지겠소? 너무 늦기 전에 그 위협을 제거해버리는 게 낫소."

사일이 격앙된 목소리로 끼어들었다.

"우리 마법으로 통제할 수 있습니다, 대마법사님. 그렇게 하면 위협이 되지 않을 겁니다."

"다른 상황이었다면 자네 제안에 동의했을 거네. 하지만 오늘 밤은 야수를 다스리는 일에 우리 에너지를 낭비할 여유가 없네. 만일 오늘 밤 보호막이 무너지면, 우리 모두 마지막 보루를 지키는 데 집중해야만 하네. 다른 일로 지체할 여유가 없어."

코반이 끼어들었다.

"단 하룻밤이잖습니까. 하룻밤을 버텨내지 못한다면 더이상 버티고 말고도 없을 겁니다. 해가 떠오를 때까지 적들을 막아내는 동시에 알산 왕자를 통제할 수 있다면, 우린 시간을 벌 뿐 아니라, 지금까지 기사단에서 가장 훌륭한 기사였던 사람을 되찾을 수 있는 겁니다. 우린 이 세상 최후의 용을 구한 사람이 바니사르의 알산 왕자라는 사실, 누르곤을 다시 수복하여 우리를 지금 이곳에 있게 한 사람이 그라는 걸 잊어서는 안 됩니다. 우리가 단 하룻밤도 그를 기다려 줄 수 없다면, 우리는 그를 잃게 되는 겁니다…… 우리를 승리로 이끌 수 있는 유일한 사람을요.”

여기저기서 동의를 나타내는 술렁임이 일었다. 그렇지만 많은 사람들은 덴얄 쪽을 곁눈질하고 있었다.

누에보스 드라고네스의 지도자는 창백한 얼굴을 알렉산더 쪽으로 돌리고 있었지만, 그를 보는 것 같지는 않았다. 구석에 묶인 젊은 알렉산더는 주변에서 일어나는 일에 주의를 기울이지 않았다. 얼굴은 여전히 야수의 몰골을 하고 있지만 맑은 정신으로 생각하고 말할 수 있었다. 하지만 그는 고개를 앞으로 푹 숙이고 잿빛 머리카락으로 얼굴을 가린 채, 마치 지금 벌어지는 일이 자신과 상관없는 일인 듯한 태도를 하고 있었다.

덴얄은 알렉산더를 처치하자는 콰이다르를 지지하는 입장이었다. 왕자를 진심으로 높이 평가하고 있지만, 부하들의 안전에도 책임을 느끼기 때문이었다. 마흐 킵이 제안한 대로 조카 라웰을 포함하여 모든 노약자들을 숲 한가운데로 피신시켜놓고도 그는 여전히 불안한 마음이었다.

덴얄이 쉰 목소리로 입을 열었다.

“맞는 말입니다. 알산 왕자가 아니었다면 우리는 이곳에 없었을 겁니다. 달이 떠오르자마자 우리를 쓰러뜨릴 채비를 하고 있는 네크로맨서의 세력에 둘러싸여 누르곤 안에 갇혀 있지는 않을 겁니다. 그가 없었다면 우린 죽음의 문턱에 와 있지 않을 테지요.”

홀 안에 침묵이 감돌았다.

그러자 샤일이 도전하듯 외쳤다.

“우리는 저항군입니다! 마지막까지 아슈란과 맞서 싸우기 위해 이곳에 있는 겁니다. 우리는 싸울 겁니다. 마지막 한 명까지 버티고 있는 한은. 저는 바로 제가 선택한 곳에 있습니다. 그렇지 않았다면 오늘 아침 숲의 심장부로 떠난 피난민들과 함께 갔을 겁니다."

그날 아침 그곳으로 떠난 사이세이를 생각하며 그는 잠시 말을 끊었다.

"하지만 덴얄, 아직 시간이 있으니 당신도 그들과 함께 떠나도 됩니다."

덴얄은 분노로 부들부들 떨며 한 걸음 나섰다.

"말을 삼가시오, 마법사! 우리는 누에보스 드라고네스요. 당신들이 다른 세상을 헤매고 다니는 동안 셰크들과 정면으로 맞서 싸웠소. 아슈란의 부하들을 상대로 목숨을 걸고 여러 해를 보내왔소. 감히 우리의 용기를 의심할 수는 없을 거요."

샤일이 매몰차게 대꾸했다.

"그게 사실이라면, 당신들이 있어야 할 자리를 제대로 지키시오. 아슈란과 대항하는 전쟁의 최전선에 말이오. 지금 죽음의 운명에 처한 알렉산더가 당신을 이끈 이 자리에 말입니다."

그러자 열띤 논쟁이 시작되었다. 어떤 이들은 샤일을 지지했고, 또 어떤 이들은 이미 충분히 아슈란과 대결을 벌여왔으니, 요새 안에서 또다른 위험을 맞이할 필요가 없다고도 했다. 점점 긴장과 두려움의 분위기가 더해가자, 젊은 마법사는 어두운 표정으로 생각에 잠겼다. 오늘 밤, 만월이 떠오르고, 마흐 킵의 말이 사실이 된다면, 싸우는 것 말고 다른 도리는 없을 터였다.

그때 샤일이 말했다.

"아직 해가 지지 않았습니다. 앞으로 반나절의 시간이 있는 셈이죠. 황혼이 될 때까지 결정을 미뤄달라고 여러분 모두에게 간청합니다. 알렉산더를 도울 방법을 찾을 수 있도록 이 오늘 반나절만 양보해주십시오."

대마법사가 그를 한참 쳐다보았다.

"자네 친구는 가장 높은 등급의 강령술에 걸린 거라네. 게다가 그 방식마저도 잘못 되어서 나라고 해도 돌이킬 방법을 알 수 없어. 그런데 젊은 마법사인 자네가 반나절 만에 그 일을 해낼 거라고 생각하는 건가?"

샤일이 대답했다.

"제 선에서 할 수 있는 건 뭐든 해볼 겁니다. 그리고 그건 여러분이 지금껏 해온 것보다 더 큰 일이 되겠지요."

덴얄이 고개를 가로저었다.

"오늘은 일분일초가 소중한 때요. 그리고 이 요새에 남은 마지막 한 사람까지 오늘밤 전투를 준비해야만 해요. 당신이라 해서 예외일 수는 없습니다."

마법사가 조용히 대꾸했다.

"내게 강요할 수는 없습니다. 가장 친한 친구가 죽음의 위험을 맞았는데, 나보고 전투 준비만 하라고 할 수는 없어요. 난 그저 친구를 돕기 위해 애쓸 수 있도록 오직 반나절을 부탁하는 겁니다. 이를 허락하지 않는다면, 여러분은 나의 협조를 지금도, 오늘밤에도, 앞으로도 절대 얻을 수 없을 겁니다."

"지금도, 오늘 밤에도, 앞으로도 절대로 하지 마."

그때 들려온 쉰 목소리에 다들 깜짝 놀랐다.

"이제 이둔에는 더이상 희망이 없으니까."

목소리의 주인공은 알렉산더였다. 그는 숨을 몰아쉬고 있었고, 회색 머리카락 사이의 두 눈은 누르스름한 빛으로 번쩍였다. 불길하고 위협적인 그 기색을 보고, 가장 막강한 전사들마저 한걸음씩 뒷걸음쳤다.

"최후의 용이 죽었어!"

알렉산더가 울부짖자 그의 얼굴은 또다시 변하기 시작했고, 그 용모는 더욱 야수에 가까워졌다.

"오늘 밤, 세 달이 하늘 위로 솟아오르면, 아슈란이 공격하여 승리를 거둘 겁니다. 최후의 용이 불의 봉우리에 떨어져버렸고, 그와 함께 모든 희망도 함께 죽었기 때문입니다."

죽음과 같은 침묵이 엄습했다. 회의에 참석한 몇몇은 이미 잭이 죽은 소식을 자세히 알고 있었지만, 계속 비밀을 유지하고 있었다. 때문에 그 소식을 알지 못했던 다른 사람들에게 알렉산더의 말은 차가운 물을 끼얹은 것이나 다름없었다. 젊은 하이브리드가 처참한 슬픔을 숨기고 자조의 웃음을 웃는 동안 모두 입을 다물고 있었다.

알렉산더가 송곳니를 드러내 보이며 으르렁거렸다.

"여러분, 모두들 도망가시오! 여러분을 이곳까지 이끌고 온 예전의 알렉산더를 죽이고, 도망갈 수 있을 때 지금 당장 도망가요. 숲 한가운데로, 이둔의 경계로 몸을 숨기라고요. 곧 이 땅에는 뱀들에게 정복당하지 않은 곳이 단 한 군데도 남지 않을 테니 말이오. 신들이 우리를 버렸으니 말이오. 그들이 이미 오래전에 우릴 떠났는데도, 난 믿지 않으려 했지요. 심지어 얀드라크가 살해당하도록 내버려두었는데도……"

그의 마지막 말은 오싹한 울부짖음으로 끝났다.

콰이다르가 말했다.

"이제 여러분도 들었다시피, 이자는 미쳐서……"

그는 말을 끝맺지 못했다. 바로 그때, 힘찬 포효가 요새 하늘 위로 울려 퍼지며 황금색의 빛이 하늘을 가르며 날아왔다.

화를 내며 쉭쉭거리는 소리가 들렸고, 반란군 기지 위를 날던 여러 마리의 세크들이 증오로 날뛰며 하늘을 가로지르는 생물에게 돌진했다. 하지만 그들은 요정의 보호막에 가로막혔다.

반란군들은 머리 위를 활공하는 멋진 황금용을 숨도 쉬지 않고 쳐다보았다. 용이 성벽 위 가장 높은 곳에 내려 앉아 바람 속에서 자유의 고함을 내지르는 모습을 보았다.

심장이 철렁 내려앉는 듯했던 샤일은 즉시 그것이 로윈과 타나웨가 작업했던 그 황금용이라는 걸 파악했다. 슬쩍 타나웨를 힐끔거리자, 자신의 생각이 맞다는 것을 알 수 있었다.

하지만 알렉산더는 속임수를 깨닫지 못하고 있었다. 그는 털썩 무릎을 꿇고 주저앉더니 용을 향해 고개를 들어올렸다. 눈물의 베일에 가려 시야가 흐릿했다. 놀란 샤일은 그가 서서히 인간의 형상을 되찾는 모습을 보았다. 용이 다시 비행하며 지평선 쪽으로 사라지자, 알렉산더는 의식을 잃고 바닥에 무너져내렸다.

서둘러 그에게 달려간 샤일은 알렉산더의 몸을 세게 흔들며 속으로 세 달의 힘을 저주했다.

"최후의 용이 돌아왔다!"

누군가가 소리쳤다.

많은 사람들이 얀드라크를 위해 만세를 부르고 갈채를 보냈다. 인공으로 만든 황금용의 존재를 알고 있던 몇 안 되는 사람들마저도 그 갑작스러운 출현에 감동받은 듯했다. 아무도, 콰이다르조차도 감히 진실을 밝혀 반란군들의 희망을 부수려하지 않았다.

다들 환호하며 들뜬 가운데, 덴얄은 알렉산더에게 다가가 의식을 잃은 하이브리드를 잠시 쳐다보았다.

"별로 좋아 보이지 않는군요."

덴얄이 한마디했다. 샤일이 작은 소리로 대답했다.

"알아요. 하지만 달의 영향을 피할 길을 찾아볼 겁니다."

덴얄이 고개를 끄덕였다.

"그래요, 당신에게 반나절의 시간을 주겠소. 해질 무렵에도 여전히 똑같다면 우린 조치를 취해야 할 겁니다."

그는 잠시 입을 다물었다가 다시 말을 이었다.

"보름달이 떠올랐을 때 내 부하들을 그의 곁에 두고 싶지 않은 내 심정을 이해해주시오."

"이해합니다. 고맙소, 덴얄."

알렉산더를 다시 방으로 옮기는 걸 도와주러 코반이 다가왔다. 케스트라 역시 가까이 다가왔지만, 그녀는 아무것도 하지 않고 생각에 잠긴 채 그들을 물끄러미 쳐다보기만 할 뿐이었다.

케스트라가 말했다.

"당신들 뜻대로 되지 않을 거예요. 오늘 밤, 세 달의 만월이 되면, 이자가 우리 모두를 죽일 거예요."

샤일이 뭐라고 대꾸하려 했지만, 케스트라는 등을 돌리고 뛰어가버렸다. 마법사는 짜증을 내며 인상을 찡그렸다.

"정말 이해하지 못하겠다니까. 왜 저러는 거지?"

그때 알렉산더가 실낱같은 목소리로 말했다.

"시아. 이제 기억나, 시아의 알라에……"

샤일이 반복했다.

"시아의 알라에? 그건 실종된 공주잖아?"

"응. 하지만 여기서 말할 문제는 아니야."

코반이 알렉산더를 어깨에 부축하며 슬픈 표정으로 고개를 끄덕였다. 그가 알렉산더를 부축하고 걷기 시작하자 샤일이 따라갔다.

"하지만 그건 이미 몇 년 전이잖아요. 셰크들이 시아를 파괴하고 왕족들을 살해했을 때, 왕위 계승자인 알라에 공주는 아직 살아 있었고, 드락웬 탑에 포로로 잡혀 있다고들 믿었죠…… 그후 두 번 다시 공주를 보지는 못했지만. 적어도 그렇다는 말을 들은 적이 있어요."

"케스트라……"

알렉산더가 중얼거렸다.

샤일이 도통 모르겠다는 표정으로 말했다.

"케스트라가 알라에라고? 그럴 리 없어. 십오 년이나 흘렀고,

알라에는 그 일이 일어났을 때 이미 젊은 아가씨였는걸."

코반이 신경 쓰인다는 듯이 그의 말을 잘랐다.

"목소리를 낮춰. 케스트라는 알라에가 아니다. 동생 레사 공주야."

코반은 심호흡을 하고는 여전히 나지막한 목소리로 말했다.

"셰크들이 공격했을 때 내가 그 두 공주를 궁전에서 구출했지. 레사는 그 당시 여섯 살이 갓 넘었고, 알라에는 이미 열다섯 살로, 누르곤 기사단에서 수련하고 있었지. 내 목숨을 걸고 두 공주를 지키겠다고 왕에게 맹세를 했고, 몇 년간은 산속에서 셰크들을 피해 숨어 있었지만…… 그만 시슈 순찰대의 눈에 띄었고, 결국 두 아이들을 데려가는 걸 막을 수가 없었다. 그 아이들을 떠나보내기 전에 내가 죽었어야 했는데."

그가 비탄에 찬 표정으로 한숨을 내쉬었다.

"다시는 그애들 소식을 알 수 없었지. 내가 아는 거라곤 알라에 공주가 죽었다는 소식뿐이었다. 그리고 여기서 자네들과 함께 레사를 보기 전까지는 그애도 죽은 줄 알았지. 드락웰 탑에서 무슨 일이 있었는지, 거기서 어떻게 빠져나왔는지 모르지만…… 자신이 누구였는지 잊고 싶어하는 게 놀랄 일은 아니지."

샤일은 그 이야기를 곰곰이 생각만 할 뿐 아무 말도 하지 않았다. 시아 왕국의 공주였던 레사가 지금은 인공 용을 모는 당돌한 조종사라는 사실이 낯설기만 했다. 케스트라도 다른 용 조종사들과 마찬가지로 회의에 참석했었다는 사실이 문득 다시 떠올랐다. 그렇다면 그 용을 조종한 사람은 누구지? 문득 키마라가 논쟁에

참여하지 않았다는 생각에 이르자, 샤일은 떠오르는 미소를 감출 수가 없었다.

그렇지만 낮이 지나감에 따라 덴얄이 쥐여준 희미한 희망의 시간도 서서히 줄어들고 있었다. 모든 마법사들이 전투 준비를 하느라 정신없이 바빴기에, 이베르만 빼고는 아무도 그를 도와주려 하지 않았다.

이베르는 얼마 전에 요새에 들어온, 마법의 재능을 부여받은 몇 안 되는 거인족 마법사 중 하나였다. 천체 결합이 일어난 날, 카슬룬 탑에서 잔뜩 놀란 그는 다른 마법사들과 함께 십오 년 동안 그곳에 머물렀다. 몇 달 전 아슈란이 빅토리아를 납치하고, 마법사들이 드락웬 탑을 공격했을 때도 가담했었다. 이베르 외에 탑에 있던 다른 세 명의 거인족 마법사들이 그 전투에 참가했지만, 카슬룬 탑이 함락된 이후 다른 거인들은 셰크들의 공격을 받아 죽었고, 지금은 이베르 혼자 남았다. 그는 이둔에 남은 유일한 거인족 마법사였다.

전투에 진다는 것이 어떤 것인지 알고 있었던 이베르는 다른 전투에 가담하는 데는 별로 관심이 없었다. 하지만 한동안 나나이 산속을 떠돌다가, 누르곤으로 서둘러 달려왔다. 최후의 유니콘이 이곳에 있다는 소문 때문이었다. 그는 빅토리아를 만나지 못했지만, 알렉산더를 구하려는 샤일을 도와줄 수는 있었다.

"알렉산더 안에 있는 야수를 묶는 거야. 이 주문이 효과가 있어야 하는데, 왜 안 되는 거지?"

거인이 쩌렁쩌렁 울리는 목소리로 말했다.

현실로 돌아온 샤일은 이베르의 강력한 두 팔 안에서 울부짖으며 몸을 비트는 알렉산더를 보고 가슴이 아팠다. 첫번째 태양이 이미 지평선 아래로 넘어갔고, 내면의 야수는 점점 더 많은 힘을 얻었다. 그들에게 주어진 시간이 다 되어가고 있었다. '알레그라가 여기 있다면' 하고 샤일은 생각했다. 하지만 요정은 게르데와 대결하기 위해 슈르 이카일로 떠났고, 아직도 돌아오지 않았다.

샤일이 말했다.

"이놈의 짐승이 우리 마법보다 더 힘이 센 거야, 이베르. 하지만 오래가지는 못할걸."

샤일이 결심한 듯 자리에서 일어났다.

"힘을 더 쏟아야겠어."

거인이 진지한 표정으로 그를 보았다.

"더? 자넨 가능한 마법을 다 쓴 거라고, 샤일. 그 한계를 넘어서면 무슨 일이 벌어질지 잘 알잖아."

샤일이 고개를 끄덕였다. 그렇다. 그건 마법사들이 탑의 견습생들에게 가르치는 가장 초보적인 지식 중 하나였다. 모든 마법과 주문은 최소한의 힘으로도, 혹은 최대한의 힘으로도 진행할 수 있다. 하지만 만일 마법사가 최대치를 초과하거나, 그 주문을 실행하는 데 필요한 것보다 더 많은 힘을 쓰면, 마법사의 몸은 다른 곳에서 여분의 에너지를 찾게 되고, 결국 마법사 자신을 지탱하는 데 필요한 에너지까지 쓰게 되는 것이다.

"알아, 하지만 우리에게 남은 유일한 기회야. 해보긴 해야지."

"내 마법을 넣어줄 수도 있는데……"

"아니야. 자넨 가만히 있어. 그래야 더 효과적일 테니까."

이베르는 잠시 입을 다물었다가 말했다.

"자네가 무슨 일을 하고 있는지 잘 알길 바라."

샤일은 대답 대신, 거인의 힘찬 품속에서 몸을 뒤틀고 있는 알렉산더 앞에 자리를 잡았다. 심호흡을 한 그는 울부짖는 야수의 울음소리를 듣지 않으려고 애쓰며 정신을 집중했다. 마법이 그의 존재 가장 깊숙한 곳에서 흘러나와 손가락 끝에 쌓였다. 그리고, 천천히 주문을 걸었다.

처음에는 모든 게 잘되었다. 마법이 도망칠 길을 막으며 야수의 영혼을 알렉산더의 몸 안 가장 으슥한 곳까지 몰아붙였다. 그러나 출구가 없다는 걸 알게 된 짐승은 샤일의 마법을 향해 거세게 반격하기 시작했다. 마법사는 이미 수차례 시도했듯, 그의 힘으로는 야수를 버텨낼 수 없다는 걸 알았다.

그는 능력 이상의 힘을 썼고, 원래 사용해야 할 것보다 더 많은 마법을 쏟아부었다. 그 자신의 생명 에너지까지.

이베르는 샤일이 기진맥진할 때까지 주문을 거는 동안 꼼짝도 않았고, 아무 말도 하지 않았다. 그저 알렉산더를 꽉 붙잡은 채, 마법사의 자기 희생을 지켜보면서 과연 잘될까 하는 생각만 할 뿐이었다.

샤일이 휘청하고 바닥에 넘어지기 직전, 야수의 영혼이 승리에 찬 소리를 지르며 샤일의 마법을 허물어버리려 했다. 젊은 마법사는 지팡이에 몸을 의지하고 주문을 매듭짓고자 있는 힘을 기울였다. 아주 조금만 더……

샤일이 의식을 잃기 진전, 별안간 힘찬 목소리가 샤일과 똑같은 주문을 걸어왔다. 그 힘찬 에너지의 흐름이 샤일의 에너지와 하나가 되더니, 야수의 영혼을 밀어붙이며 알렉산더의 내면 한구석에 봉인했다. 샤일은 겨우 고개를 들어 대마법사의 얼굴을 보고는 중얼거렸다.

"감사합니다……"

그리고 그는 기절했다.

커다랗고 뭉툭한 손으로 그를 덥석 붙잡은 건 이베르였다. 그는 더이상 알렉산더를 붙잡을 필요가 없었다. 알렉산더는 완벽하게 인간의 모습을 하고 있었기 때문이다.

"샤일?"

조금 멍한 상태로 알렉산더가 중얼거렸다.

콰이다르가 꿰뚫어보는 듯한 눈길을 던지며 말했다.

"샤일이 방금 자네 목숨을 구했다네, 왕자. 어느 정도까지는 간신히 그놈을 붙잡아둘 수 있었네. 하지만 해가 뜰 때까지 견디는 건 자네한테 달렸어. 자네가 잘 버텨내고, 셰크들이 우리를 먼저 죽이지 않는다면 자넨 무사할 걸세."

알렉산더는 진지한 얼굴로 천천히 고개를 끄덕였다.

세번째 태양이 지평선 아래로 사라지자 크리스티안이 말했다.

"오늘 밤 무슨 일이 있을지 알아?"

빅토리아가 대답했다.

"세 달이 보름달이 될 거잖아. 밤마다 달을 지켜보고 있었어."

셰크가 고개를 끄덕였다.

“모두 만월이 될 거야. 일 년에 딱 한 번, 231일마다 일어나는 일이지.”

“틀림없이 장관일 거야. 우리 셋이 다같이 볼 수 있는 거지?”

그녀를 진지한 표정으로 바라보던 크리스티안은 빅토리아의 질문에는 대답하지 않고 말을 돌렸다.

“여섯 천체의 결합도 장관이었지. 그렇지만, 그 결합에는 아름다움 이상의 특별한 힘이 있었어. 불과 며칠 사이에 이둔에서 가장 막강한 두 종족을 전멸시킬 정도의 힘 말이야.”

빅토리아가 눈길을 피했다.

“무슨 말인지 알아. 오늘 밤에도 그런 끔찍한 일이 일어날 거라는 거잖아, 그렇지?”

“그래, 그리고 우린 그걸 막으려는 거고.”

빅토리아는 결의에 찬 표정으로 고개를 들었다.

“우리가 아슈란과 맞서 싸울 날이 오늘이라면, 난 준비됐어.”

크리스티안은 아무 말도 하지 않았다. 그는 계속 빅토리아를 뚫어지게 쳐다보았고, 빅토리아는 그의 얼음 같은 눈에 숨겨진 감정의 반짝임이 평소보다 더 강하다는 걸 깨달았다. 그녀는 무슨 상황인지 바로 이해했다.

“안 돼. 나만 남을 순 없어.”

빅토리아는 떨며 한걸음 뒤로 물러섰다.

“이미 결정한 거야, 빅토리아. 넌 우리와 함께 가지 않을 거야. 우린 네가 다치는 게 싫어.”

빅토리아가 폭발했다.

“이미 결정했다고? 나한테 의논하지도 않고? 이런 상황에서 내가 다치는 것 따위에 신경 쓸 것 같아?”

크리스티안이 그녀에게 나아갔다. 빅토리아는 계속 뒷걸음쳤다. 이마의 별이 그에게 경고를 던지듯 환해졌다.

“네 안전을 위해서야, 빅토리아.”

빅토리아가 소리질렀다.

“이제 날 보호하는 일 따위는 그만두고 너 자신이나 더 생각하라고! 난 저항군의 전사야! 나만 남겨둘 순 없어. 나 없이 전투를 치를 수는 없다고!”

“알아. 이성적으로 생각하면 그래. 하지만, 알잖아……내 마음은 그렇지 않다는 걸.”

뒤돌아선 빅토리아는 부들부들 떨었다.

“나도 그래, 크리스티안. 언젠가 너는 내게 선택할 권리가 있다고 말하지 않았니?”

“오늘 밤은 아니야.”

돌아선 빅토리아는 최면을 거는 그의 두 눈과 마주쳤다. 그에게서 몇 미터 떨어져 있기는 했지만 그래도 그녀는 본능적으로 빛처럼 빠르게 물러섰다. 그녀는 문으로 다가가려고 애썼다.

하지만 셰크는 빅토리아가 문에 가닿기 전에 붙잡았다. 그리고 우악스러울 정도로 억지로 돌려세웠다.

“안 돼, 크리스티안…… 이러지 마. 나만 남을 순 없어.”

“일을 어렵게 만들지 마, 빅토리아.”

크리스티안이 긴장된 목소리로 대꾸했다.

"너희들 옆에 있고 싶어, 너희를 위해 싸우고 싶어. 아슈란이 무슨 짓을 할지 너만큼 나도 잘 알고 있어. 너희끼리만 그를 만나러 가게 할 수는 없어."

크리스티안은 쓰디쓴 미소를 지었다.

"그렇다면 내가 무슨 생각을 하는지 잘 이해하겠구나. 이제 나를 봐, 빅토리아."

빅토리아는 고개를 돌리고 눈을 감았다.

"빅토리아……"

그녀는 고개를 가로저었다.

'내게 또 다시 이럴 순 없어, 크리스티안.'

'그래야만 해.'

'아니야. 나를 존중해주겠다고 말했었잖아. 왜 네 곁에서 함께 싸우게 하지 않는 거야?'

'널 위해 죽을 순 있지만, 네가 나 때문에 죽게 내버려둘 마음의 준비는 되지 않았어. 잭을 위해서는 더더구나 아니고.'

크리스티안이 놀리듯 덧붙였다.

'원한다면, 나를 겁쟁이라고 불러도 좋아. 하지만 널 잃으면 견딜 수 없을 거야. 그리고 그런 위험을 감수하고 싶지 않아.'

셰크의 의식이 빅토리아를 서서히 깊은 잠의 나락으로 빠져들게 했다. 거기서 헤어나려고 애썼지만 그럴 수 없었다. 그녀는 마지막으로 남아 있는 맑은 정신을 통해 최후의 메시지를 보냈다.

'둘 다 돌아와…… 너희가 가장 사랑하는 사람을 위해. 살아서

돌아와, 크리스티안. 그리고 돌아올 때 잭도 함께 데려와. 난 너희를 잃고 싶지 않아……둘 중 누구도.'

빅토리아가 힘없이 품안에 쓰러지자 크리스티안은 심호흡을 하고 눈을 감았다. 생각했던 것보다 훨씬 더 어려웠다.

그녀를 조심스럽게 침대에 눕힌 그는 어쩌면 마지막이 될지도 모르는 입맞춤을 했다.

"배신하는 데는 여러 가지 방법이 있지."

나지막이 되뇐 그는 고개를 들어 어둠을 향해 말했다.

"미안해요, 아버지. 또다시 빅토리아를 넘겨주진 않을 겁니다. 절대 다시는."

잠든 빅토리아에게 차마 마지막 눈길을 던지지도 못한 채, 그는 방을 나섰다.

그가 탑의 포털이 있는 방으로 잭과 합류했을 때는 완벽하게 둥근 첫 달이 이미 지평선 위로 모습을 드러내고 있었다.

두 사람은 눈길을 주고받았다.

크리스티안이 알려주었다.

"해 뜰 때까지는 깨지 않을 거야. 모든 일이 잘 풀린다면, 그때쯤 이미 우린 돌아와 있겠지. 그리고 그렇지 않다면…… 다시는 돌아올 수 없을 테고."

잭이 문을 향해 고개를 돌렸다. 빅토리아 곁으로 달려가 그녀를 안고 마지막으로 입맞추고 싶은 마음이 굴뚝같았다. 그는 견디기 위해 애썼다.

"잘될 것 같아?"

크리스티안이 평소보다 훨씬 더 어두운 표정으로 대답했다.

"예전에는 확신이 없었어. 하지만 지금은 우리가 올바른 일을 하고 있다는 걸 알아. 네 말이 맞았어. 아버지는 또다시 내가 빅토리아를 데려오길 바라는 거야. 우리가 이 문을 넘어가면, 십중팔구 빅토리아 대신 널 넘겨주는 셈이 될 거야. 너도 알고 있지?"

"알아. 그래도 감수해야지. 내가 죽으면, 대신 빅토리아는 무사할 테니까. 그리고 내가 다시 이곳에 살아 돌아온다면 그건 우리가 이겼다는 말일 테지. 이게 유일한 선택이야."

"다른 방법이 없어, 잭. 이런 말밖에 할 수 없다는 게 싫다. 무슨 수를 써도 이 예언을 바꿀 수 없다는 게 말이야."

잭이 고개를 들어 찬찬히 그를 보았다.

"신들의 장기 말. 그게 우리들의 모습이지."

잭이 나지막이 말했다. 크리스티안이 고개를 흔들었다.

"어쩌면 아닐 수도 있어. 어쨌든 빅토리아는 이곳에 남을 테니까. 신들이 우리의 의지와 미래를 가지고 장난을 칠 수 있을지는 몰라도, 빅토리아를 데리고는 아니야."

잭이 고개를 끄덕였다. 도미바트를 꺼내들자 희미한 어둠 속에서 불길이 일렁였다. 크리스티안은 불길에서 한걸음 멀어지더니 칼집에서 하이아스를 꺼내 그 부드럽고 차가운 반짝임에 자신의 얼굴을 비추었다. 두 사람은 다시 한번 서로를 쳐다보았다.

"망치지 마라, 알지?"

크리스티안이 작은 소리로 말했다.

"너나 배신하지 마."

잭이 투덜거렸다.

크리스티안이 수수께끼 같은 눈길을 던졌다.

"이미 배신하고 있는지도 모르지."

이렇게 말한 크리스티안이 육각형 안으로 한 걸음 내딛자 푸른 빛의 광채가 휩싸며 그의 모습이 사라졌다.

잭이 불안한 마음으로 뒤를 따랐다.

포털이 두 사람을 집어삼켜 드락웬 탑의 심장부로 보내는 사이, 위층에서는 유니콘이 깊은 잠에 빠져 있었고, 셰크 하나가 어둠 속에서 그 잠을 지키고 있었다.

11

세 달의 만월

알렉산더는 앞마당으로 나와 머리 위에 떠오른 세 보름달을 응시했다. 야수가 몸 안에서 몸부림치고 있는 게 느껴졌지만 간신히 다스릴 수 있었다. '좋아.' 알렉산더는 혼잣말을 했다. 대마법사의 마법이 아직 효과를 발휘하고 있었다. 그는 해가 뜰 때까지만 참아달라고 신들에게 기도를 올렸다.

시선을 들자 총안에 서 있는 두 인물이 보였다. 코반과 샤일이었다. 그는 계단을 올라가 성벽 높은 곳에 있는 그들과 자리를 함께했다.

기사단 군장이 근심어린 눈길을 보냈지만 알렉산더는 차갑게 질문만 던졌다.

"일이 어떻게 되어갑니까?"

샤일이 피곤해 보이는 미소를 지었다. 그는 알렉산더 안의 야수를 붙잡아두려고 전력을 다했고, 아직 회복중이었다.

샤일이 말했다.

"하렐은 보호막이 견뎌낼 거라고 장담하고 있어. 하지만 만일 아슈란이 보호막을 부술 방법을 찾아낸다면, 결국엔 '뱀들이 감히 아와 숲에 발을 디디고, 우리는 그들을 기다리게 되리라' 던 예언의 말 그대로 되겠지."

이번에는 알렉산더가 미소 지었다. 제 영토를 지키려는 요정들의 사나움은 전설적이었다.

"좋아. 요정들에게 숲을 맡으라고 해. 우린 요새를 맡지."

코반이 걱정스러운 듯 고개를 흔들었다.

"우리가 오랫동안 누르곤의 수비를 준비해온 건 사실이지만, 저 밖에서 우리를 기다리는 자들의 공격을 막아낼 수 있을지는 모르겠네."

세 사람은 성벽 건너, 숲 저 너머에서 진을 치고 있는 적의 진지를 응시했다. 그 진영에 감돌고 있는 활기가 다른 날 밤과 같지 않다는 것은 누구라도 감지할 수 있었다. 뱀들과 그의 동맹들이 전투를 준비하고 있었다.

"놈들의 공격을 기다리다니, 질색이군."

알렉산더가 으르렁거렸다. 코반이 대꾸했다.

"하지만 선택의 여지가 없잖나. 보호막이 효력을 발휘하지 못하게 되더라도, 누르곤 성벽은 그대로 똑같을걸세. 요정들이야 숲에서 싸우는 게 좋겠지만, 난 탁 트인 들판에서 싸우고 싶어."

알렉산더는 생각에 잠긴 표정으로 고개를 끄덕이고는 요새 주변을 둘러보았다. 성벽 근처에 나무가 자라지 않는 공간이 있었다. 반란군들이 요정들에게 요청하여 얻어낸 훈련 공간이었다. 하렐은 그들의 요구를 받아들여주었지만, 코반은 그래도 그곳이 너무 협소하다고 여러 차례 불평을 했다.

코반이 말을 이었다.

"준비는 다 되었네. 전사들, 용병들, 용 조종사들, 궁수들, 대마법사, 마법사들, 활, 투석기, 다른 기계들, 우리 누르곤의 기사들까지. 만일 보호막이 무너지면 우리 모두 요새를 지키기 위해 들고 일어날 걸세. 다들 뭘 해야 할지 잘 알고 있을 테니……"

시선을 위로 향하자, 셰크 수십 마리가 하늘을 가르는 게 보였다.

샤일이 동의의 뜻을 나타냈다.

"놈들이 더 많아졌군요. 공격할 준비를 하고 있어요. 곧 보호막을 통과할 수 있다는 걸 알고 있는 겁니다."

코반이 두 주먹을 불끈 쥐며 작은 소리로 물었다.

"우리가 얼마나 버틸 수 있을까?"

알렉산더가 불쑥 대답했다.

"아마 우리 생각보다는 조금 더요."

그는 적진 너머 지평선으로 시선을 던지고는 수수께끼 같은 미소를 지었다. 그리고 동료들을 돌아보며 알렸다.

"내려가서 내가 적진으로 침입할 거라고 모두에게 전해요. 당연히 위험할 겁니다. 하지만 일이 잘 안되더라도 보호막이 버티는 한은 언제라도 물러날 수 있어요. 우리와 함께하고 싶은 사람은 누구라도 그렇게 하라고 해요. 많으면 많을수록 더 좋으니까."

다른 두 사람이 그 말을 알아듣는 데는 시간이 걸렸다.

코반이 폭발했다.

"자네 미친 거 아닌가? 그건 자살 행위야!"

알렉산더가 미소를 지었다.

"어쩌면요. 하지만 내가 이 성벽 안에서보다는 저 밖에서 더 쓸모가 있을 거라는 생각이 드네요. 다른 한편으로, 오늘 밤 내가 시야에서 사라진다면 고마워할 사람들이 꽤 많을 겁니다."

아슈란은 드락웬 탑 측면의 끝에 세워진 커다란 테라스로 나왔다. 난간은 이미 십여 년 전에 허물어졌지만 네크로맨서는 개의치 않았다. 그저 창공에 빛나는 세 달에 눈길을 던질 뿐이다.

아슈란은 혼잣말로 중얼거렸다.

"참 아이러니하군. 여섯 신들이 그렇게나 자랑스러워하는 천체가 신들의 몰락을 재촉하다니 말이야. 해와 달의 결합이 내게 힘을 주어 용과 유니콘을 없애게 했고, 십오 년이 지난 후, 이번엔 세 달이 내게 이둔 전체를 지배할 힘을 줄 터이니. 세 달의 만월과……"

그는 말을 끝맺지 않고, 남아 있는 난간을 부드럽게 어루만졌다. 그의 손길에 돌이 가볍게 진동했다.

"마지막 유니콘의 힘이라."

혼잣말을 마친 후, 하늘을 향해 고개를 들자, 은빛의 홍채가 달빛 아래 기이하게 반짝였다. 그는 차가운 미소를 띠며 세 달에게 인사를 건넸다.

"여신들이여, 오늘 밤엔 나에게서 숨을 수는 없을 것이오. 당신들의 능력을 내게 넘기고, 누르곤, 아와 숲, 최후의 반란군들이 무너지는 모습을 지켜보시오. 그리고……아, 그렇지." 갑자기 기운이 나는 듯 그가 덧붙였다. "당신들의 그 우스꽝스러운 예언의 최후를 지켜볼 증인이 곧 도착하겠군."

등 뒤에서 자신을 기다리는 세스하크를 돌아보며 그는 말을 끝맺었다.

"그들에게 합당한 영접을 해줘야겠지, 안 그래?"

잭이 어지러워 발을 헛디디다가 크리스티안과 부딪힐 뻔했다.

'조심해!'

크리스티안이 머릿속에서 주의를 주었다.

'미안해.'

잭이 자동적으로 대답했다. 크리스티안은 한쪽 눈썹을 치켜뜨며 잭을 보았다. 용이 이제 텔레파시로 생각을 주고받는 데 익숙해졌다는 사실을 깨달은 것이다. 셰크들과 함께 살더라도 목소리 대화를 포기하는 인간들은 거의 없다. 말을 직접 주고받는 것이 더 편하게 느껴지기 때문일 것이다. 하지만 잭은 어깨만 으쓱할 뿐 크리스티안의 무언의 질문에는 대답하지 않았다. 셰시스는 침묵을 지키는 법을 가르쳐주었고, 생각하기만 하면 그 생각을 포착할 수 있는 사람이 곁에 있는데, 굳이 소리 내어 말할 필요가 없었다.

두 사람은 주위를 둘러보았다. 두 사람이 와 있는 홀은 방금 전에 떠나온 방과 매우 흡사했지만 세월의 흐름에 더 많이 손상되어 있었다. 방은 고요하고, 어둡고, 텅 비어 있었다.

'우리를 기다리지 않았던 걸까?'

잭이 불안한 마음으로 생각했다.

'그렇게 운이 좋지는 않을걸.'

셰크가 대꾸했다. 크리스티안은 두 사람이 방금 모습을 드러낸 육각형이 그려진 발치를 돌아보았다. 그는 긴 손가락으로 그 둘레에 새겨진 기호들을 하나씩 어루만지고, 어떤 것들은 건너뛰면서 고대의 단어를 소곤거렸다. 몇몇 기호들이 빛을 발하기 시작했고, 육각형 전체가 부드러운 광채를 발하더니 마침내 꺼져버렸다.

잭은 조용히 모든 과정을 지켜보았다. 전에는 한 번도 크리스티안이 마법을 쓰는 걸 본 적이 없었다. 그는 한마디도 하지 않고 그저 물끄러미 그를 지켜볼 뿐이었다.

셰크가 설명했다.

'문을 닫은 거야. 빅토리아가 우리를 따라오지 않도록.'

"하지만……"

잭이 불쑥 말을 내뱉고는 즉각 입을 다물었다.

'하지만 넌 그애를 잠들게 했다며.'

'동이 틀 때쯤 깰 거야. 우리에게 안 좋은 일이 생기면, 그애가 알게 될 테고……'

그는 말을 끝맺지 않았지만 잭은 무슨 말인지 알아들었다. 그렇지만 그가 크리스티안의 손에 자신을 내맡긴 채 탑 안에 갇혀 있고, 둘 중 크리스티안만이 이동 포털을 열 수 있다는 사실을 의식하지 않을 수 없었다. 잭은 심호흡을 하고는 그런 생각을 머릿속에서 떨쳐버리려고 애썼다.

그는 셰크를 따라 조심스럽게 방을 나와 조용히 복도를 지나갔다. 크리스티안은 어디로 향하는지 정확히 알고 있는 듯 보였고, 잭은 결의를 다지며 그를 따라갔다.

드락웬 탑은 카슬룬 탑과 상당히 비슷해 보였다. 그렇지만 탑이 오랫동안 버려져 있었다는 걸 알 수 있었다. 벽을 장식하고 있던 태피스트리들이 떨어져나간 돌 벽에는 쫙쫙 금이 가기 시작했다. 복도나 탑 위층의 방에는 등불 하나 켜 있지 않았다.

그렇지만 돌 하나하나마다 신비롭고 따뜻한 에너지가 진동하는 듯했다. 이유는 알 수 없었지만, 잭은 빅토리아를 떠올리지 않을 수 없었다.

문득 그녀에게 미처 말하지 못한 일들이 생각났다. 저절로 가벼운 한숨이 나왔고, 그 소리를 들은 크리스티안이 차가운 눈초리를 던졌다.

'미안해.'

두번째 사과였다. 잭은 마음을 가라앉히고 상황에 집중하기 위해 셰시스가 가르쳐준 대로 여러 차례 심호흡을 했다. 하지만 빅토리아에 대한 생각을 지울 수가 없었다.

'지금 네가 내 말을 들을 수 있다면 얼마나 좋을까.' 그는 생각했다. '알아줬으면 좋겠어……이미 내가 결정을 했다는 걸. 무슨 일이 있더라도, 셰크와 함께든 아니든 계속 너와 같이 있고 싶다는 걸. 셰크에 대한 증오보다 너에 대한 사랑이 내게 훨씬 더 중

요하다는 걸. 아, 제발 한 번만 더 네 눈을 보며 이런 말을 할 수 있다면 얼마나 좋을까……'

불현듯 세크가 이런 생각을 포착하지 않았나 싶은 불안한 마음에 잭은 크리스티안을 흘끗 보았다. 하지만 그는 그런 낌새를 전혀 비치지 않았고, 잭을 쳐다보지도 않았다.

그들은 계속 나아가 달팽이 모양의 계단이 있는 곳까지 갔다.

'저 위야.'

크리스티안은 말없이 가리켰다. 잭은 심호흡을 하고 그를 따라갔다.

두 사람은 계단 위를 조용히 그림자처럼 미끄러지듯 걸었다. 그들은 긴장을 유지하면서 맥박 치는 내면의 힘을 다독였고, 하이아스와 도미바트 역시 희미한 어둠 속에서 미약하지만 부드러운 광채를 발했다. 두 사람은 아무와도 마주치지 않았다.

크리스티안이 계단 모퉁이에서 멈췄다. 거기서부터 여섯 개의 통로가 시작되었는데, 통로들은 각각 서로 다른 방향으로 향하고 있었다. 세크는 손짓으로 가장 넓은 통로를 가리켰고, 잭은 안쪽에 보이는 거대한 문 뒤로 아슈란이 있다는 걸 파악했다.

'감시가 없는 것 같은데.'

크리스티안이 대꾸했다.

'감시는 없어. 그는 우리가 들어오길 원하니까.'

둘은 시선을 주고받았다. 순간 서로에 대한 증오가 불길처럼 일었고, 두 사람은 그 마음을 다잡으려고 애를 썼다. 아무리 본능이 요구한다 해도 지금은 싸움을 벌일 때가 아니었다.

잭이 생각했다.

'함정이야.'

셰크가 인정했다.

'그래. 하지만 너희 신들이 정말로 아슈란을 이기는 데 관심이 있다면, 우리에게 손을 내밀어주겠지. 그러길 바란다. 지금까지 우리가 해온 모든 일들, 우리가 겪은 모든 고통, 심지어 우리 자신의 존재까지…… 그것은 모두 바로 지금 이 순간을 위해서였어. 너는 지금 바로 이곳에 있기 위해 태어난 거야, 잭. 이번 일이 뜻대로 안 되면, 더이상 우리가 할 수 있는 건 없어.'

잭이 대답했다.

'알아. 난 준비됐어. 하지만 왜 뭔가 빠진 듯한 기분이 들까?'

크리스티안은 그저 그를 바라보기만 할 뿐이었다. 그리고 뒤이어 그가 설명했다.

'저 방을 본 적이 있어. 넓기는 해도 셰크들 여럿이 편하게 싸울 수 있을 정도는 아니야. 저기 문 뒤에는, 우리 아버지가 있을 거야…… 그리고 아마도 세스하크와 다른 시슈 하나 정도가 있을 수도 있지만 그 이상은 아닐 거야. 시슈들은 중요하지 않아. 놈들은 잊어버려. 문턱을 넘자마자 넌 용으로 변신해 곧장 아슈란을 덮쳐. 세스하크가 없다면 나도 같이 싸울게. 만일 그자가 있다면 내가 맡을 거고.'

잭은 미심쩍은 표정으로 그를 보았다.

'방에 다른 셰크가 있다면 난 본능적으로 곧장 놈에게 다가가게 될지도 몰라.'

'본능을 다스리려고 애써봐.'

잭은 고개를 끄덕이고 세시스가 가르쳐준 모든 걸 떠올렸다. 다른 셰크들과 마찬가지로 세스하크에 대한 증오는 그저 본능적인 것일 뿐이다. 그는 그 생각에만 정신을 집중했다.

크리스티안이 다시 앞서가기 시작했다. 잭이 뒤따랐다. 불과 몇 걸음 걷지 않아 문 뒤에 셰크의 존재가 감지되었다. 크리스티안 역시 이 사실을 눈치 챘다는 걸 눈짓으로 알렸다. 세스하크, 셰크들의 왕도 그곳에 있는 것이다.

문 몇 미터 앞에서 그들은 걸음을 멈추었다.

크리스티안이 말했다.

'지금이야.'

문이 활짝 열렸다. 두 젊은이가 동시에 문턱을 넘었다.

두 사람은 둥근 벽과 높은 천장이 있는 널찍한 방으로 들어섰다. 방 안쪽으로는 달빛에 물든 커다란 테라스가 있었다. 잭은 구석에서 두 사람을 엿보고 있는 세스하크를 감지하고, 셰크의 왕이 그에게 보내는 증오에 찬 소리를 들었다. 그러나 그는 오로지 방 한가운데서 반쯤 미소지으며 두 사람을 기다리고 있는 남자에게만 눈길을 주었다. 어둠 속에서 밝은 달빛을 가로막고 선 그는 마치 키 큰 그림자처럼 두 눈만 기이하리만치 번쩍이고 있었다. 그 눈길의 대상이 자신임을 깨닫자 오싹한 느낌이 퍼졌다.

'잭!'

의식 속에서 크리스티안이 부르는 소리가 들렸다. 몸이 말을 듣지 않는다는 걸 깨달은 직후였다. 무슨 이유에선지 용의 불길이 내면에서 꺼져버렸고, 아무리 애를 써도 변신할 수가 없었다. 크리스티안에게도 똑같은 일이 일어났다는 걸 굳이 쳐다보지 않아도 알 수 있었다. '왜 이러지?' 잭은 공포에 질렸다.

아슈란의 은빛 눈길이 벌겋게 달군 쇠처럼 그를 계속 태우고 있었다.

아슈란이 부드러운 말투로 입을 열었다.

"이건 뭐지? 유니콘은 어디 있는 거냐?"

크리스티안은 간신히 대답할 수 있었다.

"당신한테서 멀리 떨어져 있어요, 아버지."

아슈란이 나지막이 웃었다.

"불쌍한 것들 같으니라고. 뭔가 착각하고 있구나. 너흰 그애를 이곳에 데려왔다. 그애는 너희가 있는 곳에 있으니까. 너희 셋을 이어주는 관계가 그렇게 쉽게 끊어질 거라고 생각한 게냐?"

아슈란의 시선이 불러일으킨 마비에서 간신히 풀려난 잭은 도미바트를 치켜들고 고함을 내지르며 그에게 달려갔다. 하지만 뭔가 눈에 보이지 않는 것에 거세게 부딪쳐 한순간 숨을 쉴 수조차 없었다. 잭은 바닥에 쿵 하고 넘어졌다. 무슨 일인지 미처 깨닫기도 전에 귓가에 아슈란이 가볍게 웃는 소리가 들렸다.

"그러니까 네가 최후의 용이군. 무척이나 만나고 싶었다. 정말로 유니콘도 없이 나를 이길 수 있다고 생각한 게냐? 이 나를?"

잭이 의식을 잃기 전 마지막으로 본 것은 최면을 거는 은빛의 번쩍이는 눈이었다. 그러자 문득 자신이 성난 허리케인 한가운데 휩싸인 작은 참새처럼 작고 나약하다는 생각이 들었다.

'누구……누구야?'

꿈속에서 은빛 눈동자가 번쩍였다. 그 눈빛은 드러내고 있는 것보다 훨씬 더 많은 걸 숨기고 있었다. 그 뒤에 가려진 어둡고 치명적인 힘이 번득였다.

꿈속에서 목소리가 대답했다.

'너는 내가 누군지 알고 있다. 왜 나에게 맞설 수 없는지도.'

빅토리아는 비명을 삼키며 돌연 잠을 깨었다. 심장이 거세게 방망이질쳤다. 악몽을 꾼 것뿐인데……

진정하려 애를 썼지만 그럴 수가 없었다. 혼란스러운 생각을 정리하는 데 시간이 걸렸다. 그녀는 심호흡을 하고 다시 창문을 돌아보았다. 아직 밤이었지만 마치 대낮처럼 환했다.

그러자 갑자기 모든 것이 떠올랐다.

세 달. 세 달의 만월. 아슈란. 잭과 크리스티안이 떠난 것이다.

빅토리아는 벌떡 일어나 서둘러 달려나갔다. 그녀는 곧바로 잭과 크리스티안이 떠나버린 방으로 향했다. 그녀의 본능이 두 사람이 마지막으로 있던 곳이 그곳이라고 속삭였다. 빅토리아는 육각형의 상징들을 해석하기 시작했다. 어려운 일은 아니었다. 샤일에게서 고대 이둔어를 읽고 쓰는 법을 배운 것이 헛되지 않았다. 그렇지만 아이셸의 마법을 사용해도 뜻을 이룰 수 없었다. 그녀는 심호흡을 하고 마음을 가라앉히려 애썼다. 포털이 그녀의 힘으로 열리지 않을 거라는 사실을 알 수 있었다. 두 사람 뒤를 따라오지 못하게 크리스티안이 문을 차단한 것이다.

쿵쾅거리는 심장을 안고 그녀는 탑 위아래를 오르내렸다. 두 사람이 떠났다는 것도, 그리고 어디로 갔는지도 알았다. 하지만 드락웬 탑은 너무 멀리 있었고, 그녀가 가닿을 쯤에는 이미 늦었을 것이다. 문득 그녀는 탑 어딘가에서 유일한 희망이 조용히 맥박치고 있는 걸 느꼈다.

그녀는 며칠 전 시슈들과 싸움을 벌였던 수조가 있는 지하로 내려갔다. 며칠 전 크리스티안과 특별하고도 친밀한 순간을 나눈 곳이다. 그 생각은 떠올리지 않으려 애썼다.

잭과 크리스티안이 위험에 빠져 있을 때는 이성을 유지하가 힘들었다. 그 둘은 아슈란의 은빛 눈빛 뒤에 무엇이 숨겨져 있는지 짐작도 하지 못한 채 그를 만나러 달려간 것이다.

빅토리아는 얼마 전 드락웬 탑에서 아슈란의 눈을 보았을 때 그 사실을 알았다. 아니, 어쩌면 확실하지 않은 직감에 지나지 않는지도 모른다. 그렇지만 그날 밤 그녀는 그 눈 뒤에 숨겨진 힘에 대한 꿈을 꾸었고, 그게 무슨 의미인지 알 수 있었다.

따뜻한 물이 가득한 온천 앞에 걸음을 멈출 때까지도 그녀는 계속 두려움에 떨고 있었다.

"제발, 모습을 보여줘요."

빅토리아가 큰 소리로 간청했다.

그러나 침묵만 돌아올 뿐이었다.

"부탁이에요. 당신이 누구든, 여기 있다는 거 알아요. 모습을 보여주세요."

그곳에서 뭘 만나게 될지는 알 수 없다. 하지만 내내 이 탑에 다른 누군가가 있다는 것을, 네번째 인물이 숨어 지낸다는 것은 알고 있었다. 책과 함께 온 그는 책을 죽은 자들의 세상에서 돌아오게 해준 존재였다.

그때 수면에 번지는 웃음소리가 들렸다. 셰크의 구불거리는 몸통을 보자 심장이 더욱 거세게 뛰었다. 하지만 그녀는 즉시 그 뱀이 크리스티안이 아니라는 것을 깨달았다.

하지만, 셰크가 비늘에서 물을 뚝뚝 흘리며 솟아나와 빅토리아 앞에 거대하고 신비롭고 치명적인 모습을 드러내자, 문득 한줄기 그리움이 밀려왔다. 그 셰크에게는 크리스티안을 연상시키는, 어쩌면 눈빛일 수도 있고, 혹은 셰크의 본질 자체일 수도 있는 무언가가 있었다. 빅토리아는 두렵지 않았다. 셰시스가 호기심 어린 시선으로 빅토리아를 보려고 고개를 숙이자, 빅토리아는 곧바로 그녀가 누구인지 알 수 있었다. 새롭게 드러난 이 사실을 받아들이려고 애쓰며 경이의 시선으로 셰크를 바라보던 그녀는, 그 뱀이 크리스티안 때문이 아니라 책 때문에 이곳에 있다는 것이 대체 무슨 의미일까 생각했다.

셰시스는 아무 말도 하지 않았다. 여러 각도에서 계속 그녀를 쳐다보기만 할 뿐이었다. 빅토리아는 참을성 있게 그 탐색을 견뎌냈다. 책과 크리스티안이 너무나 걱정됐지만 서둘러서 될 일이 아니었다.

셰시스가 말했다.

'그러니까 네가 그 유니콘 소녀군. 널 가까이서 보고 싶었다.'

빅토리아가 심호흡을 하며 다정하게 말했다.

"잭을 도와줘서 고마워요. 그애의 목숨을 구한 게 당신이죠?"

'내가 왜 그랬는지는 나 역시 아직도 궁금하단다.'

셰시스가 어딘가 조금은 쓰디쓴 어조로 대답했다.

"어쨌든 고마워요."

셰시스는 눈을 가늘게 뜰 뿐 아무 말도 하지 않았다.

빅토리아는 계속 말했다.

"왜 그러셨는지는 묻지 않을 게요. 어떤 알 수 없는 이유로 용을 도와주었는지 말이에요. 하지만 그게 다시 한번 가능한지 알고 싶어요."

'내가 지금 알고 있는 걸 너도 알면서 말이냐?'

셰시스가 고개를 흔들었다.

"두 사람이 어디로 갔는지 알잖아요. 그애들이 떠나도록 내버려두었잖아요."

'내가 할 수 있는 일은 아무것도 없었다.'

"날 그들 곁으로 데려다주면 돼요."

셰시스는 대답하지 않았다. 빅토리아가 한걸음 앞으로 나갔다.

"이렇게 잭을 죽게 하려고 목숨을 구한 건가요?"

'그때는 상황이 달랐어. 그때는 아슈란을 쳐부술 기회가 있었지. 지금은 아니야.'

빅토리아가 공손하게 대꾸했다.

"있을 거예요. 내가 잭과 만난다면."

'확신할 수 있니?'

빅토리아는 망설였다. 꿈에서 본 일이 떠올라 그녀는 몸을 떨며 셰크의 시선을 피했다. 그리고 나지막이 시인했다.

"아뇨. 하지만 다른 방법이 없어요. 어떤 대가를 치르더라도 두 사람이 있는 곳으로 가야만 해요."

'그게 바로 아슈란이 바라는 일이라는 걸 알지?'

"네, 알아요. 하지만 제가 달리 뭘 하겠어요? 그들에게 등을 돌릴 순 없어요. 두 사람은 저를 필요로 해요."

'넌 이제 그들을 위해 아무것도 할 수 없다.'

"그렇지 않아요. 그리고 어쨌든 두 사람을 잃는다면 내 생명이 무슨 의미가 있겠어요?"

'너는 이 세상 최후의 유니콘이야. 할 일은 아주 많다.'

"바로 내가 마지막이기 때문에 그런 거예요. 나만 존재하고 두 사람이 없으면, 아무 의미도 없잖아요. 유니콘의 시대는 이미 지나갔어요. 천체 결합이 일어나던 날 다른 유니콘들과 함께 나도 죽었어야만 했어요. 하지만 살아남았죠, 다른 유니콘들이 전부 죽어버린 지금까지도. 내 생명을 유지하는 유일한 이유는 나 말고 다른 누군가가 있다는 확신 때문이에요. 나와 같은 두 사람, 설사 나와는 다른 종족이라고 해도 말이에요."

'알고 있다, 유니콘 소녀야. 하지만 그건 나와는 하등의 상관도 없지. 복수를 하겠다는 결심을 포기한 지금에는 말이다.'

"난 지금 당신한테 증오나 복수 이야길 하려는 게 아니에요. 사랑에 대해 말하는 거예요. 아슈란에게 복수하려고 책을 구했다면, 당신을 움직인 게 증오라면, 이제 그건 아무 의미도 없지요…… 그렇다면 이제 사랑을 위해 움직일 수는 없나요?"

셰시스가 대답했다.

'아주 오래전에는 나도 사랑을 했지. 하지만 때가 되니 끝나고 말았다.'

빅토리아는 고개를 들어 그녀의 눈을 보았다. 거대한 뱀의 숨결이 느껴지고, 둥근 몸통의 가벼운 떨림이 전해지며, 갈라진 혓바닥에서 쉭쉭거리는 소리가 선명하게 들려왔지만, 말을 꺼내는 빅토리아의 목소리에는 떨림이 없었다.

"당신이 누군지 알아요."

뱀이 눈을 가늘게 떴다.

'책이 말했니?'

빅토리아가 미소지었다.

"아니요. 그냥 알아요. 난 크리스티안을 너무나 사랑해서 그를 생각하는 것만으로도 가슴이 아플 정도예요. 당신에게는 그를 떠올리게 하는 뭔가가 있어요. 이둔에 있는 모든 셰크들 가운데서도 난 당신을 알아볼 수 있었을 거예요. 당신이 크리스티안의 어머니라는 걸 알아요."

셰시스는 언짢은 표정으로 조금 뒤로 물러났다.

'내 알에서 나온 건 네가 크리스티안이라고 부르는 그 생물과는 닮은 구석이 하나도 없었다.'

경멸이 담긴 어조였다.

빅토리아는 잠시 눈을 감았다. 그리고 나지막이 말했다.

"인간들은 그가 암살자라고 미워하고 무서워해요. 셰크들은 그의 영혼이 인간성에 오염되었다고 무시하죠. 하지만 저는 있는 그대로의 그를 사랑해요. 그리고 당신 역시 마음속에서 그를 아들로 여기고 있다는 걸 알아요."

셰시스는 대답하지 않았다. 대화가 끝났다고 파악한 모양인지 서서히 물속으로 잠겨들기 시작했다.

빅토리아가 계속 끈질기게 말했다.

"정말 손톱만큼뿐일지라도, 당신에게는 미움과 본능을 넘어서 책을 아끼는 마음이 있어요. 그렇지 않았다면 이곳까지 책을 데려오지도 않았을 테고, 나를 돌보기 위해 남아 있지도 않았겠죠. 그리고 크리스티안에 대해서도 마찬가지예요. 그는 여전히 당신 아들이기 때문이죠."

셰시스가 중얼거렸다.

'또한 아슈란과 세스하크의 아들이기도 하지. 그들이 알아서 돌봐줄 거다.'

"그들은 크리스티안을 죽일 거예요. 그럴 거라는 걸 알잖아요. 잭과 크리스티안은 아직 살아 있어요. 알 수 있어요. 하지만 두 사람은 아슈란과 맞서서 이길 가망이 없어요. 아직 아슈란이 그들을 죽이지 않은 건, 나를 기다리고 있기 때문이에요. 내가 두 사람에게 등을 돌리면, 두 사람을 죽게 하는 거예요.

옆에서 함께 싸워달라고 청하는 게 아니에요. 그저 날 그들이 있는 곳까지 데려가달라는 것뿐이에요. 부탁해요."

짧은 침묵이 감돌았다. 그 짧은 침묵은 빅토리아에게 영원처럼 느껴졌다.

셰시스가 말했다.

'널 데려가마. 결국, 예언은 이루어져야 하니까.'

빅토리아가 공손하게 고개를 끄덕였다.

"네. 예언은 이루어져야 하죠."

셰시스가 소용돌이치며 다시 깊은 물속으로 잠겨들었다. 빅토리아는 그녀가 완전히 사라질 때까지 기다렸다가, 뒤돌아 층계로 달리기 시작했다. 방에 가서 떠날 준비를 했다. 외투를 쥐고, 등에 지팡이를 단단히 메고는 유성처럼 재빨리 중앙 문까지 달려내려갔다. 카슬룬 탑의 입구를 열자, 셰시스가 밖에서 기다리고 있는 모습이 보였다. 만일 돌아오지 않을 경우, 탑을 이대로 비워놓으면 무슨 일이 생길지 알 수 없다. 하지만 잭과 크리스티안을 서둘러 찾아야 했고, 드락웬 탑에서 싸워야만 했다. 대안이 없었다.

셰크는 세상에 남은 최후의 유니콘을 등에 태우고 달빛 아래 힘찬 날개를 휘저으며 공중으로 솟아올랐다. 이제 둘은 마치 태엽장치처럼 척척 들어맞으며 무자비하게 실현되려는 운명과 마주치게 될 것이다. 그 운명의 체스판에서 빠져 있던 부분이 제자리를 찾아가고 있다.

드락웬 탑을 향해 만월의 밤을 날아가는 셰시스나 빅토리아도, 네크로맨서 아슈란의 힘 아래 붙잡혀 있는 잭과 크리스티안도 이 사실을 의식하지 못했다. 하지만 그들의 이해와 의지 너머 머나먼 곳 어딘선가, 일곱 신들은 숨을 죽이고 지켜보고 있었다.

알렉산더는 숲의 경계에서 못마땅한 얼굴로 그를 쳐다보고 있는 두 드리아데 요정 앞에서 말을 멈춰 세웠다.

"어디로 가요?"

드리아데 하나가 사나운 표정으로 조그마한 이를 드러내 보이며 쏘아붙였다.

"동료들과 나는 셰크들의 진지를 공격할 거요."

요정들은 눈을 가늘게 뜨고는 미심쩍다는 듯 그를 주시했다.

"당신들과 누가요?"

"이제 알게 되겠지."

알렉산더가 미소를 지었다.

"하렐 님의 허락 없이는 숲에서 나갈 수 없어요."

"난 누구의 허락도 필요치 않아. 나는 바니사르의 알산 왕자다. 아와 숲의 하렐은 나의 동맹이지 상관이 아니야."

드리아데 하나가 이를 바득바득 갈았다. 다른 하나가 속삭였다.

"이자에 대한 말을 들은 적이 있어. 야수 인간이야. 오늘 밤이 되면 아주 위험해질 거라고들 하더군. 떠나게 두자고, 해를 끼칠 거라면 뱀들 편에 끼치는 게 나으니까."

드리아데가 마지못해 비켜섰다.

"이 사실을 하렐 님께 보고할 겁니다."

알렉산더는 그러라는 제스처를 취하고는 박차를 가해 마지막 줄에 서 있는 나무들을 향해 나갔다.

동료들이 그를 따랐다. 겨우 서른네 명이었다. 요새와 그 주위에는 이백 여명 가까운 사람들이 있었지만, 대부분은 덴얄과 타나웨, 대마법사와 함께 그곳에 머물고자 했다.

반면에 이 서른네 명은 알렉산더를 따라 자살 공격을 하기로 했다. 대부분 젊은이들로 요새에 갇힌 채 여러 달을 보낸 뒤, 격전지로 나가고 싶어 조바심을 내던 참이었다. 하지만 코반과 샤일도 함께 있었고, 마지막 순간에 가담한 다른 누르곤 기사도 있었다. 그들은 알렉산더가 이끄는 대로, 형성된 지 얼마 안 된 숲의 남쪽을 향해 나아갔다. 그리고 지금 이곳에서 조용히 기다리는 중이었다. 그들이 기다리는 것은 과연 무엇이었을까?

샤일은 불안한 심정으로 친구를 지켜보았다. 아직 기운이 없지만 그래도 친구를 따라 이곳까지 왔다. 그를 굳게 믿기 때문이었다. 하지만 과연 좋은 생각이었는지 서서히 회의가 들기 시작했다. 그는 입가에 돋아 있는 집게발을 신경질적으로 덜걱거리기 시작한 니멘을 다독였다.

다른 지원자들도 대부분 니멘을 타고 있었다. 하지만 누르곤의 기사들은 여전히 말을 타고 있었다. 그들은 말을 유별나다 싶을 정도로 열심히 돌보았는데, 요새에는 말이 네 마리뿐이라 적의 진영에서 훔쳐오기라도 하지 않는 한, 더 마련할 가망이 없기 때문이었다. 시슈들이야 대부분 서서 싸우는 걸 선호하는 편이었지만, 바니사르와 딩그라 군 휘하에는 기병들이 상당수 포함되어 있었다.

그는 적의 진지를 주의 깊게 관찰했다. 이미 전투 채비를 시작한 시슈 군은 북쪽 숲 앞, 요새 앞에 솟은 나무들 바로 옆에서 완벽한 대열을 갖추고 대기하고 있었다. 그들은 머지않아 보호막이 무너지리라는 걸 알고 참을성 있게 기다리고 있었다. 그리고 그때가 되면, 지체하지 않고 누르곤의 성벽까지 곧장 줄지어 나아갈 것이다. 심지어 문을 때려 부술 큰 기둥과 사다리까지 이미 준비해놓고 있었다.

"놈들은 아예 의도를 숨길 생각도 없군."

누군가가 중얼거렸다.

"그거야 이미 우리가 놈들의 오늘 밤 공격 의도를 파악했다는 걸 알고 있기 때문이겠지."

"하지만, 어떻게 알았지?"

샤일이 궁금해했다.

"놈들이 직접 우리한테 경고를 하려고, 아니면 겁주려고 혼혈 천상족을 보냈으니까."

코반이 말했다. 하지만 알렉산더가 고개를 가로저었다.

"그렇지 않을 겁니다. 마흐 킵은 자신이 옳다고 생각한 대로 홀로 행동한 게 분명해요."

"그렇다면……놈들이 어떻게 안 거지?"

알렉산더가 어깨를 으쓱했다.

"셰크들이니까요."

마치 그걸로 모든 게 다 설명이 된다는 식의 간단한 대답이었다.

그는 시슈 군대에는 별 신경을 쓰지 않는 듯했다. 알렉산더의 시선은 방금 식량 보급을 받은 인간 병사들이 있는 적진 후위에만 머물러 있었다. 보아하니, 뱀 인간들과 달리 인간 병사들은 그날 밤 보호막이 무너질 거라는 말을 그다지 믿지 않는 듯했다. 딩그라 군이 진을 치고 있는 지역은 상당히 활기찼다.

"캐바니온 왕이 아직 진영에 있군. 분명 무장을 마무리하는 중이겠지."

알렉산더가 작은 소리로 말했다.

코반이 알렉산더를 쳐다봤다. 그는 옛 제자의 눈동자에 깃든 야성적인 반짝임이 마음에 들지 않았다.

"무슨 생각을 하고 있는 게냐?"

알렉산더가 고개를 흔들었다.

"제가 여러분을 이곳으로 데려온 건 만일 우리가 병영을 공격해야만 한다면 이곳이 먼저이기 때문입니다. 시슈 주력부대는 더 북쪽에 있는 숲의 경계에 모여 있으니까요. 남쪽에서 병영을 에워싸고, 뒤에서 공격하는 겁니다."

"딩그라 군대를?"

"아니요. 라헬드 인들이 있는 구역. 투석기들을요."

코반이 알겠다는 듯 눈빛을 반짝이며 고개를 끄덕였다.

"라헬드 인들은 전투 제일선에서 모든 수레를 움직이고 있어. 그 수레들로 숲으로 가는 통로를 열려는 거지. 하지만 투석기들은 후위에 남겨뒀어. 숲을 편하게 드나들 수 있을 정도로 공간을 충분히 확보하면 그때 이동시키겠지."

알렉산더가 상어처럼 씩 웃었다.

"그때가 돼도 이동할 게 남아 있다면 말이죠."

라헬드는 장인들의 왕국으로, 그들의 군대 자체는 그다지 위력적이지 않았다. 하지만 그들은 대단히 질이 좋은 무기를 제조했고, 그중 어떤 것들은 라헬드의 기술자들이 직접 조종해야만 하는 것들도 있었다. 불과 며칠 전에 도착한 전투 장갑차 같은 것들이 그것으로, 지금은 조금 멀리 떨어진 시슈 군 앞에 놓여 요정의 보호막이 무너져 무성한 나무 사이의 좁은 오솔길로 들어갈 수 있는 넓은 길이 나길 기다리고 있었다. 조용히 병영 안쪽에서 대기하고 있는 투석기들도 마찬가지였다.

"딩그라 군은 아주 가까이 있지. 놈들의 주의를 끌자고."

코반이 지적했다. 알렉산더가 다시 미소를 지었다.

"아직은 그러지 않는 게 좋겠어요."

다른 사람들이 불안한 표정으로 그를 보았다. 코반은 알렉산더가 정말로 캐바니온 왕을 찾아가 누르곤 기사단의 몰락에 대한 복수를 하려는 건 아닌지 걱정이 되었다. 하지만 침착하고 자신감에 차 있는 알렉산더의 모습을 보며, 그를 믿어야 한다는 데 한 표를 던지는 수밖에 없었다.

수천의 병사들이 있는 병영에 침입하려는 사람들의 수는 여전히 서른네 명이었다. 하지만 그들은 기습을 꾀하고 있었다.

알렉산더는 굉장히 치밀하게 지시를 내렸다. 모든 사람들이 그의 말을 제대로 이해했다는 확신이 든 뒤에야 샤일을 돌아보며 그가 말했다.

"후위에 남아 있어. 놈들이 우리 때문에 다들 정신이 없을 때를 노려서 투석기에 다가가 불을 붙여. 하지만 공격 주문에 에너지를 다 쓰지는 마. 위급할 때 순간이동을 할 수 있을 정도는 남겨 둬야 해."

"내가 모두를 순간이동시킬 수는 없어."

"모두는 아니야. 심한 부상을 당해서 움직일 수 없는 사람들만

이야. 아니면, 최악의 경우…… 생존자들만이라도."

샤일이 고개를 끄덕였다.

알렉산더는 마지막으로 쭉 둘러보았다. 그러고 난 후 세 달을 향해 고개를 들며 미소를 지었다.

"때가 됐어."

"유니콘이 오고 있군."

아슈란이 알려주었다. 그가 고개를 돌리자, 그 은빛 눈에 달빛이 빛났다.

그는 세스하크를 돌아보았다.

"불행히도, 별로 서두르는 것 같진 않군. 상황이 얼마나 심각한지 깨닫지 못한 모양이야."

뱀이 눈을 가늘게 떴다. 그는 둥근 몸통으로 크리스티안을 칭칭 감아 잡아두고 있었다. 크리스티안은 움직일 수 없었고, 숨쉬기조차 힘들었다. 아슈란의 발밑에 있는 잭도 나을 것 없는 상황이었다. 네크로맨서가 마치 길 잃은 강아지를 붙들듯 잭의 목덜미를 움켜잡자, 그 손가락 끝이 얼음 손아귀처럼 잭의 피부로 파고들었다. 잭은 움직일 수도 없었다. 그는 얼마 되지 않는 남은 힘으로 몸부림을 쳤다. 네크로맨서는 포로를 풀어주기는커녕, 손가락으로 전기충격을 흘려보냈고, 잭은 참을 수 없는 고통에 비명을 지르며 몸을 뒤틀었다. 시야가 흐려지고, 모든 신경 하나하나가 다 곤두섰다. 잭은 마침내 적의 발아래 쓰러져서 더 저항할 수 없을 정도로 기진맥진했다. 아슈란의 손은 여전히 쇠목걸이처럼 목덜미를 붙들고 있었지만, 잭이 움직이지 않으면 고통이 심하지는 않았다. 그는 그렇게 가만히 기다리기로 했다.

잭은 힘겹게 숨을 내쉬며 세스하크의 무거운 몸통 안에 갇혀 있는 크리스티안을 간신히 쳐다보았다. 크리스티안은 잭처럼 대들지 않았다. 그래봐야 부질없다는 것을 즉시 파악했기 때문이다. 지금 한구석에 내동댕이쳐진 하이아스나 알 수 없는 이유로 빼앗긴 변신 능력 없이는 셰크의 이 치명적인 포옹에서 풀려날 수 없었다.

잭은 불운한 친구가 자신에게 텔레파시로 말을 걸기를 한참이나 기다렸다. 경계태세를 취하며 의식을 유지했다. 하지만 크리스티안으로부터는 그 어떤 신호도 없었다. 혹시 세스하크가 그의 의식을 막고 있는 건 아닌지, 그런 식으로 그를 격리하고 있는 건 아닌지 하는 생각이 들었다.

어떤 경우든, 상황은 최악으로 치닫고 있었다. 여전히 두 사람을 잡고 있는 아슈란에게 분노가 치밀었다.

비통한 생각에 그는 자신에게 물었다.

'이러려고 그 많은 일을 겪은 건가? 이 모든 일이 이런 꼴을 당하기 위해서라고? 이제 곧 아슈란의 힘 아래 무너지기 위해서? 대체 예언은 어디 있는 거야? 신탁은 이 일에 대해 뭐라고 했지?'

잭에겐 이 모든 일이 신들의 장난처럼 보였다. 아주 기분 나쁜 장난이었다.

왜 아직도 두 사람이 살아 있는지, 왜 아슈란이 여태까지 잭만이라도 죽이지 않고 살려둔 건지 궁금했다. 아슈란과 세스하크가 뭔가를 기다리고 있는 것처럼 보인다는 걸 깨달은 그는 그제야 그들이 무엇을, 아니 누구를 기다리는지 알아챘다.

그들은 빅토리아를 기다리고 있었다. 그들은 빅토리아가 탑으로 달려올 거라고, 고통받으며 위험에 처해 있을 잭과 크리스티안을 위해 수단과 방법을 가리지 않고 어떻게든 이곳으로 오리라고 백 퍼센트 확신하고 있었다.

잭이 생각했다.

'하지만 말이 안 되잖아. 아슈란은 예언에 빅토리아에 대한 언급이 있다는 걸 알 텐데. 그애가 오면, 그 예언이 이루어질 수도 있다는 걸 알 텐데. 왜 아직도 피하려 하지 않지?'

자신을 응시하는 세스하크의 얼음 같은 눈빛이 느껴졌다. 셰크는 잭을 죽이고 싶어했지만, 아슈란은 그에게 기다리라고 말했다. 뱀들의 막강한 왕은 본능을 다스리려고 애를 썼지만, 본능의 부름은 매 순간 점점 더 급박해졌다.

"알고 있네, 세스하크."

아슈란이 세스하크의 소리 없는 텔레파시에 대답했다.

"하지만 모든 게 예언처럼 끝나지 않을 거야. 날 믿으라고. 게임이 자네 생각처럼 돌아가고 있진 않아. 최소한 잠깐만이라도 그 증오심을 통제하고 있으면 모든 게 끝날 거야."

세스하크를 돌아보았다.

"혹시 셰크들을 고향으로 돌아오게 해준 나를 믿지 못하는 건가? 이둔의 통치권을 자네들에게 넘겨주고, 용들의 위협을 끝내

준 나를?"

세스하크가 눈을 가늘게 떴다. 아슈란이 미소를 지었다.

"그렇다면 계속 믿어. 후회하지 않을 테니."

잭은 예언에서 그들이 이길 거라고 확언하지 않았다는 것을 떠올렸다. 그저 용과 유니콘이 아슈란과 맞설 것이며, 아슈란을 이길 가능성이 있다고만 말했을 뿐이다. 그렇다면……

'지금 우리가 이기러 온 게 아니라면.'

세시스는 예언이 크리스티안을 끼워넣기 위해 수정되었다고 말했다. 셉티모 신이 이 모든 일의 배후에 있고, 예언이 그에게 유리하게 끝날 거라면, 아슈란과 세스하크가 이처럼 대단한 관심을 갖고 빅토리아를 기다리고 있는 게 이상한 일은 아니다. 아슈란이 마지막 유니콘의 힘을 이용하려 한다는 것 외에도.

잭은 패배했다는 아찔한 기분에 고개를 떨어뜨리고 생각했다.

'도무지 이해할 수가 없어.'

빅토리아의 도착이 너무 늦다는 아슈란의 말이 무슨 소리인지 궁금하여 잭은 고개를 들려고 애썼다. 그들은 빅토리아를 카슬룬 탑에 남겨두었다. 크리스티안이 포털 입구를 봉했으니 빅토리아는 그 문을 통해서 두 사람을 따라 올 수는 없을 것이다. 만일 이곳까지 걸어서 오는 거라면 여러 날이 걸릴 텐데. 그게 아니라면. 그렇군…… 아슈란이 입구를 다시 연 것이다.

하지만, 잭이 아는 바에 의하면, 이곳에서는 카슬룬 탑의 포털을 열 수 없다. 그렇지 않다면 이미 오래전에 탑을 정복했을 테고, 세 사람이 그곳에 있는 동안 이미 공격했을 것이다. 잘못 이해한 게 아니라면, 포털은 출발하는 쪽에서는 입구를 여닫을 수 있지만 도착하는 탑의 입구에서는 아니었다. 크리스티안은 카슬룬 탑의 문을 열고 닫을 수 있었지만, 드락웬 탑의 문을 열지 못한다. 그들을 위해 문을 열어놓았던 것은 아슈란이었다. 마찬가지로 아슈란은 드락웬 탑의 포털은 여닫을 수 있지만, 카슬룬 탑의 포털은 그럴 수 없다.

아슈란은 누군가가 적당한 장소에 가 있으면 통과시킬 수도 있나보군, 하고 잭은 생각했다. 하지만 아무리 그러고 싶어도 아슈란은 빅토리아에게 탑으로 오는 입구를 열어줄 수 없다. 크리스티안은 빅토리아가 열지 못하도록 카슬룬 탑의 포털을 봉해놓았다.

그렇다면, 아슈란은 빅토리아가 빨리 도착하리라는 걸 어떻게 알고 아는 체를 하는 거지? 그리고 왜 이렇게 서두르는 거지? 어쩌면 잭과 크리스티안을 포로로 잡고 있는 마법이 일정 시간 동안만 효과를 발휘하는 걸까? 그는 그 희망에 매달렸다.

세스하크가 뭐라고 말했지만, 잭은 아슈란에게만 맞춰진 셰크의 생각을 읽지 못했다. 네크로맨서가 답하듯 고개를 끄덕인 것으로 보아 뭔가 말을 했다는 건 알 수 있었다.

"반지, 그래. 그걸 잊고 있었군. 한번 시도해볼 만하겠는걸."

크리스티안의 날씬한 몸을 둥근 몸통으로 조이는 세스하크의 눈이 사악한 빛으로 반짝였다. 크리스티안은 눈을 휘둥그레 뜨며 숨을 헐떡였고, 얼굴은 고통에 찬 표정으로 일그러졌다.

그곳에서 멀리 떨어진 곳에서, 셰시스의 등 위에 앉아 있던 빅토리아가 신음했다. 그녀는 심호흡을 하며, 시스카셰그의 보석을 입술로 가져갔다. 반지가 붉은 광채를 빛내며 반짝이고 있었다.

빅토리아가 소곤거렸다.

"내가 가, 크리스티안. 오래 걸리지 않을 거야. 조금만 참아."

잭과 크리스티안이 고통받고 있다는 사실을 확인하자 괴로움이 커져갔다. 조금 전에는 잭의 고통도 느껴졌다. 그녀와 크리스티안을 이어주는 마법 반지와는 다르지만, 마음 깊은 곳에서 잭의 괴로움도 느낄 수 있었다. 빅토리아는 셰시스의 물결치는 등위로 몸을 숙였다.

"좀더 빨리 갈 수 없나요?"

윙윙거리는 바람 너머로 소리를 전달하기 위해 그녀는 귀에 대고 고함을 질렀다.

'그럴 수 없다는 걸 알잖아.'

셰크가 대꾸했다. 빅토리아는 심호흡을 하고는 중얼거렸다.

"내가 할 수 있는 일이 반드시 있을 거야."

또다시 아슈란이 저 멀리, 드락웬 탑에서 잭과 크리스티안을 괴롭히는 게 느껴졌다. 괴로운 신음소리가 새어나오려 했지만 빅토리아는 참아냈다. 그녀가 고개를 들자 얼굴에 늘어져 있던 머리카락이 바람에 흩날렸고, 세 달의 달빛이 그녀의 표정을 비추었다. 겉으로 보기에 빅토리아는 침착하고 무덤덤해 보였다. 하지만 눈에는 지독한 어둠이 다시 깃들었다.

그녀가 밤의 어둠을 향해 속삭였다.

"당신이 뭐든 상관없어, 아슈란. 맹세하지만 두 번 다시 잭과 크리스티안을 해치지 못하게 할 거야. 둘 중 누구도 말이야."

지팡이가 달빛을 받으며 신비롭게 반짝였다. 빅토리아는 뭘 해야 할지 알고 있었다. 그녀는 심호흡을 하고 눈을 감으며 정신을 집중했다.

병영은 웅성웅성 술렁이고 있었다.

결국, 아와 숲 경계에 진을 친 지 몇 달이 지나서야 전투를 벌이게 된 것이다. 이제 그들은 지금 기분 좋게 갑옷을 챙겨 입고, 무기의 날을 세우고, 방패를 닦고 있었다.

요정의 보호막이 길을 가로막은 채 여전히 버티고 있지만 셰크들은 오늘 밤, 세 달이 만월이 되면, 마침내 아슈란이 그것을 부술 것이고, 그러면 그들이 숲으로 들어갈 길이 활짝 열릴 거라고 했다. 처음에 인간 병사들은 그 소식을 회의적으로 받아들였다. 하지만 달이 하늘 높이 떠오르자, 시슈들은 자신들의 군주가 약속한 대로 보호막이 쓰러질 거라는 굳건한 믿음으로 숲의 경계에서 대기하기 시작했다. 그러자 인간들도 준비를 서둘렀다. 정말로 이대로 누르곤을 공격할 거라면, 인간들보다 훨씬 빠른 시슈들 앞에서 멍청한 꼴을 보이게 될지도 모른다. 어쨌든 전투를 하리라는 건 기정사실이고, 그들은 그 사실에 들뜨거나 조급해했다.

보초들이 평소처럼 주의를 기울이지 않은 건 그 때문인지도 모른다. 텐트 사이를 몰래 움직이는 그림자들을 보지 못한 것은.

알렉산더는 전사 둘을 앞세웠고, 이들은 보초를 선 병사들을 없애는 일을 맡았다. 그들은 차례차례 한 놈씩 재빨리, 치명적으로 해치워나갔다. 그들의 단도 아래 쓰러진 병사 중 하나는 여자였지만, 그렇다고 전사들은 발걸음을 멈추지 않았다. 이둔에서는 많은 여인들이 남자들과 똑같이 싸웠고, 그 여인들에게 동정심을 갖는다는 건 대부분의 경우, 바로 자신에게 사형선고를 내리는 것과 같기 때문이었다.

경계경보를 발휘할 사람이 아무도 남지 않게 되자, 알렉산더는 부하들을 이끌고, 숨라리스를 치켜든 채 늑대의 울부짖음 같은 오싹한 구호를 내지르며 병영으로 말을 몰고 들어갔다.

딩그라의 군사들이 무슨 일이 벌어지고 있는지 알아차리기까지는 조금 시간이 걸렸고, 무슨 일인지 깨달았을 때는 이미 늦었다. 알렉산더는 폭풍처럼 텐트 사이를 질주하며 길목에서 마주치는 모든 병사들을 숨라리스로 갈랐다. 이 전투에서 살아남은 자들은 훗날 말하리라. 분노와 야성에 찬 노르스름한 빛을 발하던 적의 눈과 전설의 검이 내뿜던 초자연적인 빛이 밤마다 무시무시한 악몽 속에서 되살아난다고.

알렉산더를 따라, 반란군들이 공격을 시작했다. 많은 이들이 활활 타오르는 횃불을 들고, 지나는 길에 마주치는 텐트들을 모조리 불태웠다.

마침내 병사들이 대응해왔다. 곧 병영은 말 그대로 혼란의 도가니에 빠졌다. 비명과 연기, 소음, 그리고 무엇보다 강철이 서로 부딪히는 리드미컬한 소리, 피와 죽음의 노랫소리가 난무했다.

샤일은 후위에서 니멘을 타고 이 모든 걸 지켜보고 있었다. 딩그라의 병사들이 한참 다른 데 정신이 팔린 듯 보이자, 그는 니멘의 박차를 가하여 투석기들을 향해 살그머니 다가갔다.

니멘은 빠르고 아주 조용한 동물이다. 말을 타고는 그곳까지 그렇게 알아채지 못하게 빨리 가지 못했을 것이다. 니멘은 아무도 눈치 채지 못하게 고분고분 그를 목적지까지 데려다주었다.

투석기에는 보초가 붙어 있었다. 투석기를 지키는 병사들은 동맹자들의 병영에서 벌어진 일을 근심어린 표정으로 지켜보면서도 자리를 뜨지 않았다. 샤일은 수레 뒤에 숨어서 행동을 취하기로 했다. 정신을 모으고, 가장 가까이 있는 투석기를 향해 공격 주문을 외었다. 마법의 불이 투석기에 불을 붙였고, 옆에 있는 것들로 차례로 옮겨가며 연달아 그 지역에 있는 모든 투석기에 불을 붙일 수 있었다.

보초병들은 어쩔 줄 몰라 우왕좌왕했다. 그들은 이 재난의 범인을 찾아 사방을 두리번거렸고, 불을 끄려고 애를 썼다.

누군가가 보초들이 외치는 경보를 듣는 건 시간문제라 생각한 샤일은 신중하게 그곳에서 물러나 동료들이 피비린내 나는 전투를 벌이고 있는 곳으로 향했다.

조심스레 다가갔지만 계속 한편에 물러나 있을 수만은 없었다. 가장 후위에 있던 시슈 대대가 인간 보초들을 도우러 달려오는 바람에 상황은 반란군들에게 상당히 불리하게 전개되고 있었다. 전전긍긍하는 동안, 누군가 그를 향해 망치 창을 높이 쳐들고 달려왔다. 샤일은 니멘을 뒤로 물러서게 하다가 텐트에 부딪쳤지만, 아슬아슬하게 기본적인 주문을 외어 공격을 되받아칠 여유는 있었다. 그는 어느새 검과 망치, 단도와 창들이 피로 물든 죽음의 전투 한가운데 있었다. 발길을 가로막고 쓰러져 있는 시체들, 서로 부딪치는 살아 있는 몸뚱이들. 어찌나 혼란스러운지 누가 적이고 누가 동지인지조차 알 수 없었다.

"샤일!"

누군가 소리쳤다.

마법사는 재빨리 돌아서며 자신을 부른 사람을 찾았지만 모든 게 너무나 혼란스러웠다. 말에 올라탄 채 숨라리스를 좌우로 휘두르는 알렉산더가 보였지만 곧 시야에서 사라졌다.

뒤에서 쉭쉭거리는 소리가 들려와 재빨리 돌아서니, 시슈 한 마리가 자신을 향해 달려들고 있었다. 방어할 틈이 없었지만 다행히도 무거운 망치가 어둠 속을 휙 하고 가르며 내리쳤고, 뱀 인간은 기분 나쁜 소리를 내며 부대자루마냥 바닥에 뻗고 말았다.

"괜찮은가?"

코반의 목소리가 물었다.

"네. 감사합니다."

샤일이 옷에 튄 핏자국을 무시하며 나지막이 대답했다.

"투석기 일은 어떻게 됐지?"

"전부 다 불을 붙였어요. 알렉산더는 어디 있죠?"

"모르겠다."

소동 한가운데서 코반이 큰 소리를 내지르며 대답했다.

"하지만 이젠 떠나야만 해. 너무 많은 사람들을 잃었어."

멀리서 고함 소리가 들렸다.

"숨 라르 누르곤! 저항군을 위하여!"

코반과 샤일이 시선을 주고받았다.

"알렉산더야."

코반은 박차를 가하여 내처 달리기 시작했다.

따라가려던 샤일은 딩그라 병사 둘과 부딪히고 말았다. 마법사가 나지막이 휘파람 소리를 내자 니멘이 놈들을 향해 끈끈한 물질을 뿜어냈다. 요정들에게 훈련을 받은 니멘들은 기수의 명령에 따라 이런 방식으로 공격자들의 정신을 혼란하게 하곤 했다.

한 병사가 얼굴을 닦으려 애쓰며 소리를 질렀다.

"으악! 대체 무슨……?"

샤일은 또다른 마법을 걸어 거센 회오리바람으로 놈들을 던져버렸다. 옆에 있던 병사들도 몇 명 함께 날아갔다.

한편 알렉산더는 캐바니온 왕의 텐트로 가까이 다가가고 있었다. 텐트를 찾기는 쉬웠다. 가장 높은 그 텐트에는 딩그라의 깃발이 꽂혀 있었다. 왕이 두 발로 우뚝 서 반란군들과 싸우는 모습을 보자 마음속에 분노의 불길이 일었다.

알렉산더가 생각했다.

'이자가 캐바니온이다. 딩그라의 왕. 누르곤의 기사였지만 기사단의 지도자들을 셰크들에게 팔아넘겼고, 요새를 몰락하게 하고, 지금까지 누르곤의 기사들을 하나씩 차례로 전멸시키는 걸 거들고 있는 자.'

그때 자신을 부르는 샤일의 목소리가 들렸다. 그는 마음을 다스리고는 말머리를 돌렸다. 캐바니온에 대한 복수는 나중이다.

그는 친구들을 찾아 돌아왔다. 병영 안에서 길을 트기가 수월치 않았다. 시슈들까지 합세해 싸우고 있는 지금은 더욱더. 뱀 인간 하나가 가는 길에 끼어들어 일격을 가해왔고, 하마터면 목표물을 맞힐 뻔했다. 알렉산더는 말을 뒤로 물러서게 했다. 무기의 날이 옆구리를 찌르자 말은 울부짖으며 앞발을 치켜들었다. 시슈는 뒤로 물러났지만 말이 다시 땅에 발을 디디자 그와 함께 무적의 검 숨라리스의 날이 내려쳐왔다. 시슈는 전설의 검이 그의 생명을 끊기 전에 마지막으로 비명을 지를 시간조차 없었다.

알렉산더는 바지에 검을 닦고는 불안한 눈빛으로 주위를 둘러보았다.

그가 코반과 샤일의 위치를 파악할 즈음, 둘은 이미 심각한 문제에 봉착해 있었다. 그들과 니멘의 등 위에서 용감하게 싸웠던 시아 족 젊은 사냥꾼은 딩그라 군사들과 인간들, 시슈들에게 둘러싸여 있었다. 샤일이 적들을 향해 불의 주문을 던졌다. 인간 둘과 시슈 하나가 불타올랐다. 두려움과 고통에 찬 비명이 메아리치는 가운데 알렉산더는 목소리를 높였다.

"샤일! 다들 괜찮아?"

코반이 소리를 질렀다.

"이리알 신이여, 축복받으소서! 여기서 나가자고!"

알렉산더가 큰 소리로 말렸다.

"아직은 안 돼요! 조금만 더 기다려요!"

"뭘 기다리려? 계속 여기 있다간 우리 모두 끝장나고 말 거야."

샤일은 니멘을 탄 채로 빙 둘러 보며, 남아 있는 자신의 힘을 헤아려보았다. 동료들 위로 보호막을 만들고 모두를 안전한 장소로 순간이동시킬 수 있을지 가늠해보기 위해서였다.

알렉산더는 커다란 고함을 내지르며 숨라리스를 휘둘러, 가까이 다가온 시슈 병사를 처치했다. 전설의 칼날이 금속을 깨끗하게 관통하며 뱀 인간의 비늘 덮인 살을 갈랐다.

"알산!"

코반이 소리쳤다.

거칠게 돌아선 알렉산더는 마치 자신만 들을 수 있는 뭔가를 듣기라도 한 듯 멀리 지평선 쪽을 응시했다. 그리고 미소를 지었다.

"이제야 오는군."

잠시 후, 몰아치는 거센 회오리바람처럼 피에 굶주린 삼백여 명의 슈르 이카일 야만족들이 병영으로 쳐들어와 검과 망치를 마구 휘둘러댔다. 누에베 클라네스의 군주들이 호르 둘카르의 지휘에 따라 부하들을 이끌고 있었다. 그의 좌우로는 두 여자가 말을 타고 달리고 있었다. 한 사람은 얼굴에 전투용 페인트를 칠하고 두 눈을 맹렬하게 반짝이는 우크 르히스였고, 다른 한 사람은 바람처럼 말을 모는 요정 마법사 아일레 알레나이였다. 보호 마법에 휩싸인 그녀의 모습은 세 달의 달빛 아래 도전적일 정도로 초자연적인 빛을 띠고 있었다.

알렉산더는 야만족 무리의 선봉을 향해 기쁨의 함성을 내지르며 적군 사이로 길을 텄다. 그리고 가는 길에 적병 몇몇의 목숨을 더 끊어놓았다. 화살이 바로 옆의 공기를 가르며 말갈기 위로 날아오는가 싶더니 화살촉이 어깨에 깊이 박혔다. 그렇지만 알렉산더는 이를 알아차리지 못했다. 전투의 흥분에 자극받은 야수의 피가 온몸에서 날뛰기 시작했기 때문이었다.

샤일은 그를 따라가려 했지만 그와 코반, 그리고 시아 족 젊은 이는 사방에서 포위당해 있었다. 그는 니멘을 진정시키려고 애썼다. 니멘은 신경질적으로 입가의 돌기를 탁탁 치면서 안달하더니 숲이 있는 방향을 찾아 촉수를 가볍게 부르르 떨었다.

마법사는 다른 선택의 여지가 없다는 걸 알았다. 알렉산더는 지금 너무 멀리 떨어져 있어 함께 순간이동시킬 수가 없었다. 그는 자신과 동료들 주위에 보호막을 만들었다.

"잘했네!"

코반이 말했다.

샤일은 주위를 둘러보며 자신의 마법으로 엄호할 수 있는 다른 동료들이 없는지 찾았다. 그러다 문득 시선을 들어 하늘을 보자, 마음에 들지 않는 것이 눈에 띄었다. 뱀들이 공중에서 거대한 원을 그리며 날고 있었다.

그들은 땅에서 벌어지는 충돌에는 신경도 쓰지 않았다. 뱀들은 시슈들이 문제를 해결할 거라 믿고 있었고, 다른 일로 몹시 바쁜 듯했다.

뱀들의 구불구불한 몸통에서 차가운 푸른빛이 도는 흰색의 광채가 번득였는데, 마치 얼음에 반사된 빛을 보는 것 같았다. 그들은 뭔가 중요한 일을 준비하고 있는 듯 보였고, 샤일은 그 이상한 의식의 결과가 썩 마음에 들지 않을 거라는 직감이 들었다.

원의 대열에 끼어들지 않은 셰크 셋은 일이 제대로 되어가는지 감시하고 있었다. 야만족 대열이 병영에 침입한 것을 본 그들은 분노에 찬 소리를 지르며, 그들 위로 곧장 하강하기 시작했다.

바로 그때 힘차게 으르렁대는 소리가 뱀들의 외침에 도전해왔다. 커다란 용 두 마리가 아와 숲의 심장부에서 하늘 위로 솟아올랐다. 밝은 달빛이 환히 비추자 붉은색과 황금색의 용이 똑똑히 드러났다.

파그노르와 가짜 얀드라크였다.

환호성과 불안한 웅성거림이 여기저기서 들려왔다. 반란군들은 황금용 얀드라크, 예언의 용이 자신들을 도와주러 돌아온 데 환호했다. 그리고 적들, 특히 딩그라와 바니사르의 인간 병사들은 걱정에 휩싸였다. 그들의 보고에 따르면 최후의 용은 이미 죽은 걸로 되어 있었기 때문이다.

두 마리의 용은 셰크들의 원을 부수며 달려들었고, 뱀들 사이에서 분노와 강렬한 증오심이 뚝뚝 묻어나는 쉭쉭거림이 들렸다. 하지만 두 용은 그들과 싸우려들지 않았다. 그들은 야만족을 덮치려 하는 세 마리의 셰크를 향해, 한 치의 오차도 없이 동시에 급강하로 내려갔다.

샤일이 거의 비명에 가까운 소리를 질렀다.

"저애들이 미쳤어! 놈들이 저애들을 죽일 거야!"

조금 멀리서, 알렉산더 역시 용들을 보았다. 가까스로 야만족 지휘자들이 있는 곳에 도착한 직후였다. 이미 적의 피로 범벅이 된 호르 둘카르는 툴툴거리며 인사를 나누었고, 그러면서도 거대한 전투 도끼를 휘둘러 뱀 혓바닥 소리를 내는 자들을 모조리 때

려부수고 있었다.

"모두 숲으로 가야만 하오! 숲으로!"

알렉산더는 혼돈이 난무하는 가운데 큰 소리로 외쳤다.

그는 길을 내기 위해 말에 박차를 가했다. 한 야만족 여인이 그를 따라 앞장서며 전투 구호를 외치자 슈르 이카일 인들이 함께 합창하는 소리가 들렸다. 거의 동시에, 어디선가 알레그라의 목소리가 주문을 외쳤다.

그리고 느닷없이 태풍처럼 몰아친 바람이 그들 앞의 땅을 쓸어가버렸다. 텐트들이 수없이 바람에 날아갔다. 화염에 휩싸인 텐트 몇 개가 적군 병사들 위를 덮쳐 그들을 불태우며 둘둘 감싸버렸다. 그리고 버텨낸 자들도 균형을 유지할 수 없어 갑옷을 입은 채 바닥에 쓰러지고 말았다. 모래 폭풍에 휩쓸려온 먼지가 사람들의 시야를 가렸다.

"숲으로! 숲으로!"

알렉산더가 계속 외쳤다.

그때 한 기사가 그의 길을 가로막았다.

"이곳으로 지나갈 수 없다, 변절자!"

얼굴을 투구로 가린 남자는 아주 값진 갑옷을 입었으며 딩그라 왕실의 문장을 가슴에 달고 있었다.

"캐바니온 왕, 이 배신자!"

알렉산더가 으르렁거리며 숨라리스를 들어올렸다.

두 검이 마주치자마자, 머리 위로 휙 하는 소리가 들렸다. 그리고 두 사람은 그들을 향해 돌진해오는 세크들과 그들을 뒤따르는 용 두 마리를 보았다. 그들은 증오심에 미쳐 날뛰는 셰크들이 병영에 침투한 하잘 것 없는 인간들은 까맣게 잊어버린 채, 용들을 향해 독니를 드러내고, 분노에 찬 눈을 번득이며 달려드는 모습을 지켜보았다.

딩그라의 왕은 하늘을 가르는 황금용을 응시하고는 넋이 나간 듯 그대로 굳어버렸다. 알렉산더는 그가 방심한 틈을 타 검을 휘둘렀다. 하지만 누군가 고함을 질렀고, 왕은 아슬아슬한 순간에 알렉산더의 검을 가로막았다. 힘겹게 알렉산더를 가로막은 왕은 그를 뒤로 물리쳤다.

바로 그 순간, 호르 둘카르와 야만족들이 알렉산더를 따라잡았다. 야만족들에게서 달아나던 누군가가 알렉산더의 말에 부딪히는 바람에 그는 넘어질 뻔했다. 알렉산더가 다시 균형을 찾았을 때, 캐바니온은 이미 자리를 뜨고 없었다. 조금 멀리서 그를 포위한 야만족 무리와 전투를 벌이는 캐바니온의 모습이 보였다.

"여기서 살아나간다 해도, 내가 널 끝장낼 거다, 딩그라의 캐바니온."

알렉산더는 시선을 들어 파그노르와 가짜 얀드라크가 뒤돌아 숲으로 도망가는 모습을 보았다. 붉은 용의 조종은 완벽하게 이루어지고 있었지만, 황금용은 조금 느렸다. 셰크 하나가 승리에 찬 외침을 내지르며 용을 자기 몸통으로 휘감았다.

파그노르가 구조에 나서서 뱀의 얼굴을 향해 불길을 내뿜자, 겁에 질린 뱀은 비명을 지르며 포로를 놓아주었다.

알렉산더는 공격해오는 두 병사를 없애고, 다시 고개를 들었다. 숲으로 달아나는 두 용을 셰크 군대 전체가 뒤따르고 있었다. 용들이 누르곤 요새 바로 위 보호막을 통과하는 걸 본 알렉산더는 후 하고 안도의 한숨을 내쉬었다. 제일 앞서 가던 뱀은 보호막이 닫히기 전에 그들을 따라 간신히 넘어들어왔다가 성 안쪽에서 쏘아대는 불 포탄 세례를 받았다.

알렉산더는 뱀의 최후를 계속 지켜보지 않고, 자신을 부르는 샤일의 목소리가 들리는 방향으로 박차를 가했다.

누군가가 그가 탄 니멘을 쓰러뜨리는 바람에 샤일은 달릴 수 있는 상황이 아니었다. 기를 쓰며 간신히 일어나자, 뒤에서 뭔가 툭 치는 소리와 비명이 들렸고, 누군가 말없이 탁 쓰러지는 소리가 났다. 돌아보니 시슈 병사 하나가 피범벅이 되어 바닥에 뻗어 있고, 그를 쓰러뜨린 야만족 전사는 마치 아무 일도 아니었다는 듯 전속력으로 말을 달려 멀어져가고 있었다. 미처 대응할 틈조차 없던 샤일의 팔을 스쳐가던 다른 야만족이 붙잡아 위로 끌어올렸다. 샤일은 어깨가 빠지는 듯하여 비명을 질렀다. 하지만 다음 순간 그는 야만족 말 엉덩이 위에 무사히 올라탈 수 있었다.

"괜찮아?"

곁에서 익히 잘 아는 목소리가 들려왔다.

야만족의 허리를 꼭 붙잡으면서 뒤를 돌아보니 알레그라가 나란히 말을 달리고 있었다. 반가운 마음에 그는 미소를 지으며 고개를 끄덕였다.

전위에서부터 말을 달려온 알렉산더 역시 샤일이 무사한 걸 보고는 고개를 끄덕이더니 다시 목소리를 높였다.

"숲으로! 숲으로 전진!"

침입 작전에서 살아남은 이들과 슈르 이카일 군은 나무들 사이에서 기다리고 있던 보초 요정, 드리아데들이 그들을 위해 열어준 보호막 틈새를 지나 숲으로 들어갔다.

"이제 그만하지, 세스하크. 때가 되기도 전에 애를 잡겠군."

아슈란이 말했다.

셰크는 죽음의 압박을 조금 느슨하게 풀었다. 잭은 움직일 힘조차 없었지만, 그래도 둥글게 똬리 튼 뱀의 몸통 사이에 갇혀 있는 크리스티안을 볼 수 있었다. 갈비뼈 한두 대쯤 부러졌으리라. 잭은 그가 세스하크, 셰크들의 왕이라는 사실을 상기했다. 셰시스의 말에 따르면 그는 크리스티안의, 아니 크리스티안 내면에 깃들어 있는 셰크의 아버지였다. 자신도 알고 있는 그 사실을 크리스티안은 모른다는 게 이상하게 느껴졌다. 그를 학대하고 있는 저 뱀이 그의 '또다른' 아버지라는 걸 알면 크리스티안은 어떤 느낌일까? 기운이 빠진 잭은 눈을 감았다.

그때 네크로맨서가 말했다.

"이제 그만. 머지않아 유니콘이 도착할 것이다."

셰크가 아슈란을 돌아보았고, 뭔가 질문을 한 듯했다. 아슈란이 입을 열어 대답했다.

"아니, 그 정도면 시간은 충분하다. 용을 붙잡고 있어."

그는 마치 꼭두각시 인형을 들어올리듯 잭의 셔츠 뒷덜미를 잡아 올렸다.

"증오심을 잘 다스리라고, 세스하크. 용을 죽여선 안 돼…… 아직은."

아슈란이 쌀쌀맞게 말했다.

그가 셰크에게 잭을 내던지자, 뱀은 주름진 꼬리로 날렵하게 받았다. 겁에 질린 잭은 숨을 헐떡이며 벗어나려 했지만 기운이 하나도 없었다. 마치 고무 인형이 된 듯했다.

그의 안에 깃든 용이 꽁꽁 묶인 채, 포효하고, 벗어나려고 기를 썼지만 그럴 수 없었다. 잭이 유일하게 의지할 수 있는 건 인간으로서의 영혼과 몸뿐이었다. 하지만 그마저도 약하기 이를 데 없었으며, 뱀의 왕인 세스하크의 힘 앞에서 두려워 떨고 있었다. 자신을 포로로 잡고 있는 세스하크의 무시무시한 몸통이 느껴졌다.

"그앨 살려두라고. 우린 아직 그애가 필요해."

아슈란이 어두운 표정으로 상기시켰다.

그는 등을 돌려 테라스로 나갔고, 그의 키 큰 형상이 세 달의 밝은 달빛 속에 떠올랐다. 그가 만월을 향해 팔을 들어올리자 온몸에서 초자연적인 이상한 광채가 솟아나기 시작했다. 잭은 그가 뭘 하고 있는지 즉각 깨달았다.

또다시 달의 힘을 이용하여 아와 숲과 누르곤 요새를 보호하는 요정들의 둥근 지붕을 없애려는 것이다. 그 일이 벌어지면, 알렉산더가 지휘하는 반란군들은 셰크 군의 수중에 떨어지게 되리라.

잭은 예언을 믿었던 자신을 속으로 저주하며 눈을 감았다. 이제껏 한 모든 일이 아무 소용 없었다. 아슈란은 여전히 너무나 막강했고, 이제는 빅토리아마저 그의 손아귀에 떨어지게 될 것이다.

그는 치미는 분노에 몸부림쳤다. 세스하크의 비늘이 고통스럽게 피부에 박혀들었지만 개의치 않았다.

"크리스티안! 정신 차려! 뭐라도 해야만 해!"

쉰 목소리로 그를 불렀지만 말을 이어갈 수 없었다. 셰크의 왕이 그를 더욱 세게 조이자 잭은 고통에 찬 비명을 질렀다.

그때, 머릿속에 크리스티안의 희미한 목소리가 들려왔다.

'우리가 할 수 있는 건 아무것도 없어. 빅토리아는 벌써 무슨 일이 벌어지고 있는지 알아차리고 이쪽으로 오는 중이야. 시스카셰그 반지를 통해 알았을 거야.'

잭은 고개를 돌려 엉망진창이 된 채 쓰러져 있는 크리스티안을 보았다. 그가 이처럼 망가진 모습을 본 건 처음이었다.

잭이 대답했다.

'빅토리아가 오면, 곧장 아슈란의 손아귀에 떨어질 거야. 그자가 기다리고 있으니까.'

'빅토리아도 알아.'

'미친 짓이야……이건 다 미친 짓이야……'

크리스티안은 흘러내린 머리카락 사이로 힐끗 잭을 보았다. 분노에 찬 광채를 띤 그의 푸른 눈이 순간 반짝했다.

'빅토리아를 떼어놓고 떠나는 게 아니었어. 우리 셋이 싸웠더라면, 어쩌면……'

잭이 비통한 어조로 소리 질렀다.

"그랬다면 우리 셋을 한꺼번에 죽였겠지! 이게 대체 무슨 소용이냐고! 만일 빅토리아가……"

그는 끝까지 말을 마칠 수 없었다. 뭔가 머릿속으로 들어와, 수백만 개의 얼음 바늘처럼 뇌를 콕콕 찌르며 꿰뚫었다. 잭은 비명을 질렀고, 고통이 멈추자 세스하크의 몸통 위로 무너져내렸다. 그러고는 의식을 잃었다.

크리스티안은 말 한마디 없이 그 모습을 지켜보았다.

세스하크가 그의 머릿속에 속삭였다.

'너는 용을 죽일 수도 있었다, 괴물아. 기회가 그렇게 많았는데도 그의 목숨을 여러 차례 살려주었지. 용에게 증오심이 느껴지지 않는 게냐?'

크리스티안이 대꾸했다.

"당신 역시 방금 그를 죽일 수 있었어. 하지만, 그를 납작하게 눌러버리고 싶어도 여전히 그를 살려두고 있잖아. 당신은 아슈란이 그를 살려두라고 명령했기 때문에 그 명령을 따르는 거야. 반면 난 유니콘의 청을 들어준 거고."

세스하크가 눈을 가늘게 떴다. 잠시 후 크리스티안의 의식 속에 약간의 슬픔과 체념이 묻어나는 목소리가 들려왔다.

'너는 아무것도 모른다, 키르타슈. 이해하지 못하는 일에 대해서는 말하지 마라.'

크리스티안은 대답하지 않았다. 다른 상황이었더라면 아마 그 말의 의미를 해석하려고 애썼겠지만, 지금은 너무 지쳤다. 짧은 순간 후, 세스하크가 다시 의식 속에서 부드럽게 말했다.

'아무리 유니콘이라 해도 우리 핏속에 흐르는 증오를 없앨 수

는 없다. 네 안의 증오는 그 어떤 사랑보다 강하기 때문이지. 말해봐라, 넌 대체 어떤 존재냐?'

"나 역시 그게 궁금해."

크리스티안이 고개를 들어 그의 눈을 똑바로 쳐다보았다.

'빛의 속도로 이동하자.'

빅토리아는 생각했다.

이 정도의 거리는 한 번도 시도해본 적이 없었고, 필요한 만큼 달빛을 받을 수 있을지도 확실하지 않았다. 하지만 세 달이 보름달이었고, 그 선명한 빛이 거의 대낮처럼 세상을 비추고 있다. 아이셸의 지팡이에서는 계속 에너지가 넘쳐흐르고 있었다. 그녀는 잭의 미소와 크리스티안의 눈길을 떠올리며 위험을 감수하기로 했다. 대안이 없었다. 지금 당장 두 사람이 있는 곳에 가야만 했다.

유니콘의 모든 힘을 걸고, 저 달빛 속으로 흘러들어가기만 하면……

갑자기 드락웬 탑이 둘 앞에 나타났다. 셰시스는 놀라 탄성을 질렀다. 빅토리아는 호흡을 가다듬었다. 제대로 순간이동한 것이다. 자신뿐만 아니라 셰시스까지 함께. 믿기지가 않았다.

탑을 지키고 있는 건 오직 셰크 두 마리뿐이었다. 빅토리아는 그 이유가 궁금했다. 바로 그 순간, 이둔에 있는 모든 날개 달린 뱀들이 요정의 보호막이 무너지기를 기다리며 누르곤의 하늘 위를 날고 있다는 사실을 그녀는 알지 못했다.

셰시스의 몸이 긴장하는 게 느껴졌다. 빅토리아가 속삭였다.

"우리를 통과시켜줄 거예요. 아슈란은 날 기다리고 있어요."

셰크가 대답했다.

'그래, 넌 그렇겠지. 하지만 난 아니야.'

빅토리아는 무슨 말인지 알아들었다.

"가능한 한 가까운 곳에 날 내려준 다음 자리를 뜨세요."

셰시스는 급히 선회하더니 탑을 향해 날아갔다. 그리고 허공에 멈춰 두 사람을 의심의 눈초리로 지켜보던 두 마리의 셰크 사이를 화살처럼 가로질렀다. 셰크들은 둘이 통과하도록 그냥 내버려두었다. 그들은 분명 변절자 셰크의 등을 타고 탑으로 급히 다가오는 소녀가 아슈란이 기다리는 유니콘이라는 사실을 아는 것이다. 하지만 놈들이 셰시스에게 던지는 증오의 눈길을 의식한 빅토리아는 자신이 내리자마자 셰시스가 심각한 위험에 처하리라는 걸 알았다.

"셰시스, 이렇게 가까이 가지 마요……"

'진정해라, 유니콘 소녀야. 단지 애송이 둘이잖아. 내가 처리할 수 있단다.'

"그 다음에는 어쩌려고요?"

셰시스의 눈이 달빛 아래 불길하게 반짝였다.

'난 이미 너무나 가까이 왔다. 내 복수를 시도할 만큼.'

빅토리아가 조용히 대답했다.

"아슈란에 관해 당신이 알아야 할 게 있어요, 셰시스. 그와 절대로 맞서서는 안 돼요. 당신은 그를 이길 수 없어요."

셰시스는 빅토리아의 의식 속에서 진실을 읽고 놀라 입을 다물었다. 그러나 목적지가 가까워졌기 때문에 그들은 결단을 내려야만 했다.

"크리스티안과 잭이 여기 있어요."

빅토리아의 심장이 더 거세게 뛰었다.

"아무 데나 내려주세요, 셰시스. 두 사람한테 갈 길을 찾을 수 있을 거예요."

셰크는 테라스 위를 빙 돌았지만 그곳에 착지하려 하지 않았다. 기이한 초자연적인 빛이 그곳을 휩싸고 있었다. 세 달의 빛이 난간 앞에 홀로 서 있는 키 큰 인물에게 쏟아지고 있는 듯 보였다. 빅토리아는 셰시스가 주저한다는 걸 알아챘다. 그 빛이 조금 스치기만 해도 두 사람을 바로 분해시켜버릴 정도의 순수한 에너지라는 걸 알았기 때문일 수도 있고, 아니면 빅토리아를 네크로맨서 가까이로 데려가기가 망설여졌기 때문일 수도 있다.

"저자가 뭘 하고 있는 거죠?"

빅토리아가 궁금해했다.

셰시스는 알면서도 대답하지 않았다. 그녀는 빅토리아를 내려놓을 장소를 찾기 위해 날개를 힘차게 퍼덕여 더 위로 올라갔다. 빅토리아는 두 마리의 셰크가 자신들을 따라오는 걸 알아챘다.

셰시스는 작은 발코니 곁에 멈추고, 빅토리아가 내릴 수 있도록 구불거리는 기다란 몸통을 돌려세웠다. 빅토리아는 단번에 뛰어내리고는 불안한 얼굴로 셰크를 돌아보았다.

뱀이 말했다.

'내 걱정은 하지 마라. 내가 널 이곳까지 데려온 건, 결국 아슈란이 그걸 바랐기 때문이고, 나 역시 이 게임에서 장기 말 노릇을 한 건지도 모르지. 그 계획이 실현되고 있는 거야…… 그건 내가 아니라 너와 관련돼 있어. 어서 가, 그리고 해야 할 일을 해라.'

빅토리아는 고개를 끄덕이고는 다시 한번 셰크를 보았다.

"정말 고마워요, 세시스."

'너의 용도 오래전에 똑같은 말을 했지. 하지만 난 너희들을 위해서가 아니라 나 자신을 위해, 내 아이들의 복수를 위해 한 거야.'

그러더니 그녀는 성난 외침과 함께 입을 쩍 벌리고 독니를 드러내며, 돌진해오는 두 셰크를 향해 돌아섰다.

빅토리아는 그 싸움을 지켜보지 않았다. 탑 어디에선가 지금 잭과 크리스티안이 포로로 잡혀 고통을 받고 있고, 그녀 역시 고통스러웠기 때문이었다. 뒤돌아선 빅토리아는 불길하게 빛을 발하는 지팡이를 머리 위로 쳐들고, 네크로맨서 아슈란과 자신이 사랑하는 두 사람을 찾아 드락웬 탑 안으로 들어갔다.

알렉산더는 말을 달려 요새와 숲을 나누는 공터를 가로질렀다. 그는 동료들이 성 위에서 방금 쓰러뜨린 셰크의 시체 옆에 멈춰 섰다.

덴얄과 대마법사가 그곳에서 기다리고 있었다.

덴얄이 소리쳤다.

"미쳤어요? 그런 자살 행위로 뭘 하자는 거요?"

알렉산더가 쌀쌀맞게 대꾸했다.

"당신이 이런 만족을 누리지 못하는 게 유감이군. 보다시피 난 이렇게 살아 돌아왔잖소, 구원군을 데리고."

덴얄은 공터에 집결한 슈르 이카일 군대에 시선을 던졌다.

"몇 명을 데려갔었죠?"

"지원군 서른네 명."

"그런데 이들 중 남은 이들은 열다섯 명뿐이군요, 알산 왕자."

덴얄이 화를 억누르며 대꾸했다. '왕자'라는 그의 마지막 말에는 두 사람이 서로 알고 지낸 후 처음으로 경멸이 서려 있었다.

"당신은 열아홉 명을 길에다 버리고 왔군요."

"나도 수는 셀 수 있소."

알렉산더의 대답이었다.

"그 열아홉은 자원해서 싸우러 나갔던 거요, 덴얄. 그리고 그들은 헛되이 쓰러진 게 아니오. 당신이 자살 행위라고 부른 그 행동은 우리 동맹, 슈르 이카일의 누에베 클라네스에게 길을 열어주려는 목적이었으니까. 이들은 삼백 명이 넘는, 이둔에서 가장 훌륭한 전사들이잖소."

덴얄은 그를 노려보기만 할 뿐 아무 말도 하지 않았다. 알렉산더도 꿋꿋이 그 눈길을 맞받았다.

바로 그때 두 기수가 도착했다. 대마법사가 알레그라를 알아보고는 미간을 슬쩍 찌푸리며 말했다.

"아일레. 아슬아슬하게 딱 맞춰왔군."

그는 다른 기수에게도 관심을 돌렸다. 호르 둘카르, 누에베 클라네스의 군주였다.

알렉산더는 그를 소개하고는, 네 사람을 그대로 두고 말을 돌려 요새 앞마당으로 향했다.

짐작한 대로 그곳에는 파그노르가 바닥에 눕혀져 있었고, 그 곁에 케스트라와 키마라가 달라붙어 있었다. 황금용은 보이지 않았지만 이상할 건 없었다. 그 얀드라크가 가짜라는 것은 아직 비밀이었기 때문에, 용을 만든 기술자들은 키마라가 용을 착륙시킨 숲 한 귀퉁이에 숨겨놓았다.

타나웨, 로윈, 그리고 두 기술자가 파그노르를 손보고 있었다. 기분이 상한 타나웨가 나지막이 투덜거리면서 인공 용의 한쪽 날개를 다시 맞추려고 애쓰고 있었다.

알렉산더는 케스트라와 키마라에게 다가가 두 사람을 나무랐다.

"너희는 때가 되기도 전에 용을 꺼낸 거다! 무슨 생각을 한 거냐? 그래서 뭘 어쩌려고?"

케스트라가 이글거리는 눈빛으로 그를 쏘아보았다.

"당신 목숨을 구하려고요, 바니사르의 왕자님. 우리가 아니었다면, 지금쯤 당신은 셰크의 먹이가 되고 말았을 걸요."

키마라가 어두운 표정으로 대답했다.

"우리도 지원자예요. 난 여기 갇혀 있는 데 지쳤다고요. 밖에 죽여야 할 뱀들이 저렇게나 많을 때는 더더욱 아니죠."

알렉산더는 키마라를 바라보았다. 야성적인 정신을 지닌 그녀는 요새에서 늘 마법만 공부하거나 제자리를 찾지 못하고 혼자만의 세계에 틀어박혀 있었다. 게다가, 잭의 죽음은 그녀에게 보기보다 큰 영향을 미쳤다. 지금 그녀의 붉은 눈에는 다시금 감정이 맥박치고 있었고, 그 감정은 누르곤의 하늘을 가로지르는 날개달린 뱀을 볼 때마다 점점 더 지독한 미움으로 증폭되고 있었다.

알렉산더가 근심어린 얼굴로 고개를 흔들며 좀더 부드럽게 대꾸했다.

"우리에겐 남은 용이 거의 없잖아. 타나웨도 나랑 똑같은 말을 했을 거다. 용들은 아주 귀하지. 더이상 위험에 빠뜨려서는 안 돼. 적들은……"

느닷없이 케스트라가 분노를 터뜨렸다.

"적들에 대해 나에게 뭐라고 하지 마, 이 더러운 짐승! 적은 바로 당신이야! 당신도 그들 중 하나라고! 원치 않아도 당신은 우리와 맞서게 될 거야. 난 놈들이 당신 같은 생물을 만들어내는 걸 봤다고. 당신이 가장 성스럽게 여기는 걸 두고 맹세해봐, 당신이 달을 봐도 아무렇지도 않다고 말이야!"

케스트라의 목소리가 흐느낌에 잠겨들었다. 알렉산더는 대답할 수가 없었다. 갑자기 흥분한 케스트라 때문이 아니라, 고개를 들다가 무시무시한 뭔가를 보았기 때문이었다.

그의 시선이 간 방향을 따라 그곳에 있는 모든 사람들이 일제히 고개를 들어올렸다.

그러곤 모두 숨이 멎었다.

셰크들이 위에서 다시 거대한 원을 이룬 채 썩은 고기를 노리는 새처럼 날고 있었다. 물처럼 구불구불 흐르는 놈들의 몸통에서 얼음처럼 부드러운 빛이 새어나오고 있었다.

하지만 반란군들을 가장 걱정스럽게 한 건 그게 아니었다.

셰크들의 원 가운데로 밤하늘의 세 달이 반짝였고, 이상한 나선형 어둠이 각각 세 달의 주위를 감싸고 있었다.

"대체 저건……?"

알렉산더는 말을 끝맺지 못했다.

지팡이에 몸을 의지하여 숨을 헐떡이며 샤일이 도착했다.

"저거 봤어? 저걸 멈춰야만 해!"

그가 하늘을 가리키며 다급하게 소리쳤다.

"왜?"

"보호막, 알렉산더, 보호막이라고!"

두 친구는 눈빛을 주고받았다. 알렉산더는 불쑥 뒤돌아 목소리를 높였다.

"무기를 들어라! 무기를! 궁수, 투창병, 석궁수 들 모두 총안으로! 투석기를 준비하라! 모두 요새로 향하라!"

그는 계속 외쳤고, 곧 누르곤 전체가 이리저리 움직이며 떠들썩했다. 하지만 샤일은 하늘에서 눈길을 돌릴 수 없었다. 세 달이 내뿜는 달빛은 더이상 달콤하지도 아름답지도 않았고, 차갑고 어두운 뭔가로 오염된 느낌이었다.

숲의 구석구석에서 렐레빈 꽃들이 바들바들 떨더니 시들어가기 시작했다.

먼저 꽃잎 끝에 주름이 지더니, 그 다음에는 이상한 서리에 뒤덮인 수술들이 떨어져내렸다. 어떤 꽃들은 움츠러들며 피하려 했지만 이미 늦었다.

달빛이 기이한 나선형 어둠을 숲으로 던지자, 렐레빈 꽃들은 차례로 말라비틀어져 죽고 말았다.

숲의 여러 지점에서 보호막이 무너지기 시작했다.

그리고 최후의 렐레빈 꽃 줄기가 꺾여 쓰러지자 뱀들이 공격해 왔다.

아슈란은 팔을 내리고 부드럽게 웃었다.

"요정의 지붕은 이제 아와 숲을 보호하지 못해."

그는 다시 방 안으로 돌아왔다. 그의 몸에서는 아직도 부드러운 빛의 후광이 흘러 넘쳤다.

"누르곤도 머지않아 셰크들의 손안에 떨어질걸."

세스하크가 눈을 가늘게 떴다.

'이제 때가 되었군.'

모두가 그의 생각을 포착할 수 있었다.

넋이 나간 잭은 눈을 감았다. 아슈란의 군대와 헛되이 싸움을 벌이고 있는 샤일, 알렉산더, 다른 사람들, 불타오르는 아와 숲. 하지만 이제 반란군들은 몸 하나 숨길 곳도 없는 상태로 도망치게 될 것이다. 대학살이다.

'실패한 거야. 무슨 수를 써도 말이야.'

잭은 낙담하고 말았다. 아슈란이 말했다.

"다른 좋은 소식이 있지. 유니콘은 이제 이곳에 와 있다."

그의 말이 미처 끝나기도 전에 문이 거칠게 산산조각 났다. 잭은 고개를 들려 했지만 아슈란의 손이 또다시 그의 목덜미를 짓눌렀다. 아슈란이 꼭두각시 인형처럼 그를 세스하크의 품에서 들어올렸지만, 움직일 힘이 없었다. 방으로 뛰어들어온 인물은 분노로 불타오르고 있었다. 잭은 시야가 흐렸지만, 빅토리아를 알아볼 수 있었다. 그녀가 어디에 있더라도 그랬을 것이다.

혼란스러운 가운데, 잭은 대체 빅토리아가 어떻게 그렇게 짧은 시간 안에 이곳까지 올 수 있었는지 궁금했다. 크리스티안이 잠가놓았다던, 탑 사이를 연결하는 포털을 열 수 있었단 말인가?

빅토리아는 아슈란과 세스하크로부터 불과 몇 미터 떨어진 곳에서 걸음을 멈추었다. 지팡이 끝이 작은 초신성처럼 위협적으로 깜박였다. 그녀는 분노가 머리 끝까지 치솟아 있었지만, 그래도 크리스티안이 세스하크의 수중에 있고, 그자가 언제라도 그를 납작하게 눌러버릴 수 있다는 것, 그리고 잭이 아슈란의 발아래 떨고 있으며 그자의 손가락이 여전히 잭의 목을 감싸고 있다는 것을 알아볼 수 있었다. 자칫하면 한순간에 둘 중 누군가가, 혹은 둘 다 끝장나버릴 수도 있다.

아슈란이 부드럽게 말했다.

"다시 만났구나. 얼마 되지 않는 사이 벌써 세번째로군, 친애하는 아가씨. 넌 몇 번이고 이곳으로 돌아올 테지, 네게서 에너지를 몽땅 빼앗든, 용의 생명을 앗아가든 말이다. 지금처럼 전투를 치르기 위해…… 그렇지 않나?"

빅토리아는 커다란 두 눈에 죽음의 빛을 반짝이며 지팡이를 쳐들고 아슈란에게 달려들었다. 하지만 그녀는 곧 이성을 되찾고 걸음을 멈추었다. 지팡이 끝에서 마지막 섬광이 짧은 맥박처럼 번쩍했다가 사라졌다.

아슈란은 잭을 끌어와 바로 자기 앞에 놓았다. 잭의 목덜미를 휘감아 고개를 쳐들어 억지로 빅토리아의 눈을 보게 했다.

"뭘 기다리는 거야?"

잭이 숨을 헐떡였다. 하지만 빅토리아는 잭을 주시하면서 화석이 된 듯 꼼짝도 하지 않았다.

아슈란이 미소지었다.

"흥미로운 딜레마군. 날 공격할 텐가, 빅토리아? 네 눈빛에서 증오와 분노가 보이는군. 넌 지금 그 어느 때보다도 강하고, 네가 무척이나 소중히 여기는 두 사람은 내 손안에 있다. 설령 마음 한 구석으로는 날 무서워한다 해도, 지금은 더할 수 없이 내가 증오스럽겠지. 바로 지금 모든 분노와 절망을 담아, 마법이 넘쳐나는 그 지팡이로 공격하면, 날 해칠 수도 있을걸. 하지만 용의 죽음을 감수할 수 있나?"

빅토리아는 대답하지 않았다. 그렇지만 그 눈빛은 그녀가 느끼는 고통을 고스란히 드러내고 있었다.

잭이 간신히 말했다.

"어서 빅토리아. 공격해……"

그의 마지막 말은 고통에 찬 비명으로 끝나고 말았다. 아슈란의 손가락이 살에 박히며 또다시 뱃속을 태워버릴 듯한 잔인한 마법을 퍼부었다.

"네 의견을 구한 기억은 없다."

네크로맨서가 냉랭하게 말했다.

그는 잭을 끌어당겨 깃털처럼 가볍게 일으켜 세웠다. 미처 말릴 사이도 없이 빅토리아의 입에서 불쑥 말이 튀어나왔다.

"책을 해치지 마요."

아슈란이 빅토리아를 돌아보았다.

"네가 뭔가를 하려 든다면, 내 몸에 손대기 전에 용을 먼저 죽여버릴 테다. 그리고 설사 나를 건드릴 수 있다 해도, 세스하크가 키르타슈를 벌레처럼 납작하게 눌러버릴 것이다."

거대한 뱀을 향해 천천히 돌아서자 크리스티안이 여전히 그 몸통 안에 갇혀 있는 모습이 보였다. 무언의 명령에 응답하기라도 하듯, 세스하크는 크리스티안을 조금 더 세게 조였다. 크리스티안은 비명을 지르지 않으려고 이를 악물었다. 하지만 빅토리아는 그의 일그러진 표정과 얼음 같은 눈에서 고통을 볼 수 있었다.

"그러지 마요."

빅토리아가 말했다. 그것은 위협인 동시에 부탁이었다.

그녀는 한순간 눈을 감고 심호흡을 했다.

"내가 어떻게 하길 바라는 거죠? 내가 항복하고 바닥에 지팡이를 내려놓아도 두 사람을 죽일 거잖아요, 안 그래요?"

"그럴 수도 있고 아닐 수도 있지. 여섯 신들이 너희들을 지켜주고 있다, 빅토리아. 너희 스스로는 그 사실을 모른다 해도, 그 덕분에 너흰 꽤 처치곤란한 존재가 되었지. 물론 이 용과 셰크의 생명을 바로 끝장낼 수도 있다. 하지만 그렇게 되면 넌 날 없앨 때까지 복수를 멈추지 않을 테고, 그 뜻을 이루고야 말겠지. 빅토리아, 너희가 날 파괴할 힘을 지닌 게 사실이라면, 너희들 자신을 파괴할 열쇠 또한 오로지 너희들에게 있겠지. 처음에는 너희의 약점이 저 둘이 서로에게 느끼는 증오라고 생각했지. 하지만 용이 돌아온 뒤에는 너희에게 증오보다 더 강한 뭔가가 있다는 것을 깨달았다. 그 강점이 또한 너희의 약점이기도 한 셈이지.

오늘 밤 네가 왜 이곳까지 왔는지 아느냐, 빅토리아? 넌 결정하기 위해 온 거다. 선택을 하기 위해 온 것이지."

12

빅토리아의 선택

셰크들이 요새를 공격해오는 순간, 반란군들은 놈들을 기다리고 있었다. 총안, 성벽과 탑 위에서 준비하고 있던 투창병, 궁수, 석궁수 들이 불붙인 무기들을 비처럼 쏘아대며 공격자들을 맞이했다.

앞마당에는 로윈, 타나웨, 콰이다르가 설계한 전투기계들이 정렬해 있었다. 성벽에 대놓은 투석기로 적의 보병들이 공터로 쳐들어오자마자 마법 에너지를 발사했다. 콰이다르가 손을 봐두었던 것이다. 하지만 셰크들에게 그 정도는 어림도 없었기 때문에 위를 향해 수직으로 포탄을 쏘는 새로운 타입의 전투 무기를 제조했다. 물론 쏜 후 포탄이 그들 머리 위로 다시 떨어지지 않도록 마법으로 마무리해야 했다. 여러 차례 실험을 거친 뒤, 기계는 효력을 발휘했다. 로윈이 '투창기'라고 부르는 기계들은 화염 포탄을 높은 곳으로 쏘아올렸고, 그러면 마법사가 그 포탄에 마법을 걸어 하늘에서 터뜨렸다. 이둔에서는 이런 기계를 단 한 번도 본 적이 없던 셰크들은 투창기의 위력에 소스라쳐 놀랐다.

반란군들은 '투망기'라는 다른 형태의 유사한 도구도 갖추고 있었는데, 아와 숲의 요정들이 공급해준 끈끈한 실로 제작한 커다란 그물망으로 무기를 쏘아올리는 것이다.

그리고 당연히, 용들이 있었다.

파그노르와 황금용 외에도, 반란군들은 아홉 마리의 용을 보유하고 있었다. 그들은 모두 에스쿠페푸에고, 즉 불을 뿜는 용들로, 조종간이 불타지 않도록 콰이다르가 마법을 걸었고, 덕분에 조종사들이 모두 올라타고 있었다. 그들은 다들 용의 작동법을 배운 지 얼마 되지 않았다. 가장 최근에 조종법을 배운 건 키마라였다. 타나웨는 처음에는 그녀가 조종하는 걸 반대했고, 황금용은 더더구나 안 된다고 했다.

타나웨가 타일렀다.

"넌 마법사야, 키마라. 용을 타고 목숨을 걸기에 네 삶은 너무나 소중하단다."

키마라가 항변했다.

"저는 그저 견습생일 뿐이에요. 여기선 아무 쓸모도 없고요. 아직 셰크들과 싸우는데 힘을 사용할 줄도 몰라요. 하지만 케스트라가 용을 조종하는 법을 가르쳐줬어요."

"이리알 여신의 사랑을 걸고 말하지만, 넌 조종연습을 한 지 겨우 삼 일밖에 되지 않았잖아. 도대체 무슨 생각으로 준비가 되었다는 거지? 더구나 황금용을 몰겠다니."

타나웨는 답답해했다.

키마라는 더이상 언쟁을 하지 않았지만, 전날 밤, 알렉산더가 작전을 벌일 때 황금용이 있는 곳을 찾아내 공중으로 날아올랐고 얀드라크가 돌아왔다는 것을 모든 사람들에게 알렸다.

그 덕분에 알렉산더는 목숨을 구했다. 키마라는 진심으로 높이 평가할 정도로 이 젊은 왕자를 잘 알지는 못하지만 그가 잭의 좋은 친구였다는 사실은 알고 있었고, 그걸로 충분했다. 그뒤에 누에보스 드라고네스 지도자들에게 상당한 질책을 받았지만, 이들마저도 키마라의 행동이 누르곤 사람들에게 희망을 되찾아주었다는 사실은 인정했다.

바로 그날 밤, 키마라는 다시 용을 꺼냈다. 키마라가 어떻게 그렇게 감시의 눈을 쉽게 피해 다니는지 타나웨는 알 수가 없었다. 이제는 자신의 뜻을 꺾는 수밖에 도리가 없었다. 케스트라의 운명이 파그노르와 이어졌듯, 황금용은 키마라의 것이었다.

이렇게, 전멸된 이후에도, 용들은 계속해서 사람들에게 신비로운 영향력을 발휘했고, 어떤 식으로든 그들의 운명을 지배하고 있었다. 타나웨는 용들을 사랑했고, 젊은 시절에는 하늘 위를 쳐다보며 몇 시간이고 지내기도 했었다. 그녀는 이둔에서 용들을 전멸시키는 일이 그리 간단치 않다는 것을 알고 있었다.

결국 그녀는 용을 조종하겠다는 키마라의 부탁을 받아들였다. 십중팔구 키마라도, 용도 그날 밤 살아날 수 없으리라는 걸 잘 알면서도.

덴얄이 반대하자 타나웨가 말했다.

“인조 용들은 속이 텅 비었지. 혼이 없는 거야. 하지만 조종사가 용의 정신이 되고 영혼이 되는 거지. 조종사가 없으면 용의 마법도 아무 효과가 없어. 용의 몸체는 죽은 거나 마찬가지니까.

키마라가 얀드라크의 정신이야, 덴얄. 그애는 사막에서 진짜 얀드라크의 등을 타고 난 적도 있으니 최후의 용, 그 본질의 일부가 키마라와 계속 함께하는 셈이야.”

덴얄은 더이상 언쟁하지 않았다. 용에 관한 문제에서는 늘 누나에게 최종 결정권이 있었다.

때문에 그날 밤 셰크들이 누르곤을 덮쳐올 때, 열한 마리의 용들이 공중으로 솟아올랐고, 키마라 역시 그중 한 마리의 조종간을 잡고 있었다. 많은 사람들이 하늘을 가르는 장엄한 황금용을 올려다보고는 환호성을 질렀다.

곧 누르곤 창공은 불구덩이 지옥으로 변했다. 열한 마리 용이 연기 속에서 셰크들에게 화염을 내뿜고, 나무와 금속 앞발로 놈들을 사로잡으며, 무엇보다도 뱀들의 정돈된 의식을 혼란에 빠뜨리고자 분투했다.

샤일과 알레그라는 마당에서 하늘을 지켜보았다. 두 사람 다 투창기를 한 대씩 맡고 있었다. 거인족 마법사인 이베르 역시 함께했다. 하지만 그는 어떤 기계도 필요 없었다. 자기의 큼직한 손으로 직접 포탄을 던져 기계로 쏜 것과 마찬가지로 멀리 던져보낼 수 있기 때문이었다. 그는 포탄이 알맞은 높이에 이르면 마법으로 손수 점화시키기까지 했다.

샤일이 중얼거렸다.

"열한 마리라. 그것만으론 저렇게 많은 셰크들을 상대할 수는 없을 텐데. 이건 자살행위예요."

"하지만 그게 우리가 할 수 있는 유일한 일이야, 샤일."

투창기로 발사한 포탄에 마법을 걸며 알레그라가 대꾸했다. 목표물이 셰크의 배 바로 아래서 터지자, 뱀이 비명을 질렀다.

"이 많은 적들 말고도 더 걱정스러운 게 있어."

"그게 뭔데요?"

"셰크들을 봐. 유심히 보라고. 뭔가 이상한 점을 모르겠어?"

잠시 놈들을 주시한 샤일은 알레그라가 무슨 말을 하는지 즉시 깨달았다. 이상한 푸른빛을 띤 흰색의 광채가 그들의 비늘에서 계속 반사되고 있었다. 하이아스의 차갑고 부드러운 빛이 연상되는 빛이었다.

"얼음이군요. 어떤 식으로든 그들이 지닌 얼음의 힘을 사용하려는 거군요."

샤일이 알아맞혔다. 알레그라가 고개를 끄덕였다.

"우리가 발사하는 불이 그 힘을 막고 있어. 하지만 그것도 이제 곧 끝이야. 그리고 얼음은 숲을 공격할 그들의 유일한 방법이지."

샤일은 투창기로 발사한 포탄을 향해 마법을 쏘아올리고는, 그것이 한 셰크의 날개를 꿰뚫는 걸 보고 흡족해했다.

미간을 찌푸리며 그가 인정했다.

"맞는 말이에요. 그 생각을 못했네요."

알레그라가 미소지었다.

"얼음이 서릿발로 땅을 뒤덮으면, 뿌리를 썩게 하고, 가지를 얼리고, 원치 않는 겨울이 몰아닥치겠지. 그 때문에 우리는 불을 가지고 싸워야만 해. 다른 사람이 아닌 바로 우리가. 하렐과 그 요정들은 셰크들만큼이나 불을 무서워하니까."

하렐은 그곳에 없었다. 렐레빈 꽃들이 죽어가고 있음을 알자마자 이단네를 찾아 달려갔던 것이다. 그는 지금 숲의 방어를 지휘하고 있으며, 인간들에게 요새 밖으로 아무도 나가지 말라고 신신당부했다.

"우리가 숲에서 싸우는 방식은 여러분과는 다릅니다. 여러분들은 방해만 될 겁니다. 성을 지키고, 나머지는 우리에게 맡기세요."

하지만 요새 성벽 안에 슈르 이카일 야만족 삼백 명을 수용하는 일은 쉽지 않았다. 그들 중 상당수가 나름의 위험을 무릅쓰고 적의 병영으로 침투하는 또다른 작전을 펼치기로 마음먹었다. 나머지는 성 앞마당과 총안에 흩어져 있었지만, 할 일이 별로 많지 않았다. 그들 대부분이 활을 잘 다루기는 했지만, 덴얄과 코반의 지휘 아래 훈련받은 궁수들처럼 규율을 지킬 줄은 몰랐다. 몇몇은 총안에서 점화한 화살을 쏘아댔고, 나머지는 성 앞마당에서 무기를 달그락거리며, 적군이 성벽에 다가오는 순간을 기다리고 있었다. 놈들은 틀림없이 쳐들어올 테니까.

드리아데들이 철저히 지키고 있는 울창한 숲은 강 너머에서부터 시작된다. 누르곤을 둘러싼 숲은 갓 생겨났기에 상대적으로 아직 그리 무성하지 않았다. 때문에 요정들은 시슈들과 놈들의 동맹들을 한동안은 막아낼 수 있었지만, 때가 되자 강을 건너 아와 숲 안쪽으로 후퇴하는 도리밖에 없었다.

그리고 일이 그렇게 되자, 요새를 지키는 건 반란군뿐이었다.

알레그라가 불붙은 새 포탄을 던지며 중얼거렸다.

"얼음에 맞서는 불이라. 이걸로는 충분하지 않아. 놈들 수가 너무 많아. 전부 다 없애려면 하늘을 불태워야만 할 게야."

샤일은 대답하지 않았다. 그는 머리 위에서 벌어지기 시작한 싸움에만 온 신경을 모았다. 전투는 서서히 피비린내 진동하는 살육전이 되어가고 있었다.

저 위, 성벽에서는 알렉산더가 야성의 쾌락에 사로잡혀 총안 여기저기를 뛰어다녔다. 그는 총안 사이사이에 자리 잡은 부하들에게 명령을 내렸다. 그 목소리는 점점 더 깊어지더니 마침내 울부짖는 듯한 소리가 되어갔다. 대마법사의 주문이 힘을 잃기 시작한 것이다. 내면에서 야수가 서서히 풀려나고 있었지만, 다행인지 불행인지, 모든 사람들이 셰크들을 상대하느라 미처 알아차리지 못하고 있었다.

날개 달린 거대한 뱀들이 급강하로 내려와 총안에 자리 잡은 반란군들이 있는 곳까지 닿으려고 안간힘을 썼다. 하지만 놈들이 내려올 때마다, 불의 폭격이 비처럼 쏟아졌고, 뱀들은 어쩔 수 없이 다시 날아올라야만 했다. 그와 동시에, 인조 용들이 놈들의 머릿속을 증오로 휘저어 판단력을 상실하게 했고, 셰크들은 용을 쫓아 연기 사이로 이리저리 헤매고 다녔다.

누르곤은 있는 힘을 다해 싸웠고, 셰크들은 적들에게 가까이 다가가지 못했다. 하지만 뱀들의 수는 너무 많았고, 반란군들은 상대적으로 너무 적었다. 셰크들은 그다지 걱정하지 않는 듯했다. 반란군들은 머지않아 지칠 테고, 그러면 요새는 그들에게 넘어오게 될 터였다.

샤일은 용 하나가 산산이 부서져 숲으로 곤두박질치고, 셰크세 놈이 그 뒤를 쫓아가는 걸 보면서 과연 얼마나 버틸 수 있을지 의문이었다.

그곳에서 그리 멀지 않은 아와 숲의 경계에서, 뱀 인간들과 동맹들은 덤불 사이로 난 지름길을 찾고 있었다.

놈들은 라헬드 전차를 앞서 보냈다. 거대한 장갑차처럼 생긴 전차는 페달, 체인, 톱니바퀴 원반이 맞물린 장치로 추진력을 얻어 울창한 숲 사이로 길을 내며 무겁게 전진해갔다. 그 뒤로 드락웬, 딩그라, 바니사르의 군대가 완벽한 대열을 이루며 뒤따랐다. 암린 왕, 캐바니온 왕, 세 명의 시슈 장군들의 지휘를 받으며 군대는 다섯 대열로 숲을 통과하고 있었다. 그 곁에는 마법사가 있었다. 숲 경계에서부터 진군해가는 다섯 대열의 최종 목적지는 요새였다. 만일 누르곤을 차지하고 반란군과 인조 용들을 쳐부수게 되면, 그들과 요정 왕국 사이에 장애물이 하나 없어지는 셈이었다.

드리아데들은 처음에는 놈들이 그냥 지나가게 두었다. 덤불 속과 나뭇가지 위에 숨어, 커다란 검은 눈을 증오와 분노로 반짝이며 주의 깊게 염탐하고 있었다.

단호하게 나아가고는 있었지만 병사들은 불안한 마음이 드는 걸 어찌할 수 없었다. 수십 개의 눈이 숲의 어둠 속에서 그들을 지켜보고 있는 게 느껴졌다. 그 어둠은 달빛으로도 가시게 할 수 없는 어둠이었다. 인간들은 초조한 경계의 눈빛으로 사방을 둘러보았다. 반면 시슈들은 요정들이 어디에 숨어 있는지 알고 있었다. 초록색이나 얼룩무늬로, 때로는 나무껍질 비슷한 결로 변하는 요정의 피부는 눈에 잘 띄지 않았지만, 뱀 인간들은 따뜻한 피가 흐르는 요정들의 몸이 발산하는 열기를 감지했다. 그들은 요정들이 어디 매복하고 있는지 기억해두면서, 똑바로 무기를 들고 조용히 나아갔다.

다섯 대열의 후위까지 숲으로 들어서자, 요정들이 공격해왔다.

모든 요정들이 일시에 적들 위로 떨어져내리는 순간, 숲 전체가 무너져내리는 듯 보였다. 드리아데들은 딱딱한 나무창을 치켜들고 병사들 위로 돌진했다. 그들은 금속 못지않게 강한 마른 나뭇잎과 나무껍질 갑옷으로 몸을 감싸고, 작은 잿빛 얼굴을 사나운 표정으로 일그러뜨린 채, 몰아치는 바람처럼 빠르게 수풀 사이를 달리고, 야행성 새가 부르짖는 듯한 소리를 외쳐댔다. 나무 사이의 실포들은 날개를 부르르 진동시키며 활과 석궁, 입으로 부는 화살을 쏘아댔다. 겨우 주먹 하나 크기의 작은 요정들과 두엔데들은 덤불 속에서 잠자리를 닮은 날개 달린 곤충의 등을 타고 날아와 강가의 돌멩이처럼 둥글고 단단한 작은 과일과 씨 포탄을 적들에게 던졌다. 얼핏 봐서 그 씨앗에 별다른 점은 없는 듯했다. 하지만 그것이 갑옷 안으로 파고들어 피부에 닿으면 공포에 질릴 정도로 따끔따끔했다. 그래서 끔찍한 통증을 견디지 못해 병사들이 갑옷을 벗어던지려고 난리를 치면, 방심의 대가로 목숨을 바치게 되는 것이다.

한편 침입자들도 서둘러 대응했다. 석궁을 채우고 움직이는 대상을 향해 무수히 발사했다. 또한 장갑 전차에서 쏘아댄 화살도 상당수의 요정들을 쓰러뜨렸다. 마법사들이 거기에 마법을 걸어 놓았기 때문이었다.

곧, 숲은 나무와 금속, 살과 비늘, 피와 수액이 난무하는 기이한 전쟁터로 돌변하고 말았다.

빅토리아는 아슈란을 향해 눈길을 들었다. 아슈란의 얼굴에는 어떤 감정도 드러나지 않았지만 눈동자 속에는 어둠이 소용돌이치고 있었다.

네크로맨서가 말했다.

"나는 너희 셋 모두를 죽일 수도 있었다."

빅토리아가 조용히 대답했다.

"그런데 무엇 때문에 그러지 않았나요? 이미 우리가 당신 상대가 못 된다는 걸 알잖아요. 셋이 힘을 합쳐 함께 싸운다고 해도, 당신을 이길 수 없을 거예요."

아슈란이 미소를 지었다. 그다지 기분 좋은 미소는 아니었다.

"너희는 나를 이기기 위해 이곳에 있는 게 아니다. 물론 너희가 나의 일부를 이길 수는 있지. 그게 너희의 임무니까. 그렇다면 왜 내가 너희와 대결을 벌이는 위험을 감수하느냐고? 왜 네가 여기까지 오기를 기다리는 이런 귀찮은 짓을 벌인 거냐고? 넌 그 이유를 알고 있지, 빅토리아?"

빅토리아가 차분히 말했다.

"당신이 얻을 게 있기 때문이죠. 그리고 그게 너무나 귀중한 것이라 이 정도 위험을 감수하는 것쯤은 아무렇지도 않은 거고요."

아슈란이 다시 미소지었다.

"너도 역시 뭔가 얻을 수 있지. 둘 중 하나를 얻을 수 있어. 이건 계약이다. 용이든 셰크든 둘 중 하나를 선택하면, 그의 목숨을 살려주마. 너희 둘이 지구로 떠나도록 허락하지. 그리고 너희가 원한다면 차원의 문을 닫아주마…… 영원히. 너희가 모든 걸 잊고 싶다면, 그렇게 해주지. 그 일은 셰크들이 맡을 거다. 잘 생각해봐라. 네 마음이 선택한 사랑하는 사람 곁에서 오랫동안 행복한 인생을 사는 거다. 그리고 이제 다시는 싸울 일이 없는 거다. 마침내 이 악몽에서 벗어나는 거지."

잭은 인상을 찡그렸다. 과연 제대로 들은 건가? 아슈란이 빅토리아에게 그런 걸 제안할 리가 없다. 세 사람 모두를 죽이면, 예언의 위협을 끝내버릴 수 있는데.

곁눈질로 힐끗 크리스티안을 쳐다보자 그의 얼굴은 평소보다 더 어두워져 있었다. 아슈란의 행동은 도무지 말이 되지 않았지만, 크리스티안은 그 이유를 직감한 듯했다. 잭은 그것이 뭔지 알아내야 했다.

그때 빅토리아가 낮은 목소리로 대답했다.

"내가 한 명을 선택하면……다른 한 명은 어떻게 되는 거죠?"

"바로 처형될 거다. 내 작은 유니콘. 나의 관대함은 너도 알고 있듯 한계가 있다. 그러니 누구를 살리고 누구를 죽일지 네가 직접 결정해야만 한다. 너희 셋의 목숨을 모두 살려줄 수는 없다는 걸 이해해라."

아슈란의 말 한마디 한마디를 듣는 동안 잭은 숨이 멎는 듯했다. 자신이 죽을 수도 있다는 생각보다 더 걱정스러운 건, 네크로맨서가 빅토리아에게 그런 결정을 하도록 맡겼다는 사실이었다.

'어찌 저렇게 잔인할 수가!'

격노한 잭이 몸부림을 쳤다.

"빅토리아! 그자의 말을 듣지 마! 널 속이려는 거야!"

잭의 마지막 말은 고통에 찬 비명으로 끝나고 말았다. 어두운 마법이 덮치자 그는 또다시 무릎을 꿇으며 쓰러졌다.

아슈란이 익숙한 동작으로 뭔가 손짓을 했다. 그러자 조금 떨어진 허공에 커다랗게 반짝이는 틈이 생겨났고 그 너머로 별이 총총 빛나는 부드러운 하늘이 보였다.

"이게 뭔지 알겠니?"

아슈란이 물었다.

"림바드."

빅토리아는 향수 어린 목소리로 속삭였다. 아슈란이 고개를 끄덕였다.

"그래, 림바드지. 내가 들어갈 수 없는 곳. 하지만 넌 들어갈 수 있지. 둘 중 한 명을 선택해. 얀드라크든 키르타슈든 나한테는 마찬가지다. 넌 그를 데리고 저 문을 넘어 집으로 데려갈 수 있다. 그를 치료하기 위해 네 힘을 사용할 수도 있고, 이곳에서 겪은 모든 걸 잊을 수도 있어. 문은 너희들 뒤에서 영원히 잠길 테니까. 다른 한 명을 뒤에 남겨둬야 하겠지만…… 내 제안이 지금 너와 모두에게 최선이 아닐까? 난 네게 행복해질 수 있는 기회를 주는 거다. 그리고 난 그 불안한 예언이 이루어질지도 모른다는 생각에서 마침내 자유로워질 수 있을 테고……"

빅토리아가 다시 아슈란을 돌아보았다.

"내가 선택하지 않으면 어떻게 되는 거죠?"

"둘 다 죽게 되겠지."

빅토리아는 순간 몸을 떨었다. 겉으로는 침착한 듯 보여도, 그녀를 집어삼키고 있는 고통과 고뇌를 다들 직감할 수 있었다.

"나를 속이는 게 아니라는 걸 어떻게 알죠?"

"차원의 문이 네 앞에 열려 있다. 이게 실제고, 맞은편에 무엇이 있는지는 너도 알지? 이건 함정이 아니다.

그리고 아직 네 손에 지팡이가 있다. 난 억지로 그걸 뺏을 수도 있었다. 내 말 한 마디면, 세스하크가 키르타슈를 마지막 숨을 내쉴 때까지 고문할 수도 있으니까. 내 손짓 하나에 얀드라크에게도 똑같은 일이 일어날 수 있지. 그랬더라면 넌 주저하지 않고 지팡이를 내게 넘겨주었겠지. 안 그러냐? 하지만 난 그러지 않았다. 넌 지금 내 앞에 여전히 무장한 채 서 있다. 이 정도면 내 신의에 대한 충분한 증거가 되지 않을까?"

빅토리아는 미간을 찌푸렸다. 그녀 역시 아슈란이 뭔가 꿍꿍이를 꾸미고 있다는 걸 짐작했다.

"선택을 해라, 빅토리아. 내 인내심 역시 한계가 있으니까."

팽팽한 침묵이 감돌았다.

"둘 중 하나를 죽음으로 내몰라고 내게 강요할 순 없어요."

마침내 빅토리아가 입을 열었다.

"널 도와주마. 네겐 아주 어려운 일이라는 걸 이해하니까."

빅토리아는 대답하지도 움직이지도 않았다.

"너는 얀드라크를 선택할 수 있다."

아슈란이 말하자, 빅토리아는 잭을 바라보았다. 무한한 사랑과 애정을 담긴 그 눈을 보자 잭의 입에서 작은 한숨이 새어나왔다.

"너희는 같은 운명을 타고 났고, 비슷한 일을 겪었고, 지구로 향하는 차원의 문을 함께 넘었었지. 태어날 때부터 서로가 서로에게 운명이었던 거다. 그는 네가 가장 신뢰하는 사람이고, 네 인생의 동지이고, 고귀하고, 성실하고, 용감하지. 그리고 그의 마음은 온전히 네 것이다. 단지 너와 함께하고 싶어서, 널 살리고 싶어서 죽음에서 살아 돌아왔다. 또 특별한 생물, 즉 최후의 용이기도 하지. 넌 네가 그의 곁에 있으면 행복하리라는 걸 알고 있다. 그가 네 아이들의 아버지가 될 수 있다는 것도 알고, 널 저버리지 않으리라는 것도 알지.

그 말은 키르타슈를 처단한다는 뜻이기도 하다. 너는 이미 키르타슈를 죽일 뻔한 적이 있었어. 어쨌든 그는 네게 상처를 준 뱀에 지나지 않으니까. 네게 행복도, 안정도 보장해줄 수 없고, 몇 번이나 널 배신했었으니 또다시 그럴지도 모르지. 세상에는 다른 셰크도 많고, 키르타슈가 그들 중 최고도 아니다. 아무도 그의 죽음을 슬퍼하지 않을 거다. 너도 결국 그를 잊게 되겠지."

잭은 자신이 듣고 있는 말을 좀처럼 믿을 수 없었다. 하지만 빅토리아의 얼굴은 계속 무표정했고, 크리스티안 역시 그 말에 신경 쓰는 듯 보이지 않았다. 이미 모든 희망을 잃고 피할 길 없는 뭔가에 굴복한 듯한 인상이었다. 빅토리아가 뒤돌아 그를 보자, 그 눈길이 두려움과 증오를 꿰뚫고 셰크의 심장에 가닿았다. 그 눈길은 크리스티안의 얼음 같은 눈동자가 잃어버린 반짝임을 자신의 따뜻한 숨결로 되돌려주려고 애쓰는 듯했다.

아슈란은 빅토리아의 생각을 읽기라도 한 듯 덧붙였다.

"그렇지만, 또한 키르타슈를 선택할 수도 있다. 키르타슈, 널 위해 모든 걸 버렸고, 자기편과 싸우고, 본능과 아버지의 뜻을 거스르고 싸웠지…… 널 위해서. 키르타슈, 꿈에서도 널 쫓고 있는 그의 눈길. 그가 곁에 있다는 사실만으로도 너는 이전에는 경험하지 못했던 많은 걸 느낄 수 있다. 지구에서 그와 함께 인생을 시작할 수도 있다, 단 둘이서. 아니면 이곳에 남아 내 제국을 물려받을 수도 있다. 이미 오래전에 내가 제안했던 것처럼 말이다. 그의 충실한 마음은 네 것이다. 그는 무척 귀한 존재다. 하이브리드이긴 하지만 그래도 특별한 생물이다. 마지막 순간까지 너를 위해 싸우고 죽을 수도 있다. 키르타슈는 너로 인해 그 모든 일을 겪었는데, 과연 그에게 등을 돌릴 수 있을까?

그에게 등을 돌릴 수 없다면 그건 또한 용을 죽인다는 말이 되겠지. 어쨌든 넌 이미 잭을 잃어본 적이 있다. 사실 용은 죽었어야만 했다. 넌 그를 잃었다고 믿었고, 그 상실감을 극복했었으니까, 다시 한번 그럴 수 있을 거다. 잭은 널 이해하지 못할 거다. 아무리 애쓴다 해도 너와 키르타슈와의 관계를 받아들이지 못할 거다. 네가 두 사람 모두에게 마음이 있다는 걸 안 순간부터 네게 죄책감이 들게 했던 것처럼. 그는 네가 못되고, 이기적이라고 느끼게 만들었다. 오로지 혼자만 너를 독차지하고 싶어하고, 네 영혼의 일부를 강제로 포기하게 하면서까지 그저 자기 것이 되기를 바라는 게 바로 잭이다. 그게 사랑일까? 예언에 나오는 영웅이자, 가장 좋은 친구인 용보다는 암살자이자 셰크인 키르타슈가 네게 더 관대했던 건 아닐까? 넌 정말로 용을 사랑하는 걸까? 그 감정은 단순한 호감이 아닐까? 혹시 운명이 어쩔 수 없이 너희를 함께하게 했고, 그래서 뿌리칠 수 없다고 믿게 된 건 아닐까?"

빅토리아는 혼란스러움에 고개를 흔들었다. 그녀를 갉아먹고 있는 괴로움의 흔적이 얼굴에 여실히 드러났다. 그녀는 고개를 들어 잭을 바라보았다. 아슈란의 발밑에서 힘겹게 숨쉬는 그를. 땀에 젖은 흐트러진 금발머리와 시원스러운 이마. 그리고 무엇보다도 그녀를 바라보는 그 초록색 눈빛. 잭이 부상당해 지쳐 있다는 걸 안 그녀는 달려가 그를 안아주고 고통을 달래주고 싶었다.

그녀는 이를 악물고 크리스티안을 향해 돌아섰다. 세스하크의 몸통 사이에 갇힌 나약한 모습을 보며 침을 삼켰다. 크리스티안이 그녀의 시선을 느끼고, 아주 살짝 고개를 들었다. 평소처럼 밝은 갈색 머리카락이 눈가에 흘러내려와 있었다. 어느 날 오후, 지하철 역에서 마주친 뒤로 그녀의 영혼에 얼음 비수처럼 박혀버린 눈빛이다. 크리스티안이 눈을 가늘게 뜨자 빅토리아는 그 모습을 차마 볼 수가 없어 눈을 감았다. 하지만 단 한순간도 그를 시선에서 놓치고 싶지 않아 다시 눈을 떴다. 또다시 두 사람의 시선이 만났다. '제발, 뭐라고 말 좀 해봐.' 빅토리아가 애원했다. 하지만 크리스티안은 여전히 침묵하고 있었다.

빅토리아는 한숨을 쉬고 잭을 보았다가, 또다시 크리스티안을 돌아보았다. 잭의 심장은 수천 갈래로 갈라지는 듯했다. 두려움이나 고통 때문이 아니었다.

잭은 분노가 치밀어 말했다.

"당신은 악마야. 어떻게 빅토리아에게 이런 고통을 줄 수 있지? 왜 이런 일을 하는 거야?"

아슈란이 헤아릴 길 없는 눈길을 던졌다.

"그럴 필요가 있기 때문이지. 그렇게 신경 쓰는 이유가 뭐지? 네가 원하던 바가 이거 아니었나? 넌 이 애가 둘 중 하나를 선택하길 바라지 않았나?"

"이런 식은 아니야!"

잭이 거의 비명에 가까운 소리를 질렀다.

"무슨 차이가 있지?"

잭은 어떻게 대답해야 할지 몰랐다. 그는 아슈란을 보고는 놀랍게도 그자가 빅토리아의 고뇌와 다른 두 사람의 불안을 보며 그다지 즐거워하지 않는다는 사실을 깨달았다. 아슈란은 파리의 날개를 떼어내고 무슨 일이 일어나는지 지켜보는 아이처럼 그저 빅토리아의 반응을 주시하고 있을 뿐이었다.

빅토리아는 바닥에 주저앉았다. 두 손에 고개를 묻자 심한 한기가 몰려왔다. 잭은 불현듯 자신의 생명이 빅토리아의 손에 달려있다는 것을 깨달았다. 자신의 생명과 크리스티안의 생명이.

숨이 멎는 듯했다. 너무나 잔혹한 제안이었다. 빅토리아가 크리스티안을 선택하고, 둘이 림바드를 향해 떠날 수도 있다는 생각에 두려움이 떠올랐다. 문득 이 방에 발을 내디딘 순간부터 크리스티안을 죽이고 싶다고 생각했던 게 떠올랐지만, 그는 즉시 그런 생각을 하는 자신을 꾸짖었다. 아무리 암살자라 해도 셰크 역시 이런 식으로 죽음을 맞아서는 안 된다.

그는 곁눈질로 크리스티안을 보았다. 자신과 아무 상관도 없다는 듯 여전히 무표정한 얼굴이었다.

'빅토리아가 자신을 선택하지 않으리라고 생각하는 걸까? 빅토리아가……설마 날 선택하려는 걸까?'

아슈란이 빅토리아를 도우려는 듯 다정하게 말했다.

"이건 누구 하나만을 죽음으로 내모는 게 아니다. 어차피 이 방 문턱을 넘어선 순간부터 둘 다 죽을 운명이었지. 둘 중 하나의 생명을 구하는 일이라고 생각하렴, 빅토리아. 넌 누굴 구할 거지?"

빅토리아가 정말로 누굴 사랑하는 걸까? 잭은 궁금했다. 아슈란은 알고 있을까? 크리스티안은? 그리고 빅토리아 자신은?

'난 모르겠어.'

잭은 낙담한 채 혼란스러워했다.

빅토리아는 부들부들 떨면서 몸을 웅크리고 있었다. 그러자 잭은 자신이 빅토리아에게 수차례 결정하라고 강요했던 일을 떠올리며 죄책감이 들었다. 그래, 이제 결정을 해야만 하는 거야. 하지만 무슨 이유에선지 잭은 빅토리아를 이 상황에서 벗어나게 할 수만 있다면 무슨 짓이라도 하고 싶었다. 자신의 목숨 따윈 아무렇지도 않았다. 카슬룬 탑의 포털을 넘어서는 순간부터 그는 이미 죽을 각오가 되어 있었다. 결과가 어떻든 간에, 이 일은 두 사람 모두에게 부당한 일이 될 것이다.

"하렐이 쓰러졌다! 드리아데들이 숲 안쪽으로 후퇴했다!"

공터를 지나 요새 문까지 간신히 다다른 한 실포의 입에서 그 소식이 전해졌다. 코반은 비통한 마음으로 하렐이 죽었다는 소식을 접했지만, 시간낭비를 할 여유가 없었다. 시슈들이 머지않아 누르곤에 도착하여 성벽을 공격할 것이다. 요새와 탁 트인 벌판 사이의 숲은 아주 작았고, 빽빽한 아와 숲에 비해 상대적으로 통과하기가 쉬웠다. 알렉산더가 성벽 위에서 궁수들을 지휘하는 동안, 기사단 군장인 코반은 다시 한번 마당으로 달려나가 투석기들이 전부 제자리에 있는지, 석궁수들이 각각 작은 문들을 잘 지키고 있는지, 중앙 성문은 제대로 확실하게 닫혀 있는지 확인했다. 타나웨는 마법사들이 문에 걸어놓은 마법의 봉인을 더욱 강화하며 문을 단속하는 코반을 도와주었다.

그러는 사이 공중에서도 전투가 격렬해지고 있었다. 이미 세 마리의 용이 떨어졌다. 그중 둘은 숲 어딘가에 충돌했고, 다른 하나는 날개 달린 뱀의 치명적인 포옹에 말 그대로 완전히 으스러지고 말았다. 넷째 용도 앞서 세 마리의 뒤를 따르기 직전이었다. 우아하게 설계된 검은색 용은 요새 앞마당 위에서 세크의 둥근 몸통에 낀 채, 필사적으로 날갯짓을 했다. 반란군들은 서둘러 포탄을 점화하여 뱀에게 발사했다. 성이 난 뱀은 쉭쉭거리더니, 포격에 대한 답례로 앞마당에 있는 인간들과 자신을 귀찮게 하는 기계들을 향해 용을 던져버렸다.

누군가 조심하라고 소리를 질렀고, 모두 서둘러 몸을 피했다. 샤일을 짊어지고 있던 이베르는 두 걸음 만에 성큼성큼 성벽에 닿았지만, 용이 먼저 바닥에 떨어지며 육중하게 쿵 하고 부딪히더니 투창기 두 대와 투석기 한 대를 산산조각 내버렸다. 타나웨는 신음소리를 냈고, 덴얄은 큰 소리로 욕을 했다. 모두 추락한 조종사를 구하러 달려갔지만 이미 너무 늦었다.

바로 그때 성벽 높은 곳에서 외침이 들렸다.

"시슈들이 온다!"

그뒤의 순간들은 온통 혼란이었다. 궁수들은 알렉산더의 목소리에 맞춰 공격자들에게 화살을 쏘아댔다. 몇 시간 전부터 이미 준비를 마친 투석기들이 성벽 위로 포탄을 쏘아댔다. 성벽에 자리를 잡은 마법사들은 그 포탄을 곧장 라헬드 전차로 향하게 했다. 두 차례 발사 후, 그중 하나가 화염에 휩싸여 폭발했다.

총안에 서 있던 알렉산더는 익히 잘 아는 한 인물에게 시선을 고정했다. 동생 암린이었다. 그는 아버지 브룬 왕의 소유였던 갑옷을 입고 있었다. 그의 입에서 낮게 으르렁거리는 소리가 새어 나왔다. 만감이 교차했다. 배신당한 기분에 암린이 밉기도 했고, 다른 한편으로는 어쩌면 자신이 그의 자리에 있었다면 똑같이 했을지도 모른다는 생각이 들었다.

"알산."

뒤에서 누군가 말을 걸었다. 돌아보니, 심각한 표정을 한 콰이다르가 총안 옆에 꼿꼿이 몸을 세우고 있었다.

"여길 떠나야만 해. 아니면 우린 모두 죽는다."

알렉산더가 이를 드러내 보였다.

"아직 좀더 버틸 수 있습니다."

달빛 아래 그의 눈이 사납게 반짝였다.

"언제까지? 현실적으로 굴라고! 머리 위에 요정 지붕이 없으면 우리가 할 수 있는 건 아무것도 없어!"

요새의 성벽들이 거칠게 흔들렸다. 시슈 마법사들이 중앙 성문을 부수려고 기를 쓰고 있었다.

알렉산더가 이를 박박 갈았다.

"뱀들 손에 누르곤을 넘겨줄 순 없습니다."

"하지만 선택의 여지가 없어. 내 말 들어, 빌어먹을! 우린 보호막도 없고, 저 많은 뱀들을 상대로 홀로 싸우고 있다고. 무슨 말인지 알아? 이둔 전체가 아슈란의 손아귀에 떨어진 거야. 용과 유니콘이 있었을 때는 우리에게도 기회가 있었지만, 지금은 얀드라크도 죽었잖아. 루나리스도 어딜 헤매고 다니는지 아무도 몰라. 우리가 진 게야, 알겠어? 우리가 졌다고!"

알렉산더의 내면에서 야수가 풀려나 으르렁거리는 소리를 내며 콰이다르에게 달려들었다. 하지만 그는 곧 뒤로 물러나며 고통에 찬 비명을 질렀다. 콰이다르가 쌀쌀맞게 말했다.

"내가 대마법사라는 걸 명심하라고! 그 정도로는 어림도 없지, 이 야수!"

알렉산더는 고개를 흔들었다. 대마법사가 그에게 마지막으로 엄한 시선을 던졌다.

"자네한테 가장 중요한 게 뭐지? 자존심인가, 아니면 이 사람들의 생명인가? 생각 좀 해보라고, 왕자. 하지만 빨리 끝내야 할 게야, 뱀들이 우리를 쳐부수기 직전이니까."

알렉산더는 부르르 몸을 떨며 등을 돌렸다. 바로 그때, 궁수들이 다시 한번 화살을 쏘아댔다. 많은 적군이 화살에 맞아 쓰러졌지만 대부분은 계속 전진하고 있었다. 놈들은 이미 총안 위로 갈고리를 쏘아올려, 줄을 타고 올라오고 있었다. 뱀의 꼬리에 몇 차례 맞은 탓에 총안이 무너져내린 서쪽 성벽에서는 적군들이 사다리를 걸쳐놓고 이미 기어오르고 있었다. 알렉산더는 급히 돌아서서 부하들에게 그쪽을 막으라고 소리쳤다. 하지만 사상자가 너무 많았고, 셰크들은 점점 더 가까이 날아오고 있었다.

그는 시선을 돌려 앞마당을 내려다보았다. 나머지 용들도 막 떨어지려는 찰나였고, 투석기들은 부서졌다. 샤일과 알레그라가 망가진 투창기를 작동하려고 애쓰고 있었다. 샤일의 지팡이를 바라보던 그는 친구가 다리를 잃었으며 잭은 목숨을 잃었고, 알렉산더 자신도 인간성의 일부를 잃었다는 사실을 떠올렸다. 그러자 이미 희미하게 꺼져가는 촛불 같은 희망을 지키기 위해 이런 희생을 치러야만 하는지 의문이 들었다.

고개를 들어 하늘을 쳐다보니 용은 여섯 마리밖에 남지 않았다. 파그노르는 그 어느 때보다도 높이 날면서 셰크들에게 무자비하게 불을 토해내고 있었다. 그보다 조금 아래, 키마라가 조종하는 황금용이 날고 있었다. 한쪽 날개가 틀어져 오른쪽으로 기운 채로 힘들게 작동하고 있었다. 알렉산더는 저 용이 뱀들이 득

시글거리는 이 지옥 속에서 결국 산산조각 날 테고, 그 안에 타고 있는 혼혈 얀도 마찬가지가 되리라는 걸 알았다. 저 용이 이대로 죽는 걸 지켜볼 수는 없다. 그건 잭을 두 번 죽이는 것과 같다.

그래서 그는 결정을 내렸다.

잠시 후, 반란군들은 강으로 곧장 이어진 터널을 통해 요새를 떠났다. 일단 강을 건넌 뒤에는 깊은 숲속에 몸을 피할 수 있고, 살아남을 가망성이 더 커진다. 도주를 엄호하기 위해 투창기들이 여전히 작동되고 있었지만, 그 발사를 맡은 건 누르곤 사람들이 아니었다. 마침내 문을 부순 시슈들이 성벽 위에 올라와보니, 알렉산더와 다른 사람들을 따라 도피하기를 거절한 상당수의 야만족들이 있었다. 누에베 클라네스의 군주 호르 둘카르가 그들을 지휘하고 있었다.

많은 시슈들은 위풍당당한 야만족이 커다란 전투용 도끼를 치켜들고 돌진해오자 주춤했다. 거친 고함소리가 요새 전체에 울려 퍼졌다.

잔인한 피비린내가 진동했다. 야만족들은 시슈와 그 동맹들의 공격을 받고 쓰러졌다. 호르 둘카르는 마지막 숨을 거둘 때까지 싸웠고, 상당수의 적군을 쓸어버렸다. 시슈의 독기 가득한 피에 물들어 쓰러지기 전, 호르 둘카르는 한 드락웬 장군의 목숨을 끊으며 적의 비늘 덮인 피부에 도끼날을 박는 만족을 맛보았다.

마침내, 요새는 뱀들 수중에 떨어지고 말았다. 그리고 하늘을 향해 터지던 불길이 멎자, 셰크들은 승리감에 찬 소리를 지르고 얼음처럼 차가운 치명적인 숨결을 내뿜으며 자신들 앞에 펼쳐진 거대한 숲으로 곧장 날개를 퍼덕이며 날아갔다.

빅토리아가 고개를 들었다. 얼굴은 백짓장처럼 하얗고, 대리석으로 빚은 여신처럼 순수하고 차가운 표정은 마음속의 감정을 고스란히 드러내고 있었다. 커다란 밤색 눈은 영혼의 빛을 가리는 어둠의 소용돌이로 흐려져 있었다.

"이제 결정했어요."

아무 감정이 실리지 않은 목소리로 빅토리아가 알렸다.

잭은 심장이 죄어왔다.

'그럴 순 없어. 우리 중 하나를 죽게 할 수는 없어. 설사 그게 저 죽일놈의 세크라 해도 말이야. 그럴 수 없어.'

하지만 빅토리아는 결의에 찬 표정으로 자리에서 일어나 차갑고 거만한 눈길로 아슈란을 응시했다.

"좋다."

네크로맨서는 짧게 대답했다.

잭은 빅토리아를 부르고 싶었지만 목소리가 나오지 않았다.

"결정을 했어요. 누굴 살려야 할지 알겠어요. 하지만 작별 인사를 하고 싶어요……"

아슈란이 활짝 미소지었다.

"물론이지. 하지만 지팡이는 거기 바닥에 놓아두렴, 내 작은 유니콘. 믿음의 표시로 말이다."

빅토리아는 자동인형처럼 그 말에 따랐다. 그리고 크리스티안에게 곧장 다가갔다.

잭의 마음은 수만 가지 모순된 감정의 바다에 잠겨들어 익사당하는 기분이었다.

빅토리아가 크리스티안과 이별하려 한다.

'나를 선택한 거야.'

'크리스티안을 죽음에 처하게 하려는 거야.'

그럴 리가 없어, 아니야, 그럴 리 없어. 잭은 빅토리아가 조용히 크리스티안에게 다가가는 모습을 지켜보았다. 빅토리아가 무한한 애정을 담아 두 손으로 크리스티안의 얼굴을 잡고, 그 입술에 부드럽게 입맞춤하는 모습을 보았다.

크리스티안은 반응이 없었다. 완전히 정신이 나간 것 같았다. 하지만 빅토리아가 자신을 꼭 끌어안자, 그는 마지막 포옹을 누리기 위해 한순간 눈을 감았다.

'빅토리아, 그러면 안 돼.'

잭이 생각했다. 하지만 다른 대안이 있나? 날 처형하라고?

그는 불편한 마음에 눈길을 피했다.

빅토리아는 크리스티안을 안은 팔에 더 힘을 주었다. 그녀는 다정하게 부드러운 밤색 머리카락을 어루만지며 말했다.

"크리스티안. 내게 다른 선택의 여지가 없다는 걸 알지?"

크리스티안이 거의 알아챌 수 없을 정도로 고개를 끄덕였다.

"좋아."

빅토리아가 몸을 숙이고 귓가에 뭔가 소곤거렸다. 한마디 한마디 할 때마다 크리스티안의 표정이 이해에서 놀람으로, 불안으로 그리고 극심한 공포로 변해갔다.

"빅토리아……"

잔뜩 쉰 목소리로 크리스티안이 중얼거렸다.

빅토리아가 부드럽게 그를 떼어놓았다.

"빅토리아, 안 돼! 빅토리아, 그러지 마!"

크리스티안이 소리쳤다. 그가 사납게 몸부림을 쳤지만 세스하크는 놓아주지 않았다.

잭은 어리둥절한 표정으로 그를 쳐다보았다. 저런 식으로 애원하는 건 크리스티안답지 않다. 그렇다 해도 그를 탓할 수는 없지만. 어쨌든 그 역시도 일부는 인간이니까.

아니면 뭔가 다른 게 있단 말인가?

크리스티안은 계속 필사적으로 빅토리아를 불렀지만 그녀는 들은 체도 하지 않았다. 잭은 도무지 무슨 일이 벌어지고 있는지 이해할 수 없었다. 마침내 빅토리아가 잭 앞에 똑바로 서서는 오싹한 한기가 이는 눈으로 그를 쳐다보았다.

그리고 입맞춤을 했다. 빅토리아가 그를 세게 꽉 안아주며 귓가에 소곤거렸을 때에야 잭은 겨우 정신을 차렸다.

"잭……내가 널 사랑하는 거 알지, 그렇지? 그리고 내게 다른 선택의 여지가 없다는 것도."

잭은 그대로 돌처럼 굳어버렸다.

"빅토리아, 작별인사를 하는 거야?"

"그래, 잭. 영원히."

빅토리아의 목소리는 흐느낌을 삼키는 듯했다.

'크리스티안을 선택한 거야?'

잭은 혼란스러웠다. 하지만 감히 소리 내어 물어볼 용기가 나지 않았다. 빅토리아가 다시 입맞춤을 하고, 끌어안으며, 잭의 귀에 속삭였다.

"크리스티안을 돌봐줘."

"뭐라고……?"

그러자 잭은 곧 무슨 일이 벌어지려는지 알아차렸지만 이미 빅토리아가 몸을 뗀 후였다. 아슈란이 잭을 세스하크한테 던져버렸고, 세스하크는 조금 전에 그랬듯 기다란 꼬리로 그를 붙잡았다. 하지만 이번에는 조금 힘들었다. 크리스티안이 발길질을 하며 풀려나려고 있는 힘을 다했기 때문이었다. 잭 역시 몸부림을 쳤지만 별 수 없었다. 빅토리아가 아슈란 옆에 자리 잡고, 그가 빅토리아의 머리에 손을 얹으며 결과를 통보하는 모습을 그저 맥없이 지켜볼 뿐이었다.

"세스하크, 루나리스 아가씨가 선택을 내렸군."

세스하크는 마지못해 꼬리를 채찍처럼 내리치며 두 소년을 풀어주었다. 크리스티안이 빅토리아에게 달려갔지만, 세스하크는 경멸스럽다는 듯 꼬리를 휘둘러, 마치 쓰레기를 버리듯 차원의 문 너머로 그를 떨어뜨렸다. 크리스티안은 비명을 지르며 어둠 속으로 사라졌다. 잭은 빅토리아를 잠시 물끄러미 쳐다보았다.

그는 서글픈 목소리로 속삭였다.

"빅토리아. 무슨 짓을 한 거야?"

그녀는 급히 고개를 돌렸고, 눈물이 뺨을 타고 흘러내렸다.

"세스하크."

네크로맨서가 다시 입을 열었다.

세크의 몸이 분노로 진동했고, 뱀은 눈을 가늘게 떴다. 책 위로 들어올린 꼬리가 한순간 그를 바퀴벌레처럼 눌러버릴 것 같았다. 하지만 마지막 순간 세스하크는 증오를 이겨내고 책을 림바드로 향한 틈새로 던져버렸다.

책은 저항하려 했지만 아무것도 할 수가 없었다. 그저 마지막으로 빅토리아의 이름을 부를 뿐이었다.

차원의 문이 두 사람 뒤에서 닫혔다.

잠시 침묵이 흘렀다가 빅토리아가 내쉬는 가벼운 안도의 한숨에 깨어졌다.

"저들은 무사해요. 둘 다."

아슈란이 고개를 끄덕였다.

"그래. 믿기 힘들겠지만, 나도 때로는 약속을 지킨다."

빅토리아가 그를 쳐다보았다.

"내가 뭘 선택할지 알고 있었죠?"

"물론이지. 네가 둘 중 하나를 처형하느니 자살을 결심할 거라는 것 정도는 알 수 있지. 그게 바로 네 약점이니까."

"강점일지도 모르죠. 내가 두 사람을 구한 셈이니까."

"어쨌든 이제 넌 내 거다. 네가 몇 달 전, 이곳에서 죽을 지경이 되어 빠져나갔을 때부터 난 이 순간을 꿈꾸어왔다."

"왜죠? 당신은 왜 내 능력에 그렇게 관심이 많은 거죠?"

아슈란이 미소를 지었다.

"난 이 세계 전체를 움직이지. 여섯 신들도 나를 두려워하고,

셰크들마저도 내 명령에 따른다. 그런 생각을 한 번도 해본 적이 없느냐? 내가 지니지 못한 유일한 능력, 내게 금지된 유일한 능력, 그건 바로 네가 지닌 능력이지. 마법을 건네주는 능력. 더 많은 마법사를 만들어낼 수 있는 능력."

빅토리아가 눈길을 피했다.

"별로 놀라는 것 같지 않구나."

아슈란이 미소를 지었다.

"오래전에 그 생각을 했었어요."

"셋 중 하나가 죽어야 한다면 대신 네가 죽겠다고 결정했을 때, 앞으로 무슨 일이 일어날지 이미 알고 있었지? 준비는 됐느냐?"

빅토리아가 고개를 들었다.

"다른 선택의 여지가 없잖아요. 그렇죠?"

"그래. 내가 네 힘을 가질 수 있는 유일한 방법은 네가 직접 그 힘을 건네주는 것이다. 자발적으로. 마법사로 변신할 수 있는 그 능력이 아니라, 네 고유의 힘을. 유니콘의 힘을.

빅토리아, 네가 그것을 넘겨주면 얀드라크와 키르타슈는 무사할 것이다. 그들이 돌아오든 말든 관심이 없으니 차원의 문은 닫아놓을 거고. 그 일을 마치면 넌 죽게 될 테니 예언은 실현되지 않겠지. 그렇다면 최후의 용과 내 아들을 죽일 이유는 없는 셈이지. 그애들은 지구에서 잘 지내는 방법을 배우겠지. 다른 도리가 없으니까. 그게 네 마지막 뜻이지?"

빅토리아가 지친 미소를 지어 보였다.

"그래요, 당신이 바라는 걸 건네줄게요, 아슈란. 하지만 당신이 어떤 경우라도 다시 그들을 괴롭히거나 해친다면, 설사 내가 존재하지 않더라도 내가 당신에게 물려준 그 힘이 당신에게 맞서리라는 걸 알아야 할 거예요."

아슈란이 빅토리아를 돌아보았다.

"감히 나를 협박하는 게냐?"

"난 당신에겐 없는 힘이 있어요."

"이제 그걸 누릴 시간도 별로 남지 않았지."

빅토리아의 눈에 슬픔이 반짝하고 빛났다.

"그렇죠."

잠깐 망설인 뒤, 빅토리아는 서서히 유니콘으로 변신했다. 아슈란은 은빛 눈에 아무런 감정도 드러내지 않고, 흥미롭다는 듯 그녀를 지켜보았다. 세스하크 역시 눈을 가늘게 뜨고는 어두운 표정으로 지켜보았다.

"준비됐어요."

빅토리아가 조용히 알려주었다. 아슈란이 고개를 끄덕였다.

"좋아. 하지만 다른 곳에서 해야만 한다."

그는 아직도 만월인 상태로, 마치 그를 추궁하는 세 개의 눈처럼 하늘에서 빛나는 세 달을 힐끗 쳐다보았다.

"나를 따라오너라."

그가 홀을 나서자, 유니콘도 긴 뿔의 무게를 견디기 힘들다는 듯 고개를 푹 숙이고는 순순히 또각또각 따라나갔다.

알렉산더는 방금 떠나온 요새의 그림자를 향수어린 눈빛으로 한동안 응시했다. 요새의 재건을 위해 몇 달을 보내고, 그렇게 많은 힘을 쏟았건만, 결국 이렇게 또다시 뱀들의 손아귀에 넘어가고 말았다.

동료들은 숲속으로 달려가고 있었다. 누군가가 그를 떠밀었지만 알렉산더는 반응하지 않았다. 그는 강가를 떠날 수 없었다. 그러자마자 영원히 누르곤에 등을 돌리게 되리라는 걸 알고 있었기 때문이었다.

분노가 치민 그는 두 주먹을 불끈 쥐었다. 이게 전부 그 죽일놈의 아슈란과 그 아들놈 탓이다. 화를 내며 으르렁거리자 그의 안에 깃든 야수가 조금 더 자유로워졌다.

"알렉산더."

곁에서 샤일의 목소리가 들렸다. 알렉산더가 돌아보았다.

"우린 떠나야만 해."

마법사가 말했다. 알렉산더가 힘들게 고개를 끄덕였다. 심호흡을 하고는 숲을 향해 돌아섰다.

이제 그 자리에 우두커니 선 쪽은 샤일이었다. 그는 숲 위를 날고 있는 셰크들을 물끄러미 보고 있었다.

"놈들이 어디까지 쫓아올까?"

그가 근심 어린 표정으로 물었다.

알렉산더는 다시 현실로 돌아왔다. 샤일을 쳐다본 그는 샤일이 무슨 생각을 하는지 알아채고 안심시켰다.

"숲이 피난민들을 보호해줄 거야. 지금쯤이면 사이세이도 이미 교왕의 신전에 도착했을 테고. 정말로 신들이 존재한다면 피난민들을 지켜줄 거야. 적어도 그들만이라도…… 일이 되어가는 상황을 보아하니 여섯 신들은 이미 많은 신자를 잃은 듯하군. 그러니 그들이 할 수 있는 마지막 일은, 아직도 그들에 대한 믿음을 지니고 있는 몇 되지 않는 이둔인들을 돌보는 거겠지."

그때 여자 목소리가 들렸다.

"잡담 그만들 해요! 곧 놈들이 우리를 뒤따라올 거예요!"

야만족 여인 중 하나였다. 샤일도, 알렉산더도 그녀의 이름은 몰랐지만, 한 일파의 지도자라는 건 알고 있다. 여인은 어깨에 부상을 입었지만 걸음을 멈추지는 않았다. 그녀는 계속 숲 한가운데를 향해 걸어갔고, 두 젊은이가 뒤따라갔다.

곧바로, 요정들 무리가 나섰다.

"서둘러요, 서둘러. 남아서 싸우지 않을 사람들은 부상자들을 숲 가장 깊은 곳으로 데려가요. 거기서 우리가 돌봐줄게요. 강변에서 싸울 사람들은 우리를 따라와요. 조금이라도 더 편하게 싸울 수 있는 트인 장소로 데려다줄게요."

요정들의 보호에 마음이 놓였다. 저쪽, 강 맞은편에는 요정 왕국이 펼쳐져 있었다. 아직까지 그 누구도 요정들을 자기 땅에서 쳐부수지 못했다.

"난 남겠어."

알렉산더가 통고했다.

샤일이 말을 꺼내려는데, 느닷없이 두 사람 위로 커다랗고 육중한 물체가 스치며 지나갔다. 두 사람은 즉시 그게 뭔지 알아챘다. 파그노르였다.

거대한 인조 용이 제일 높은 나무 꼭대기 위로 날아갔다. 셰크 한 놈이 뒤쫓고 있었다. 놈의 오싹한 소리에 모두의 피가 얼어붙었다. 그 뒤로 키마라의 황금용이 뒤따르며 놈의 정신을 어지럽게 하여 동료의 꽁무니에서 떼어놓으려 했다. 한순간 시야에서 그들을 놓쳤나 싶을 때, 우당탕탕 하는 요란한 소음이 들렸다. 케스트라의 용이 숲에 추락한 것이다. 셰크가 다시 날아올랐고, 이번에는 도망가려고 애쓰는 황금용의 뒤를 추적했다.

경고의 외침을 내지른 샤일이 생각할 겨를도 없이 날개 달린 뱀을 향해 불의 주문을 쏘았다. 한쪽 날개를 맞은 셰크가 화를 내며 날카로운 비명을 지르더니 그들을 향해 거칠게 돌아섰다.

"우리 위치가 노출됐어!"

알렉산더가 말했다.

샤일은 대답할 상황이 아니었다. 경솔하게 마법을 사용한 후 기운이 빠져버렸기 때문이었다.

셰크는 이미 그들을 향해 돌진하고 있었고, 반란군들은 혼비백산하여 흩어졌다. 알렉산더는 펄쩍 뛰어, 케스트라의 용이 추락한 장소를 찾아 들어갔다. 샤일은 누군가가 자신을 숨기기 위해 어딘가로 몸을 끌어당기는 걸 느끼면서도 멍하니 있었다.

셰크는 나무 사이로 하강했지만 그들이 있는 곳까지 닿을 수는 없었다. 나무들이 너무 빽빽이 얽혀 있기 때문이었다. 얼음 같은 공기가 숲 위를 맴돌았고, 뱀이 다시 날아오른 후에도 그것은 계속 남아 있었다.

급박한 위험이 지나자 반란군들은 갈 길을 갔다. 어떤 이들은 숲의 경계선을 지키는 요정들을 따라갔고, 또 어떤 이들은 가장 깊은 숲속으로 뒤따랐다.

한 실포가 샤일에게 말했다.

"당신은 그들과 함께 가야만 해요, 마법사님. 당신은 싸울 수 있는 형편이 아니에요."

샤일은 추위에 몸을 달달 떨면서도 고개를 가로저었다.

"아니요. 알렉산더를 찾아가야만 해요. 아주…… 아주 불길한 예감이 들어요."

잭은 크리스티안과 부딪혔다. 두 사람은 풀밭 위를 굴렀다.

"대체 이게 무슨……?"

잭은 말을 꺼냈지만 정신이 하나도 없었다. 몸을 일으킨 그는 비명을 지르지 않으려고 이를 악물었다. 육체적으로도 정신적으로 완전히 엉망진창이었다.

크리스티안은 비틀거리며 일어서서 힘겹게 숨을 쉬고 있었다. 두 사람은 주위를 둘러보았다.

그들은 별이 총총한 부드러운 밤하늘 아래, 익히 잘 알고 있는 공터에 있었다. 달이 없는 곳.

"림바드."

두 사람이 동시에 중얼거렸다.

둘은 눈빛을 주고받았다. 먼저 반응한 쪽은 크리스티안이었다.

"빅토리아!"

잭은 다시 상황을 파악했다.

"돌아가야만 해!"

"하지만, 어떻게? 아슈란이 우리 뒤에서 문을 잠갔어."

"그럼 열어! 뭘 기다리는 거야?"

"난 할 수 없어. 이젠 문을 열 힘이 없단 말이야."

"하지만 그자가 빅토리아를 죽일 거야!"

잭은 신경이 곤두선 채 소리를 질렀다. 그러자 크리스티안도 냉정을 잃으며 목소리를 높였다.

"나도 알아, 소리칠 필요 없다고! 내가 그것도 모른다고 생각하는 거야?"

"잘난 척 그만해! 네가 기습을 계획한 거잖아, 그런데 무슨 일이 일어났는지 보라고! 네 그 똑똑함 때문에 재난에 빠졌잖아!"

크리스티안이 냉정을 잃으며 목소리를 높였다.

"나한테 소리치지 마! 빅토리아를 빼놓고 탑으로 가자고 한 건 네 아이디어였잖아!"

"네가 그애를 잠들게 한 줄 알았으니까 그랬지!"

"난 그렇게 했어! 아침이 밝아올 때까지 깨어날 수 없었다고! 그애가 우릴 따라올 방법을 찾을 줄 어떻게 알았겠어?"

"네가 포털을 잘 잠그지 않았기 때문이잖아, 이 천하에 쓸모없는 자식아! 그게 아니라면 네가 또다시 우리를 배신한 거든지!"

"뭐라고……?"

"넌 살았고, 무사하잖아, 아니야? 그리고 빅토리아가 널 위해 목숨을 바칠 거라고 생각한 거잖아, 이 벌레 같은 배신자!"

크리스티안이 셰크로 변신하더니 잭에게 달려들었다.

잭의 변신 역시 거의 순식간이었다. 고통스럽기는 했지만 영혼이 얀드라크의 몸 안에서 확장되는 느낌은 황홀할 정도였다. 얀드라크가 깊이 숨을 들이쉬고 셰크에게 화염을 토해내자, 셰크는 분노에 찬 날카로운 비명을 지르며 피했다.

곧, 두 생물은 분노와 고통, 무기력함을 떨쳐버리려고 죽어라 싸웠다.

몇 분 후 문득, 잭은 뱀의 똬리가 조금 느슨해지는 걸 느꼈다. 그는 마침내 셰크를 죽였다고 믿으면서, 승리에 찬 포효와 함께 놈을 떨쳐내버렸다. 하지만, 셰크는 죽지 않았다. 무지갯빛으로 번득이는 지친 눈이 그를 쳐다보고 있었다.

'계속 이러고 싶지 않아.'

그가 머릿속으로 말을 걸었다.

잭은 여러 차례 심호흡을 하고, 눈을 감았다. 눈을 뜨자, 크리스티안이 다시 인간으로 돌아와 우울한 눈빛으로 그를 바라보고 있었다.

"계속 이러고 싶지 않아."

그는 뒤돌아 저택을 향해 걷기 시작했다. 그는 다리를 절고 있었지만 발걸음은 가벼웠다. 잭 역시 다시 인간으로 변신하여 재빨리 크리스티안의 뒤를 따라 달려갔다. 온몸이 마치 자동차에 받힌 듯 욱신욱신했다.

"어디로 가는 거야?"

"알마와 접촉해보려고."

잭은 고개를 끄덕일 뿐 아무 말도 하지 않았다.

두 사람이 저택으로 들어가자, 기억의 홍수가 잭의 마음속으로 몰려들었다. 잭은 눈물을 참으려고 눈을 깜박였다. 오랫동안 이곳으로 돌아오는 꿈을 꿈꾸었지만, 빅토리아가 없는 지금은 그저 차갑고 어두운 감옥에 불과하다는 느낌이 들었다.

둘은 도서관에 들어설 때까지 아무 말도 하지 않았다. 도서관 안쪽에는 여전히 테이블이 있고, 그 위에 알마의 상징인 둥근 구슬이 떠 있었다.

크리스티안이 별안간 걸음을 멈추며 말했다.

"네가 얘기해봐. 아직 알마가 날 받아들일지 확신이 없거든."

잭은 손바닥을 테이블 위에 얹고 조용히 림바드의 정신을 불렀다. 알마가 그 부름에 즉각 응답했고, 잭은 재회를 기뻐하는 알마를 감지할 수 있었다. 잭이 미소지으며 말했다.

'알마, 우린 이둔으로 돌아가고 싶어.'

대답은 부정적이었다. 잭의 손가락이 테이블 위에서 바들바들 경련을 일으켰다.

잭이 계속 우겼다.

'크리스티안은 마법사야. 그다지 신통치는 않지만, 그래도 그의 힘과 알마 네 힘을 합치면 우리 둘을 데려갈 정도는 될 거야.'

대답은 계속 부정적이었다. 알마가 설명했다. 차원의 문이 잠겼다고.

잭은 이를 악물고 주먹을 내리쳤다.

"빅토리아가 위험하다고, 제길! 우린 돌아가야만 해, 어떻게든 상관없어!"

어깨에 닿는 크리스티안의 손이 느껴졌다. 잭은 거칠게 뿌리치며 돌아섰다. 눈에 용의 분노가 반짝이고 있었다.

또한 셰크의 눈에서도 얼음 같은 분노의 반짝임이 드러났다. 하지만 크리스티안은 한발 뒤로 물러나 손을 들어올렸다.

크리스티안이 차갑게 말했다.

"너와 싸우고 싶지 않아. 그런 식으로는 빅토리아를 도울 수 없으니까, 그리고 또……" 그가 망설였다. "……빅토리아가 널 돌봐주라고 부탁했었거든."

크리스티안이 나지막이 말을 끝맺으며 슬프고 지친 표정으로 미소지었다. 잭이 고개를 흔들었다.

"나한테도 널 돌봐주라고 했어. 잠깐, 우린 마치 빅토리아가 죽기라도 한 것처럼 말하고 있잖아! 그렇지 않아! 안 그래?"

그는 두려움이 가득한 어조로 물었다. 크리스티안이 고개를 가로저었다.

"아직은 아니지."

잭은 심호흡했다. 자신과 빅토리아를 이어주는 느낌을 통해 잭은 그녀가 무사한지 아닌지 알 수 있었다. 하지만 그 연결은 두 사람이 너무 멀리 있거나, 서로 다른 세상에 있을 때면 깨어지곤 했다. 그가 우마둔에 갔을 때처럼.

반면, 뱀의 눈, 시스카셰그의 힘은 어떤 공간적, 시간적 장벽도 뛰어넘을 수 있었다.

잭은 의자에 털썩 주저앉아 비통한 마음에 두 손에 얼굴을 묻었다.

마법의 탑들을 연결하는 포털과 비슷한 커다란 육각형이 바닥에 그려져 있었다. 하지만 가장자리에 새겨진 상징들은 그와 달랐고, 그 목적도 아주 다른 것임이 명백했다.

"힘의 육각형이다."

아슈란이 유니콘에게 설명했다. 유니콘이 아슈란을 맑은 눈길로 올려다보았다.

"육각형? 그럼 일곱번째 점은 어디 있죠?"

유니콘이 되물었다. 아슈란이 미소를 지으며 대답했다.

"얘야, 일곱번째 점은 그 중심이지. 그건 바로 너다."

빅토리아는 더이상의 설명 없이도 무슨 말인지 알아들었다. 순간 두려움과 고통으로 몸을 떨었지만, 곧장 고개를 쳐들고 앞으로 나가 중앙에 자리를 잡았다.

방은 어두웠다. 유니콘 뿔에서 발산되는 섬세한 반짝임을 제외하고, 빛이 흘러나오는 근원은 단 두 군데였다. 육각형에서 방사되는 싸늘한 푸른빛과 아슈란의 몸을 감싸고 있는 희미한 은빛 아우라. 빅토리아는 처음으로 그를 제대로 보았다.

네크로맨서가 설명했다.

"달의 힘이지. 달이 밤의 여신들에게서 훔친 힘으로 오늘 밤 사방에서 자기들의 얼굴을 드러내고 있다. 그렇기 때문에 네가 지금 와야만 했다, 루나리스. 참 아이러니하지. 넌 여신들이 가장 사랑하고 아끼는 생물이건만, 내가 오늘 밤 널 데리고 하려는 일은 세 만월에서 얻은 힘이 없었다면 할 수 없었을 테니까."

빅토리아는 약간 고개를 숙일 뿐 아무 말도 하지 않았다. 그녀는 앞발을 구부려 빛을 발하는 육각형 중앙에 앉았다.

아슈란이 잠시 빅토리아를 바라보며 다정하게 말했다.

"날 위해 이 일을 해준다면, 두 사람은 무사할 게다. 약속하지."

유니콘이 눈을 감았다.

"당신 할 일이나 신경써요."

그렇게 말하고 그녀는 이마를 숙였다. 순간 유니콘의 진줏빛 몸이 희미한 어둠 속에서 깜박였다. 아슈란이 미소지었다.

셰크들의 군대는 지체하지 않고 강을 건너 반란군을 추적했다. 시슈들은 대열을 이루며 명령을 지키려고 애썼지만, 인간 병사들은 전투와 승리감에 불타올라 마구잡이로 숲으로 들어갔다.

캐바니온 왕도 그중 하나였다. 검을 꺼내 무성한 숲으로 막 들어갈려는 찰나, 암린이 그를 가로막았다.

"기다려요! 셰크들이 아와 숲을 파괴하기 전에 숲으로 들어가는 건 좋은 생각이 아니오."

캐바니온이 웃었다. 가히 기분 좋은 웃음은 아니었다.

그가 암린을 몰아붙였다.

"겁쟁이! 뭘 무서워하나? 혹시라도 당신 형이 강제로 당신 자리를 뺏을까봐?"

암린의 표정이 어두워졌다.

"형 때문이 아니오. 아와 숲은 데르바드의 심장부요. 요정들이 그렇게 쉽게 우리를 통과시키지 않을 것이기 때문이오."

"나무로 만든 검과 마른 나뭇잎 갑옷을 입은 요정들이지. 이거 무서워 죽겠군."

"바로 그 요정들이 십오 년 동안 셰크들에게 저항해온 거요. 그건 당신이나 내가 이룬 일보다 더 대단한 일이지요."

"무슨 소리! 우리가 훨씬 더 많은 일을 했다고! 우리는 승자의 편에 있잖아! 내 말 잘 들으시오, 암린 왕. 당신 형은 패했고, 우리한테서 도망가고 있으니 지금이 공격하기 딱 좋을 때요. 이대로 빠져나가게 둔다면, 다른 기회가 없을 수도 있소. 그리고 그자를 끝장내면, 반란도 끝나게 될 거요. 혹시 이 전쟁이 끝나는 걸 원치 않는 건 아니오?"

암린은 아무 말도 하지 않았다. 캐바니온은 마지막으로 한심하다는 듯한 시선을 던지고는 주위에 있는 병사들과 구호를 내지르며 숲으로 들어갔다.

바니사르의 왕은 움직이지 않았다. 뭔가 차가운 기척에 돌아보니, 뱀 인간이었다. 유세트라는 자로 시슈 장군 중 하나였다.

"당신 상관들은 뭐라고 명령을 내렸소?"

왕이 공손히 물었다.

"우리가 반란군들을 추적해야만 한답니다, 전하. 하지만 저런 식으로는 아니지요."

그가 캐바니온이 떠나간 장소를 가리키며 말했다. 암린이 고개를 끄덕였다.

"그러리라 생각했지요. 좋아요, 전차 하나를 가져와 덤불 사이로 길을 내시오. 오십 명으로 한 조를 짜시오. 숲은 더 많은 수가 들어가는 걸 허락지 않을 것 같으니까."

암린은 이렇게 말하며, 위협적으로 그늘진 아와 숲을 향해 생각에 잠긴 눈빛을 던졌다. 유세트가 고개를 끄덕이고는 명령에 따르기 위해 달려갔다.

잠시 후, 왕과 장군은 인간과 시슈들로 구성된 작은 군대를 이끌고, 장갑 전차를 뒤따라 덤불 안으로 들어갔다. 이미 요정들이 어떤 능력을 갖고 있는지 직접 보았던 그들은 조심스럽게 걸었다.

전진할수록 숲은 점점 더 어두워져갔다. 무성한 나뭇가지에 가려 달빛도 들어오지 않았고, 나무덩굴들이 머리 위로 지붕을 엮고 있었다. 줄기들이 점차 커졌고, 몇몇 나무들은 어찌나 넓은지 열 사람의 팔로 둘러도 다 감쌀 수 없을 정도였다. 식물들은 야생 상태로 제멋대로 자라 있었고, 꽃들은 사람을 취하게 하는 향기로 주위를 감싸고 있었다.

전차는 덤불을 헤치며 전진했다. 하지만 어느 순간 줄기들이 너무 바짝 붙어서 나아갈 수가 없었다. 전차가 끼익 하는 소리를 내며 멈춰버렸다. 작은 해치가 열리고, 안에서 라헬드 전차 제조자 조합의 장교가 고개를 내밀었다.

"이곳을 통과할 수 없겠습니다. 전하. 단 한 그루를 베는 데만도 하룻밤이 꼬박 걸리겠는데요."

암린이 심호흡했다.

"알았다. 그렇다면 돌아가라. 우리는 계속 전진하겠다."

병사들 사이에서 불안해하는 웅성거림이 들렸다. 장교가 문을 닫자, 라헬드 인들은 즉시 전차 안에서 다시 페달을 밟았고, 전차는 끼익끼익 소리를 내며 움직였다. 잠시 후, 보병들만 남게 되었다.

"전진!"

암린이 말했다.

줄을 지어 한 명씩, 나무들 사이로 나 있는 구멍을 지나 빙 둘러 갔다. 모두 빠져나온 뒤, 그들은 계속해서 전진해갔다.

그때, 조롱하는 듯, 노래하는 듯한 웃음소리가 어디선가 들려왔다. 장난기 많은 여자의 웃음소리 같았지만, 왠지 머리카락이 쭈뼛쭈뼛 곤두섰다. 병사들은 무기를 들고, 미심쩍은 눈길로 주위를 둘러보았다. 하지만 아무도 보이지 않았다.

암린이 가장 가까이 있는 시슈를 돌아보았다.

"놈들이 어디 있는 거지?"

하지만 뱀 인간은 고개를 가로저었다. 이번에는 적의 열기조차 감지할 수 없었다.

"이건 대체 무슨 종류의 마법이야?"

암린이 의아해했다.

갑자기 추위가 느껴진 그는 몸을 바들바들 떨었다. 아와 숲의 습기가 옷 속으로 스며들어 뼛속까지 시렸고, 점점 더 불안한 공기가 감돌았다.

그때 불길하게 끽끽대는 소리가 났다. 모두 화들짝 놀라 이리저리 돌아보았다. 나무들이 마치 식물로 된 벽처럼 길을 막아서며 조금씩 움직였다. 몇몇 병사들이 검으로 나무줄기를 내리치며 달려들었다. 부대와 동행한 마법사가 불의 주문을 던졌지만, 나무가 너무 습해 불이 붙지 않았다.

유세트가 말했다.

"그대로 두어라. 놈들은 우리를 막을 수 없을 것이다."

"저쪽 한쪽으로만 길을 열어주었다."

왕이 지적했다. 일동은 용기로 재무장하고, 계속 전진해나갔다.

그때부터, 암린은 숲이 이쪽 길은 막고, 저쪽 길은 열어주는 식으로 그들을 특정 방향으로 인도하고 있다는 기분이 들었다. 틀림없이 함정이라는 걸 알면서도, 어쨌거나 다른 도리가 없기에 그저 계속 앞으로만 나아갔다.

마침내 그들은 달빛이 빛나는 넓은 공터로 접어들었다. 안도감에 병사들이 발길을 서둘렀다.

유세트가 병사들을 막으려 했다.

"기다려! 그건……"

그는 말을 끝맺지 못했다. 누군가가 덤불 속에서 화살을 쏘았고, 그것이 유세트의 목에 박히더니 그대로 관통해버렸다. 시슈 장군은 고통스럽게 기침하며 바닥에 쓰러졌다.

순간 침묵이 감돌았다. 모두 공터에 집결하여 신경을 잔뜩 곤두세운 채 어둠 속의 낌새를 살폈다. 하지만 공격자들은 여전히 몸을 숨기고 있었다.

다시 조롱하는 듯한 웃음소리가 들렸다. 암린은 졸음이 쏟아져 눈을 깜박였다. 갑자기, 모든 게 이상하리만치 비현실적으로 보였다. 달빛이 마음을 어지럽히는 환상적인 멜로디를 들려주는 것 같았다. 이상하게 무기력해지면서, 검을 들고 있을 힘조차 없었다. 그러면서도 몸이 가벼워지는 느낌이 드는 것이, 마치 신비한 꿈속에 있는 것 같았다. 몸을 돌려 부하들을 쳐다보자 모두 멍청한 표정으로 눈꺼풀을 껌벅이고 있었다.

'여기서 무슨 일이 벌어지고 있는 거지?'

그는 혼란스러웠다. 요정들의 노래하는 듯한 웃음소리가 아직도 머릿속에서 울려 퍼지고 있었다.

가장 먼저 알아차린 건 한 시슈였다.

"환각 버섯으로 둘러싼 원이다. 여기서 나가야만 한다!"

부대는 현실로 돌아오려고 애썼다. 암린은 공터 가장자리에 부드러운 초록색 빛을 발산하는 기이한 버섯들이 촘촘히 돋아나 있는 것을 발견했다. 병사들은 쏟아지는 잠과 악전고투를 벌이며 원에서 빠져나가려 했다.

그때 요정들이 공격해왔다. 온갖 종류의 투창, 화살, 식물성 포탄이 나무 위에서 떨어져내렸다. 결국 대부분의 병사들은 버섯의 원을 벗어날 수 없었다.

암린은 나무가 무성한 곳에 간신히 다다른 사람들 중 한 명이었다. 요정들은 그들을 끊임없이 괴롭혔고, 부대는 뿔뿔이 흩어진 채 아와 숲 더 깊은 곳으로 들어갔다.

숲은 곧 생지옥이 되고 말았다. 처음에는 빽빽이 무리지어 나아갈 생각이었지만, 시슈 부대 전체는 결국 뿔뿔이 흩어졌다. 몇몇은 캐바니온 왕의 정찰대를 사분오열시켰던 착란을 일으키는 마법 버섯에 가로막혔다. 또 몇몇은 무성한 나무 사이에서 요정들에게 공격당했는데, 울창한 나무들 사이에서 눈에 보이지 않는 존재와도 같은 그들을 알아보는 건 거의 불가능했다. 또 몇몇은 독이 든 가시나무의 미로나, 불과 몇 분 만에 사람을 삼켜버리는 수렁, 아니면 병사들의 목을 칭칭 감아 질식할 때까지 눌러버리는 덩굴과 식충식물이 가득한 치명적인 정원 같은 곳에서 목숨을 잃었다. 숲 전체가 침입자들을 공격했고, 요정들은 그저 숲을 자극하여 서둘러 일을 마무리할 뿐이었다. 잔뜩 겁에 질린 병사가 적의에 찬 식물이나 깊은 수렁을 겨우 빠져나와 평온해 보이는 공터에서 잠시 쉬기라도 할라치면, 금방 요정 전사들의 공격이 이어지곤 했다.

그들은 조직이나 규율과는 전혀 상관없는 혼란스러운 방식으로 싸움을 했다. 요정들이 갖고 있는 무기에는 금속이라고는 눈곱만치도 들어 있지 않았지만, 그래도 인간과 시슈 대장장이들이 만든 무기들만큼이나 치명적이었다. 딱딱한 나무 창과 가시덩굴 채찍, 그리고 폭발하는 이상한 과일들도 있었는데, 이것들을 일단 목표물을 향해 던지면 수천 개의 씨앗으로 터지면서 적군의 피부 깊숙이 고통스럽게 박혔고, 순식간에 싹을 틔워, 질겁한 병사의 내장에 뿌리를 내리면서 산 채로 그를 집어삼켰다.

아와 숲은 보호받을 필요가 없었다. 스스로 방어할 줄 알기 때문이다. 그렇지만 요정들은 사랑하는 그들의 숲조차도 맞설 수 없는 뭔가가 있다는 걸 곧 깨달았다.

요정들이 숲의 한 지역에서 침입자들을 학살하며 그 일을 즐기는 동안, 숲의 다른 지역들은 추위와 침묵의 무덤으로 변해갔다.

셰크들이 한두 번 아와 숲 위를 스치듯 날았고, 놈들이 지나간 자리의 기온이 급격히 내려가며 숲에 어린 습기가 얼음 같은 서릿발로 변하고 말았기 때문이었다.

이제까지 아와 숲에는 한 번도 겨울이 온 적이 없었다. 식물들은 셰크들의 차가운 얼음 아래 금세 죽어가기 시작했다. 숲이 꽁꽁 얼어붙자 요정들은 취약한 상태가 되었다. 풀과 나뭇잎으로 만든 옷은 거센 추위에서 요정들을 지켜주지 못했다. 짙은 초록색이나 황갈색의 피부는 나무줄기를 뒤덮은 푸르스름한 흰 서리에 적응할 수 없었다. 식물들은 강제적인 혼수상태에 빠져 저절로 움츠러들었고, 적들에게 덫을 놓으려 하지 않았다. 겨울이 몰아닥친 숲에서 아슈란의 부하들은 요정들을 학살했고, 때문에 그 지역의 인간들을 전멸하고 말았다.

사이세이는 있는 힘을 다해 숲의 심장부로 달려갔다.

그들이 길을 떠난 지 만 하루가 되었다. 천상족 혼혈인이 세 달의 만월이 되면 보호막이 무너질 거라고 경고한 후, 요새의 많은 주민들이 도피의 길을 선택했다.

사이세이는 뒤에 남은 샤일을 생각하면 가슴이 죄어왔다. 하지만 그녀의 상식에 비추어볼 때 그날 밤 벌어지는 전투에서 그녀가 할 수 있는 일은 아무것도 없었다. 단지 방해만 될 뿐.

한편으로, 용을 만드는 마법사인 타나웨가 아들 라웰을 돌봐달라고 부탁하기도 했다. 그것은 저항군을 도울 수 있는 길이었다. 라웰뿐만 아니라 그 무리에는 다른 아이들도 많았다.

하루 종일 나아가던 그녀는 달이 뜨자 잠시 쉬기 위해 걸음을 멈추었다. 하지만 조금 후 무리에 있던 요정들이 벌떡 일어서서 경계를 알리며 소리를 질렀다.

렐레빈 꽃들이 죽어가고 있었다. 숲에 있는 꽃들이 모조리 다 시들어가고 있었다.

결국 아슈란이 자기 뜻을 이룬 것이다. 아와 숲의 보호막을 무너뜨린 것이다.

짧은 휴식이 끝났다. 무리는 자리에서 일어나 숲의 가장 깊은 곳, 교왕이 세 태양신을 기리기 위해 세우고 있는 새로운 신전을 향해 달려갔다.

'제때 닿을 수 없을 거야.'

사이세이는 아이들의 작은 얼굴과 싸움을 원하지도 않고, 싸울 수도 없는 사람들의 표정을 보며 낙담했다.

'신전에 이르기 전에 셰크들이 우릴 따라잡을 거야.'

몇 시간 후 기온이 내려가기 시작하자 사이세이의 짐작이 옳았다는 것이 증명되었다. 피난민들은 추위에 바들바들 떨었고, 그나마 기운이 남은 사람들은 기력이 바닥난 사람들을 부축해가면서도 추위가 뒤쫓아오고 있으며 머지않아 곧 자신들을 따라잡으리라는 것을 느꼈다.

얼마 후, 누군가 비틀하더니 그대로 넘어졌다. 동료들이 그가 일어나도록 도와주는 사이, 사이세이는 뒤를 힐끔 보았다. 셰크 일곱 마리가 숲 위를 날아오고 있었고, 곧 따라잡힐 듯했다.

'바람의 신, 요하비르 아버지,' 사이세이가 간청했다. '저들이 당신의 품에서 날지 못하게 하소서. 땅의 활력이신 위나 어머니, 당신의 영토를 초록으로 유지하소서. 우리를 얼음의 눈길에서 보호하소서.'

문득 샤일이 오래전에 했던 말이 떠올랐다.

'신들은 이미 오래전에 우리를 버렸어, 당신도 그걸 알잖소.'

"요하비르 신이시여, 위나 여신이시여……"

사이세이는 눈을 감고 마치 구원의 부적처럼 간절히 그 기도에 매달렸다. 다시 눈을 뜨자, 셰크들이 뒤돌아 다시 서쪽을 향해 멀어지고 있었다.

그러자 추위도 그들과 함께 물러나기 시작했다.

반란군들은 물러나면서도 계속 전투를 벌였다. 시에셀은 이제 그런 놀음에 지쳤다. 숲 전체를 꽁꽁 얼리는 데는 몇 시간이 더 걸리겠지만 숲의 경계는 이미 얼음과 서리의 왕국이 되었다. 하지만 숲의 심장부는 아직도 고동치고 있었다. 그녀는 텔레파시로 셰크 여섯을 불렀고, 일곱 셰크는 가장 높은 나무 위를 배회하며 주변의 나무들을 꽁꽁 얼렸다. 중앙부로부터 아와 숲을 공격하기 위해 동쪽으로 날아갈 것이다. 숲의 가장 깊숙한 그곳을 반란군들이 기지로 삼고 있을 터이기 때문이다.

불현듯 의식 속에서 부르는 소리가 느껴졌다. 세스하크였다.

'시에셀.'

세스하크의 말을 듣자마자 시에셀은 이것이 사적인 메시지라는 것을 알았다. 셰크들의 왕이 이런 중요한 전투중에 하려는 말이 뭔지 궁금해하며, 그녀는 텔레파시를 수신했음을 알렸다.

세스하크가 반복했다.

'시에셀. 이곳으로 오라. 지금 즉시.'

다른 생물이었다면 이유를 물었겠지만 시에셀은 셰크였다. 그녀는 따지지도, 묻지도 않고, 드락웬 탑으로 방향을 틀었다. 세스하크가 아무 이유 없이 전투에서 후퇴하라는 명령을 내리지 않으리라는 걸 그녀는 알고 있었다.

시에셀은 짧은 텔레파시로 동료들에게 자신을 쫓아오라고 명령했다. 설명을 요청하기도 전에 세스하크의 전언이 들려왔다.

'아슈란이 최후의 용이 빠져나가도록 허락했다.'

시에셀은 분노에 찬 탄식을 뱉어냈다. 같이 날아가던 동료들은 무슨 일인가 싶어 그녀를 보았지만 아무 말도 하지 않았다. 시에셀이 다른 셰크와 텔레파시로 접촉하고 있으며, 사적인 대화라는 걸 알았기 때문이었다. 셰크들의 무지갯빛 눈은 텔레파시로 소통할 때면 한층 더 푸른색을 띠었다. 그 차이는 아주 미묘해서 셰크가 아닌 다른 생물이라면 알아챌 수 없겠지만, 셰크들에게는 아주 뚜렷이 보였다.

'그자가 우리를 배신한 겁니까?'

시에셀이 군주에게 물었다.

'그런 생각은 감히 하지도 마라.'

시에셀은 그의 의식 속에서 얼핏 두려움의 그림자를 읽은 듯 느꼈지만, 그저 혼자만의 상상이려니 했다. 아슈란이 아무리 네크로맨서라 해도, 세스하크가 한낱 인간을 두려워한다는 건 있을 수 없는 일이었다.

셰크의 왕이 계속 주장했다.

'우리는 예언을 이겼다. 유니콘은 이제 아슈란의 수중에 있지. 그가 곧 유니콘을 없앨 것이다. 하지만 그 조건으로 용이 떠나게 내버려두었다. 우리의 사정권에서 멀리 떨어진 다른 세상으로.'

시에셀이 분노로 치를 떨었다.

'그 반대였어야 해요. 죽어야 할 놈은 용이잖아요.'

'유니콘이 선택한 일이다.'

세스하크가 간단히 대답했다.

시에셀은 세스하크가 왜 그녀에게 이런 전말을 다 들려주는지 의아했다. 그가 의식 속에서 그녀의 의구심을 감지했다.

'최후의 용이 빠져나가게 둘 수 없었다. 하지만 용이 돌아오면, 예언이 실현될 수도 있다. 아직 유니콘이 살아 있으니까.'

최후의 용이 셰크의 사정권 가까이에 들어올 거라는 생각만으로도 강한 증오심이 끓어올랐지만, 그녀는 이렇게 말했다.

'그렇다면 유니콘이 죽을 때까지 기다리시죠.'

'기다릴 수 없다. 용이 죽느냐 아니냐에 우리 종족의 영원한 자유가 달려 있다. 그리고 나의 증오가 너무 강해서……'

시에셀은 아무 말도 하지 않고 비행 속도를 더 높였다. 세스하크가 의식 속에서 물러가는 게 느껴졌지만, 계속 주변을 경계하면서 수신태세를 유지했다. 뭔가 일이 제대로 풀리지 않을 듯한 예감이 들었다.

"또다시 반복이군. 네가 빅토리아를 아슈란에게 건네주기 위해 이둔으로 데려가고, 내가 이곳에 갇혀 있던 때가 엊그제 같은데. 내 인생에서 가장 길고 끔찍한 밤이었지."

잭의 목소리가 잠겨들었다. 크리스티안이 잭을 쳐다보기만 할 뿐 아무 말도 하지 않았다.

잭이 고개를 들며 덧붙였다.

"그래도 지금은 적어도, 그애가 아직 살아 있다는 건 알 수 있지. 네가 그 문제로 날 속이지 않을 테니까, 그렇지?"

크리스티안이 어깨를 으쓱했다.

"뭐 하러 속이겠어?"

"그렇다면 빅토리아한테 무슨 일이 벌어지고 있는지 말해줘. 무사한지, 상처를 입었는지……"

"무사해, 지금까지는."

셰크는 반지가 전달하는 감각에 집중하려고 눈을 감았다.

"우리가 무사하다는 걸 알고, 그 사실에 만족해하고 있어. 하지만 다른 한편으로는 아슈란이 하려는 일을 무서워하고 있어."

잭은 크리스티안이 내뱉는 마지막 말이 마음에 들지 않았다.

"아슈란이 뭘 할 건데? 빅토리아를 죽일 건가?"

크리스티안이 잭을 한참 쳐다보았다.

"내가 걱정하는 건, 더 나쁜 상황이야."

잭이 벌떡 일어나 크리스티안의 멱살을 잡았다.

"아슈란이 뭘 하려는 거야? 어서 말해!"

크리스티안이 잭의 손을 밀치며 경고의 눈빛을 던졌다.

"확실치 않아. 그저 짐작일 뿐이야, 하지만……"

크리스티안이 말했다.

"뭔데?"

"아슈란은 빅토리아가 어떤 선택을 할지 알고 있었다는 생각이 들어. 자발적으로 그런 선택을 내리도록 상황을 만든 거지. 빅토리아가 우리 생명을 구하기 위해 그럴 줄 알고 있었던 거야."

잭이 눈길을 피했다.

"그래서?"

"그저 그앨 죽이고 싶었다면 이미 그렇게 했겠지. 그처럼 귀찮은 일을 벌이지 않았을 거라고. 그애한테 원하는 다른 게 있다는 생각이 들어."

"또다시 마법을 추출하는 거?"

크리스티안이 심각하게 잭을 쳐다보았다.

"마법의 근원을 차지할 수 있는데, 뭐 하러 마법을 추출하겠어?"

잭이 잠시 그를 쳐다보다가 추론해나갔다.

"아이셸의 지팡이 이야기를 하고 있는 건 아닐 테고. 하지만 설마 네 말은……" 잭은 공포에 질렸다. "진심으로 그런 말을 하는 건 아니지?"

크리스티안은 고개를 저었다. 긴장된 침묵이 엄습했다.

"아무리 그래도……"

잭이 갈라진 목소리로 중얼거렸다.

"빅토리아는 알고 있었어. 아슈란이 우리 생명을 걸고 뭘 청할지 알고 있었던 거야. 그녀의 생명보다, 그 본질보다 훨씬 소중한 거야. 잭, 그게 뭔지 알겠어?"

그가 황급히 고개를 돌렸지만, 잭은 이미 그의 눈에 반짝이는 눈물을 보고 말았다.

잭이 작은 소리로 말했다.

"그렇게 하게 내버려둘 수는 없어, 크리스티안. 그 정도일 줄은 결코 상상도 못 했어."

크리스티안은 아무 반응이 없었다. 잭은 비통한 마음에 시선을 들어 친구를 보며 물었다.

"그럼 넌? 너는 빅토리아가 어떤 선택을 할지 알고 있었어?"

셰크가 나지막이 대답했다.

"알아야만 했는데. 빅토리아가 우리를 얼마나 소중히 여기는지를 아슈란도 분명히 알고 있으리라는 걸 추리했어야만 했는데. 그래, 내가 내 꾀에 속아넘어간 거야."

그가 고개를 들어 잭을 쳐다보았다.

"한순간 난 빅토리아가 널 선택할 거라고 믿고 있었거든."

잭이 대꾸하려 했지만, 바로 그때 알마가 다급하게 두 사람을 불렀다. 두 사람은 구슬을 향해 돌아섰다.

"무슨 일이야?"

알마의 메시지는 아주 분명했다.

이둔으로 가는 차원의 문이 다시 열리고 있었다. 이유는 모르겠지만, 누군가 그 문의 봉쇄를 해제한 것이다. 둘은 서로 눈빛을 주고받았다.

"함정이야."

크리스티안이 말했다.

"그래도 상관없어."

잭이 대꾸했다.

채 이 분도 걸리지 않아 둘은 림바드를 뒤로하고, 빅토리아를 찾아 이둔으로 돌아갔다. 제때에 도착하기를 기원하며. 그러지 못하면, 빅토리아의 희생이 헛되이 돌아갈 것이다.

13

화염에 휩싸인 하늘

알렉산더는 확고한 태도로 숲을 헤치며 나아갔다. 숲은 어두컴컴했지만, 방향을 찾기 위해 굳이 눈으로 더듬어볼 필요도 없었다. 그의 감각이 서서히 깨어나고 있었고, 한 치의 오차도 없이 그를 목표물을 향해 이끌고 있었다.

금방 대상을 발견한 그는 야생딸기 덩굴 위를 풀쩍 뛰어넘어 커다란 걸음으로 성큼성큼 다가갔다.

바로 그곳에 파그노르가 추락해 있었다. 용은 커다란 나무의 가지에 걸려 있었는데, 가지들이 부서진 게 용의 무게 때문인지, 아니면 탈출하려고 기를 쓰다가 바닥으로 곤두박질친 케스트라 때문인지는 알 수 없었다.

용이 완전히 박살이 난 후, 마법은 사라졌고, 이제는 그저 하나의 기계이자 허깨비로만 보일 뿐이었다.

알렉산더는 해치를 벗어나려고 낑낑대는 케스트라를 발견했다. 어딘가에 끼인 것 같았다.

그가 달려가자, 케스트라가 그를 돌아보았다.

"다가오지 마요!"

알렉산더가 이미 한쪽 날개 쪽을 기어올라갔을 때 케스트라가 말했다. 알렉산더가 그 자리에 멈추었다.

"도와주는 게 싫은가?"

"고맙지만, 나 혼자 나갈 수 있어요."

그녀는 벗어나려고 버둥거리다가 고통스러운 비명을 질렀다.

"어디 부러지기라도 한 거냐?"

"내 생각엔 다리가……양쪽 다. 오지 마요!"

알렉산더가 다시 더 전진하는 걸 보자 그녀가 다시 외쳤다.

"난 널 거기서 끄집어내야겠다."

그는 으르렁거리면서 케스트라가 있는 곳까지 기어올라갔다.

케스트라는 불신과 증오를 담은 어두운 눈으로 그를 보았다. 알렉산더는 모르는 척하면서 케스트라가 처한 상황을 훑어보았다.

예상했던 것보다 더 나빴다.

파그노르는 조각조각 부서졌고, 나무 쪼가리들이 케스트라의 몸을 엉망으로 만들어놓았다. 추락의 충격으로 다리가 부러진 것 같았다. 설사 그렇지 않다 해도 어쨌거나 용의 몸통에서 혼자 빠져나오는 건 불가능했을 것이다. 커다란 나뭇조각 하나가 배를 완전히 관통하여 박혀 있기 때문이었다.

알렉산더가 중얼거렸다.

"오, 신이시여. 왜 미리 말하지 않았니?"

"못 봤어요."

케스트라의 목소리가 떨렸다. 알렉산더는 케스트라가 분명히 알았으면서도 외면하고 싶어했던 거라고 생각했다.

"도와줄 사람을 찾아올게."

"안 돼요!"

케스트라가 그를 붙잡았다.

"안 돼요……날 혼자 두고 가지 마요."

그녀는 갑자기 잔뜩 겁에 질린 소녀처럼 보였다. 침착하고 단호하던 모습은 연기처럼 사라지고 말았다.

"걱정 마."

알렉산더가 진정시켰다.

그는 고개를 뒤로 돌려 길게 울부짖는 소리를 냈다. 다시 돌아보자, 케스트라는 두 눈을 동그랗게 뜨고 쳐다보고 있었다.

"샤일과 요정들에게 우리가 어디 있는지 알린 거야. 물론 시슈들의 주목을 끌 수도 있겠지만 뭐 기꺼이 상대해주지."

그가 이를 드러내며 으르렁거렸다.

"당신은 우리 언니를 알죠?"

케스트라가 불쑥 말을 꺼냈다.

"말하지 마, 케스트라. 지금 넌……"

"말해요! 알아야겠어요."

"네가 사람들이 말하는 그 사람이 맞다면, 그런 것 같다."

케스트라가 눈길을 피하며 힘들게 말했다.

"내 이름이 무슨 상관이에요?"

"상관있지. 네가 시아 왕국의 레사라면, 네 언니는 왕위 계승자인 알라에 공주일 테니까. 우리 둘은 비슷한 시기에 기사단에 있었지만, 명예를 걸고 솔직히 말하자면, 잘 기억나지는 않아."

케스트라는 지난날의 수많은 추억을 불러오는 그 이름을 듣자 몸을 떨었다. 그리고 중얼거렸다.

"아주 오래전 일이에요. 셰크들이 우리 영토를 파괴하고, 우리 가족을 죽이기 전이죠. 시슈들이 우리 자매를 잡아가기 전에."

"얼마나 오래전이지?"

"기억 안 나요. 우리는 코반 군장님과 함께 산속에서 싸우는 법, 방어하는 법을 배우면서 여러 해를 보냈어요. 오솔길 사이, 절벽 틈, 동굴 속에 숨어 지냈죠. 언니와 나도, 갈 곳 없는 다른 아이들처럼 그저 시아의 두 고아 소녀였을 뿐이니까요. 하지만 그러다 사 년 전에……"

"그만 해, 케스트라. 힘을 아껴."

하지만 케스트라는 말을 이어갔다.

"사 년 전에, 시슈들이 산속에서 우리를 붙잡았어요. 놈들이 알아본 거예요. 반란군 왕의 딸들이라는 걸. 우릴 심문하러 아슈란 앞으로 데려갔어요.

우린 오랫동안 포로로 잡혀 있었죠…… 아주 오랫동안. 드락웬 탑에서. 알라에 언니는 무슨 일이 있어도 절대 희망을 잃지 않았어요. 우리가 갇혀 있던 감옥에 창문이 하나 있었는데, 너무 좁아 빠져나갈 수는 없었어요. 하지만 손바닥만 한 하늘을 볼 만큼은 될 정도였어요. 그리고 알라에 언니는 창밖을 보면서 예언의 용이 우리를 구하러 올 거라고 꿈꾸면서, 차라리 죽는 편이 나을 시간들을 보냈어요."

케스트라가 지친 눈빛으로 알렉산더를 응시했다.

"하지만 용은 결코 오지 않았어요. 오늘 전투에서 그랬던 것처럼 말이에요. 그렇죠?"

알렉산더는 뭐라고 대답해야 할지 몰랐다.

"놈들이 언니를 데려갔어요. 다시 볼 때까지 오랜 시간이 걸렸죠. 언니가 죽었다고까지 생각했으니까요. 그런데, 그때 어느 날 놈들이 나를 찾아왔어요. 다른 장소로, 다른 곳에 있는 성으로 데려가려고요. 드락웬에서 우린 아슈란에게 거치적거리는 존재였거든요. 내가 알라에 언니를 마지막으로 본 게 그때예요. 그리고 그건……언니가 아니었어요."

알렉산더는 얼음 손아귀에 가슴이 쥐어뜯기는 기분이었다.

"그럼, 누구였지?"

케스트라는 마치 아무 말도 듣지 못한 것처럼 말했다.

"그날은 보름달이었죠. 세 달 모두요. 오늘 밤처럼. 알라에 언니를…… 사슬에 묶어놨어요. 아슈란의 마법사 한 명까지 포함해서 언니를 통제하는 데 여러 사람들이 필요했어요. 언니가 미쳤거든요. 완전히…… 다르게 변했어요. 거대한 야수 같았죠, 으르렁거리고, 송곳니가 돋아나고, 앞발과 기다란 꼬리가 달렸고, 몸 전체에 온통 털이 자라나 있었어요, 줄무늬가 있는 털이. 하지만 난 그게 언니란 걸 알았죠, 왜냐하면 나를 쳐다보는 눈빛이……"

순간 그녀는 눈을 감았다. 알렉산더가 조심스럽게 안아주자 케스트라는 그의 가슴에 고개를 기댔다.

"나를 보더니 다시 미친 것 같았어요. 그때는 이미 그 무엇으로도 언니를 통제할 수 없었죠. 나한테 덤벼들더니……"

마지막 말은 거의 흐느낌이었다. 그녀는 아슈란의 부하들이 끼어든 덕분에 친동생을 갈가리 찢으려는 언니에게서 겨우 빠져나왔고, 알라에가 일으킨 혼란을 틈을 타 어떻게든 드락웬 탑을 빠져나왔다는 것을 알렉산더에게 간신히 들려주었다. 통제 불가능한 성난 하이브리드가 날뛴 덕분에 비쩍 마른 사춘기 소녀가 도망간 사건 따위에는 아무도 신경도 쓰지 않았던 것이다.

알렉산더는 맥없이 눈을 감았다.

마침내 케스트라가 물었다.

"당신은 언니를 알아요, 그렇죠? 왜냐하면 언니도 당신 같았으니까요. 놈들이 당신에게 한 것과 똑같은 짓을 했으니까요."

알렉산더가 심각한 표정으로 인정했다.

"그래. 네 언니를 알아."

"그러면 아직도……?"

"아니, 케스트라. 언니는 이 년 전에 죽었어."

케스트라는 마치 그 대답을 기다리기라도 했다는 듯 고개를 끄덕였다.

"그럼 그런 짓을 한 마법사는……?"

"역시 죽었다. 네 언니는 이제 평화롭게 쉴 수 있단다."

케스트라는 작은 한숨을 내쉬었다.

알렉산더는 무지막지한 야수의 영혼과 두 사람의 영혼을 합친 장본인인 마법사 엘리온이, 바로 호랑이 여인이었던 알라에를 죽인 키르타슈의 손에 죽었다는 말은 하지 않았다.

"날 죽이려고 했었어요."

케스트라가 중얼거렸다. 목소리에 점점 힘이 사라졌다.

"친언니가요. 달들이 언니를 미치게 만들었기 때문에. 그리고 당신한테도……똑같은 일이 벌어질 거예요. 당신은 알아차리지 못하고 있지만 매순간 당신은 점점 더 인간성을 잃어가고 있어요. 우리가 말하는 동안에도…… 당신 안에 깃든 야수가 사슬에서 풀려나고 있어요. 그리고 다 풀려났을 때도 내가 죽지 않았다면, 당신은 나를 죽일 거예요."

"그런 말 하지 마. 넌 강해, 케스트라. 버텨낼 거다."

케스트라가 속삭였다.

"난 그렇게 강하지 않아요. 전에는 그렇다고 생각했어요. 알라에 언니가 그랬던 것처럼 그저 기다리기만 하지는 않을 거라고 생각했죠. 난 용이 오지 않으리라는 걸 알았어요. 그래서 덴얄과 타나웨, 그리고 다른 사람들을 만났을 때, 내가 직접 용이 되기로 결심한 거예요. 파그노르를 타고 하늘을 날 때마다 생각했어요, 알라에 언니를요. 그리고 언니가 어딘가에 살아 있다면, 어쩌면 내가 나는 모습을 보고 희망을 되찾을지도 모른다고……"

케스트라는 계속할 수 없었다. 알렉산더는 그녀를 꼭 안아주고 싶었지만 케스트라가 다칠까봐 두려워 그러지 못했다. 그녀의 배에 난 핏자국이 점점 더 커지자, 알렉산더는 아직 도착하지 않은 구조의 손길을 부르기 위해 다시 한번 울부짖었다. 케스트라가 품에서 떠는 게 느껴졌다.

"당신은 날 죽일 거예요, 그렇죠?"

케스트라가 속삭였다.

"말도 안 되는 소리."

알렉산더가 으르렁거렸다. 하지만 불행히도 그의 내면에서, 그가 아주 잘 알고 있는 기운이 날뛰기 시작했다. 바로 사냥과 고기를 바라는 갈망이. 알렉산더는 감각을 억눌렀다.

케스트라가 중얼거렸다.

"파그노르 일은 유감이에요. 이제 아무도 다시 날게 할 수 없을 거예요."

침묵 속에 한동안 가만있던 알렉산더가 입을 열었다.

"분명한 건 결국 용이 알라에를 구하러 왔었다는 거야. 언니와 내가 갇혀 있던 감옥 문을 연 게 잭이었거든. 알라에가 못 알아봤을 수도 있지. 그때만 해도 잭은 시슈로 위장한 인간 소년에 불과했으니까. 그래도 그는 용이었어. 우리는 같이 탈출했고……"

그는 말을 멈추었다. 그 직후, 호랑이 여인이자 옛 시아 왕국의 공주였던 알라에는 곧바로 하이아스의 얼음 칼날과 마주쳤다. 그 이야기를 케스트라에게 해야 할지 말아야 할지 망설였다.

불현듯 그는 케스트라가 아무 말도 하지 않는다는 것을, 이제 움직이지 않는다는 것을 깨달았다. 몸을 떼고 그녀의 눈을 들여다보았다. 하지만 그 눈은 이제 그를 쳐다보지 않았다. 케스트라의 심장도 뛰지 않았다.

알렉산더는 광분하여 이를 악물고 고개를 뒤로 젖히면서, 시아의 공주이자 가장 훌륭한 용 조종사이자 가장 용감했던 레사를 위해 울부짖고 또 울부짖었다.

크리스티안과 잭은 아슈란이 빅토리아에게 선택을 강요했던 그 홀에 다시 모습을 나타냈다. 하지만 빅토리아도, 네크로맨서도 그곳에 없었다.

두 사람을 기다리고 있는 건 세스하크였다. 셰크들의 왕, 세스하크는 그 어느 때보다도 거대하고 치명적으로 보였다. 거의 천장에 닿을 정도로 날개를 펼치고 입을 쩍 벌린 그의 눈에는 돌이킬 수 없을 만큼 오래된 증오심이 담겨 있었다. 그는 크리스티안은 무시한 채, 잭에게만 눈길을 집중했다.

잭은 차원의 문을 연 게 이 셰크라는 사실을 알았다. 최후의 용이 빠져나간다는 생각을 참을 수 없었던 그는 용과 싸워 죽이고 싶어 안달이 났던 것이다. 이것이 그의 핏속에 흐르는 증오심을 만족시킬 수 있는 유일한 방법이었다.

잭은 냉소적인 미소를 지었다.

"우리를 돌아오게 해줘서 고맙군, 세스하크."

셰크는 대답하지 않았다. 분노에 찬 소리를 지르며, 번개처럼 빠르게 잭에게 달려들었다.

잭은 옆으로 펄쩍 뛰며 바닥으로 굴러 불의 검, 도미바트를 집었다. 셰크 앞에서 검을 휘두르자 그 생물의 무지갯빛으로 번득이는 눈에 이글거리는 칼날이 비치는 게 보였다. 둘은 조심스레 서로를 탐색했다. 잭은 셰시스가 가르쳐 준 대로 눈을 가늘게 뜨며 셰크의 의식이 파고드는 걸 피했다.

용이 그의 안에서 고함지르고 있었다. 원하기만 하면 언제든 육체의 통제를 버리고 변신할 준비가 되어 있었다. 증오심이 마치 분출하기 일보 직전의 화산처럼 부글부글 깨어났다.

'너무 몰입하지 마! 우리는 빅토리아를 구해야만 해!'

의식 속에 크리스티안의 목소리가 들렸다.

잭은 곁눈질로 하이아스의 싸늘한 부드러운 광채를 보았다. 눈앞에 죽여야만 하는 셰크가 있다는 사실을 잊기가 힘들었다.

잭은 도미바트를 든 채로 조금씩 뒷걸음치기 시작했다.

셰크는 이를 허용하지 않았다. 격분한 뱀은 불의 검도 개의치 않고 달려들었다. 잭은 이를 물리치려 했다.

성난 한숨과 함께, 크리스티안은 하이아스를 한쪽에 내려놓았다. 얼음 검이 셰크에게는 아무런 해가 될 수 없다고 생각했기 때문이었다. 그는 변신하여 세스하크를 뒤에서 공격했다. 셰크의 군주는 격분하여 다시 그를 돌아보았다.

당황한 잭은 그들 둘이 날개를 펼치고 서로를 위협하며 대결을 벌이는 모습을 보았다.

'크리스티안, 그는 네 아버지야.'

그는 마음속으로 말을 걸었다. 하지만 크리스티안은 대결하느라 정신이 없는 탓에 잭의 생각을 포착하지 못했다.

잭 역시 변신하려 했지만, 그럴 틈이 없었다. 열려 있던 테라스 쪽으로 느닷없이 번개 같은 것이 어둠을 가르는 은빛 화살처럼 뚫고 들어오더니, 놀랍게도 세스하크 위로 떨어졌다. 뱀은 비명을 지르며 화를 냈다.

잭이 뒤로 두어 걸음 내디뎠고, 크리스티안 역시 놀라 기다란 몸통을 출렁이며 뒷걸음쳤다. 둘은 세스하크가 암컷 셰크를 상대로 총력전을 펼치는 모습을 지켜보았다. 암컷의 눈에는 선조 대대로 내려오는 용에 대한 증오만큼이나 강력한 증오심이 불타오르고 있었다.

둘은 한 번 더 서로에게 달려들었다가 물러서서 상대를 탐색하며 틈을 찾았다.

"셰시스!"

잭이 어리둥절하여 중얼거렸다. 여기까지 어떻게 온 거지?

머릿속에 셰시스의 목소리가 들려왔다.

'물러서라. 세스하크는 내 차지다.'

셰크의 왕이 분명 뭐라고 대답한 게 분명했다. 온갖 색으로 번득이는 셰시스의 눈이 다시 번쩍했기 때문이다. 하지만 둘만의 사적인 대화에는 잭도, 크리스티안도 끼어들 수 없었다.

"그는 온전히 당신 차지예요."

잭이 미소를 지으며 중얼거렸다. 그리고 크리스티안을 돌아보며 소리 질렀다.

"가자, 크리스티안!"

셰크가 현실로 돌아와 인간의 모습을 되찾았다. 문으로 달려가던 잭은 구석에 놓인 아이셸의 지팡이를 집어들었다. 세스하크가 번개처럼 돌아보며 잭에게 달려들었다. 하지만 셰시스가 성난 소리를 내며 덮치자 그는 어찌할 도리가 없었다.

이미 문가에 다다른 크리스티안은 돌아서서 서로를 죽이려고 기를 쓰는 두 셰크를 응시했다. 그 모습에는 섬뜩하면서도 뭔가 그를 잡아끄는 것이 있었다. 바로 그 순간, 세스하크를 테라스까지 뒷걸음치게 한 암컷 셰크가 잠시 그를 쳐다보았다.

알 수 없는 이유로 자신들을 도와주는 그 암컷 셰크의 눈과 크리스티안의 눈이 마주쳤다. 내면을 휘젓는 낯선 그리움 같은 것이 느껴졌다.

암컷 셰크가 눈을 가늘게 뜨며 노기에 찬 소리를 질렀다. 크리스티안은 놀라 뒷걸음쳤다. 셰시스가 날개를 조금 더 펼치며 그를 공격하려 했다. 크리스티안은 하이아스를 들어올려 방어할 태세를 갖췄다.

시간이 그대로 얼어붙은 것 같았다. 바로 그 순간, 그는 두 심장, 즉 저 암컷 셰크의 심장과 하이브리드인 자신의 심장이 똑같이 뛰고 있다는 것을 알아차렸다.

암컷 셰크는 생각을 바꾸었다. 그녀는 눈을 가늘게 뜨고는 마지막 경고의 소리를 낸 후, 돌연 등을 돌리고 크리스티안이 떠나도록 내버려두었다. 크리스티안은 여전히 혼란스러운 상태로 등을 돌리고 잭을 따라 복도를 달리기 시작했다. 하지만 세스하크가 암컷 셰크를 향해 다시 돌진하며 둘이 다시 싸움을 시작하는 것을 알 수 있었다. 그것은 신들도, 영웅도, 예언도 관계없는 순전히 개인적인 일이리라고 크리스티안은 짐작했다. 그리고 적어도 저 암컷에게는 아주 심각한 일인 듯했다.

그는 더이상 뒤돌아보지 않았다. 암컷 셰크의 눈빛과 그를 대하던 기이한 행동이 가슴속 아주 깊은 곳에 각인되어 남았다.

하지만 그의 생각은 금세 빅토리아에게로 돌아갔다.

콰이다르와 알레그라는 날개 달린 뱀들이 아와 숲에 치명적인 해를 입히리라는 것을 일찌감치 깨달았다. 그들은 제일 먼저 떠난 피난민들과 함께 강을 건넜지만, 경계선을 방어하기 위해 남아 있었다. 그리고 제일 높은 나무 꼭대기에서 셰크들을 쫓으려고 애쓰는 요정들과 합류하기로 했다.

허공을 나는 셰크들을 공격할 방법은 그리 많지는 않았다. 창과 화살은 그 정도까지 닿지 않았고, 설사 닿는다 해도 뱀들의 비늘을 겨우 슬쩍 할퀴기만 할 뿐이었다. 그리고 인간들이 불화살을 쏘라고 아무리 간청을 해도, 요정들은 그럴 능력이 없었다.

하지만 마침내 나무 꼭대기에서 쏘아올린 그물망으로 셰크 한 놈을 잡을 수 있었고, 다른 한 놈은 거대한 식육 식물에게 붙잡혔다. 모든 반란군 마법사들이 날개 달린 공격자들에게 마법을 쏘아댔다.

알레그라가 말했다.

"이곳에서 놈들을 더 오래 막아낼수록, 부상자들이 숲의 중심으로 갈 시간을 더 많이 벌어줄 수 있을 거예요. 아마 그곳에 가면 무사하겠죠."

하지만 콰이다르가 고개를 흔들었다.

"이제는 이둔에 무사히 머물 곳이 단 한 군데라도 있을지 의심스럽군."

콰이다르가 쓰디쓴 어조로 말했다. 알레그라는 뭐라고 대답해야 할지 몰랐다.

두 사람은 그 부근에서 가장 키가 큰 나무의 커다란 꽃 속에 자리 잡고 있었다. 훌륭한 피난처 역할을 하는 꽃받침이 셰크들이 그들을 감지하지 못하도록 숨겨주고 있었다. 그들은 거기서 뱀들을 쫓아내기 위해 온갖 종류의 공격 주문을 쏘아댔다. 다른 마법사들 역시 그 일대에서 벌어지는 전투에 가담하고 있었다. 가까운 다른 꽃 속에는 타나웨가 숨어 있는데, 그녀의 마법은 소중한 용들을 방어할 때 특히 더 맹렬해졌다. 이제는 겨우 세 마리뿐이지만. 그리고 이둔의 유일한 거인 마법사 이베르가 숨어 있는 꽃은 그 무게로 축 처져 있었다.

시선을 하늘로 돌린 알레그라는 하늘이 온통 셰크로 뒤덮인 걸 보고는 기운이 빠져 축 늘어졌다. 그녀는 빅토리아가 어떤지, 무사히 잘 있는지 궁금했다. 그애에 대해 알고 있는 거라곤 잭을 죽인 암살자, 키르타슈를 죽이러 갔다는 사실뿐이었다. 한순간이지만 그녀는 빅토리아가 생각을 바꾸기를 바랐다. 그는 아직도 빅토리아를 사랑하고 있었고, 최후의 용을 죽인 걸 포함해 수많은 범죄를 저질렀지만, 그래도 빅토리아를 이 광기에서 멀리 데려가, 영혼의 고통을 치료해줄 유일한 존재이기 때문이었다.

요정은 심호흡을 했다. 아니, 어쩌면 키르타슈는 죽어 마땅하리라. 하지만 지금 이 모든 파괴를 보자니, 알레그라는 빅토리아가 그의 목숨을 살려주고, 둘이 함께 이 악몽에서 벗어나 멀리 떨어진 곳으로 가기를 기원할 수밖에 없었다.

타나웨의 고함에 정신이 들었다.

"조심, 황금용이다!"

알레그라가 몸을 꼿꼿이 세우고 꽃받침 가장자리로 살짝 몸을 내밀자, 바로 그 순간, 나무 위를 위태롭게 날아가는 황금용이 보였다. 세 마리의 셰크가 뒤쫓고 있었다.

"저 용에 키마라가 타고 있지 않았나?"

대마법사가 말했다.

알레그라가 고개를 끄덕이자, 콰이다르는 욕을 내뱉었다. 이둔에는 마법사들이 거의 남지 않았고, 콰이다르는 키마라가 최후의 유니콘, 루나리스가 정해준 유일한 새 마법사라는 걸 알고 있었다. 그는 힘차고 무시무시한 목소리로 불의 주문을 외워 인조 용을 추적하는 뱀들을 공격했다. 알레그라는 세 마리가 화염에 휩싸여 고통스런 비명을 내지르며 숲 위로 곤두박질치는 모습을 만족스럽게 쳐다보았다.

그녀는 생각에 잠긴 표정으로 콰이다르를 바라보았다. 그는 의심의 여지가 없는 막강한 마법사다. 과거에 대마법사들은 바로 저 용들에게서도 존경을 받았다. 하지만 때때로 알레그라는 콰이다르가 그 힘을 어떻게 사용해야 하는지 잘 알지 못한다는 느낌이 들었다. 그는 너무나 복잡한 마법과 주문, 그리고 그것을 다루는 섬세하고 복잡한 방식을 연구하는 데 수십 년의 시간을 보냈지만, 실제로 써먹지 못하는 이론만으로는 한계가 있었다. 알레그라는 콰이다르가 사람들을 접하는 현실 세계에서는 이미 감을 잃었다는 걸 깨달았다. 하지만 그렇다 해도 그 힘은 여전했다.

알레그라가 공손하게 말했다.

"대마법사. 당신은 마법의 모든 방식과 변화를 알고 계시죠. 지금까지 우리가 사용한 마법은 셰크들과 싸우기에는 너무나 단순하고 서툴고 과격했고, 별 소용이 없는 게 분명해요."

콰이다르가 돌아보았다.

"무슨 뜻이오? 불로 놈들을 잡을 수 있잖소. 당신도 보았듯이."

알레그라가 인정했다.

"그래요. 하지만 놈들이 너무 많아요. 간단한 불의 마법만으로는 한 번에 한 놈, 많아야 두세 놈 정도만 쓰러뜨릴 뿐이에요. 한꺼번에 모조리 없애야만 해요."

"불로? 불가능하오."

"마법의 신비를 지배하는 사람들에게 불가능한 일은 거의 없죠, 안 그런가요?"

'저놈들을 모조리 없애려면 하늘을 완전히 태워야만 할 거예요.'

샤일이 했던 말이다. 알레그라는 심호흡을 했다. 그럴 수만 있다면……

그녀는 키마라의 용이 조금 떨어진 나무 위로 곤두박질치는 모습을 가슴을 졸이며 지켜보았다. 타나웨가 고통스러운 고함을 질렀다. 그러자 어쩔 수 없이 천체 결합이 일어났던 때가 떠올랐다. 몇 달 동안 만들었던 인조 용들이 마치 파리 목숨처럼 떨어지고 있다. 네크로맨서 아슈란의 힘 아래 세상의 모든 용들이 추락하던 그날과 똑같았다. 그의 아들 키르타슈의 힘 아래 잭이 쓰러졌듯이. 결국, 키르타슈는 셰크였다.

'그래, 그 이상 아무것도 아닌 거야.'

요정이 이렇게 생각한 후 천천히 덧붙였다.

"대마법사, 우린 하늘에 불을 질러야 해요."

모든 일이 순식간이었다.

빅토리아는 의식이 길고 복잡하리라 생각했다. 어쩌면 다른 마법사들이 참석할지도 모른다고 생각했다. 하지만 생각해보면, 그런 광경을 기꺼이 지켜볼 마법사는 단 한 사람도 없다. 설사 게르데라 해도 견딜 수 없었을 것이다. 아마 그런 이유로 아슈란과 빅토리아는 단둘이서 그 방에 와 있는지도 모른다.

마치 보이지 않는 실로 그물을 짜듯 유니콘의 머리 위로 손가락들이 여러 차례 스쳐갔다. 손가락이 서서히 차갑고 창백한 빛을 뿜어내기 시작하더니, 마침내 반짝이는 발톱으로 변했다. 빅토리아는 진정하려고 애썼지만 그럴 수가 없었다. 무서웠다. 그녀는 바들바들 떨었고, 그 빛의 발톱을 보지 않으려고 눈을 감았다.

그때, 불현듯 가슴 한구석에 따뜻한 존재가 감지되었다. 방금 전까지만 해도 차가운 외로움 말고는 아무것도 느끼지 못했는데.

'잭?' 빅토리아가 생각했다. '이곳에 있는 거야?'

너무 늦었다. 빛을 발하는 발톱이 얼음 비수처럼 이마를 가르고 들어왔다.

버틸 수 없었던 유니콘은 비명을 질렀다.

이둔에 있는 그 누구도 이런 소리를 들은 적이 없었다. 그 어떤 것과도 닮지 않은, 들은 사람이라면 누구라도 깊은 전율과 슬픔에 잠기게 할 그런 비명이었다.

잭과 크리스티안은 서둘러 계단을 올라가다가 그 소리를 들었다. 겁에 질린 두 사람은 돌연 걸음을 멈추었다. 유니콘의 안타까운 비명이 드락웬 탑을 뿌리까지 뒤흔드는 동안, 둘은 꼼짝할 수가 없었다.

아래에서 싸우고 있던 두 셰크 역시 그 비명을 듣고 충격을 받아 싸움을 잠시 멈췄다. 꺼져가는 촛불처럼 서서히 비명이 잦아들자 셰시스가 중얼거렸다.

'유니콘 소녀야.'

그녀는 부들부들 떨면서 몸을 똑바로 세우고는 세스하크에게 분노에 찬 눈길을 던졌다.

'어떻게 이런 일을 할 수 있는 거야? 어떻게? 우리 아이들에게도 그렇고.'

'그는 이 모든 일을 할 힘과 권한을 가졌으니까.'

셰크가 대꾸했다. 하지만 그 역시 떨고 있었다.

'당신은 지금 누구와 상대하는지 몰라.'

셰시스가 대답했다.

'알아. 저애가 내게 직접 이야기해주었지. 세상에 남아 있던 가장 아름다운 존재…… 당신은 그자가 유니콘을 파멸하도록 내버려둔 거야.'

'그는 우리 편에서 다른 아름다운 존재들을 얼마든지 창조할 수 있어. 그리고 우리 모두에게 안전한 세상도 함께. 우리가 뭘 선택할 수 있겠어? 추방과 몰살의 운명에 처해진 채 계속해서 용을 두려워하고 증오하는 것? 아니면 영원히 어둠 속에 머무는 것?'

세시스가 대답했다.

'유니콘은 빛이었고, 미래였어. 우리 아이들과 마찬가지로.'

그녀는 여전히 격분한 채 몸을 떨면서, 그 어느 때보다 결의에 차 세스하크에게 돌진했다.

크리스티안과 잭은 계단에서 시선을 주고받았다. 말이 필요 없었다. 그들은 필사적으로 달리기 시작했다. 자신들의 고통과 나약함은 잊어버렸다. 오로지 유니콘이 지른 비명의 메아리만이 뇌리에 남아 있을 뿐이었다.

본능은 아슈란이 방금 주술을 행한 장소로 두 사람을 곧장 이끌었다. 잭은 거침없는 분노가 담긴 검으로 문을 두드렸고, 문짝은 곧 도미바트의 화염에 휩싸였다. 두 사람은 서둘러 안으로 뛰쳐들어갔다.

키마라는 넋을 잃고 추위에 몸을 바들바들 떨면서 주위를 둘러보았다. 아직도 살아 있다는 사실이 기적 같았다.

그녀는 여전히 인조 용 안에 있었다. 꽤 높은 위치에서 추락했지만, 용은 바닥에 부딪혀 산산조각 나지는 않았다. 그렇지만 심한 손상을 입었고, 마법도 더이상 작동하지 않았다.

조금씩 몸을 일으키자 동체가 위태롭게 흔들렸다. 조심스레 움직이려고 노력하면서 앞 창문으로 밖을 내다보았다. 보이는 건 꽁꽁 얼어붙은 나뭇가지들뿐이었다. 그녀는 추위로 거의 얼어 죽을 지경이 되어서야 겨우 위쪽 해치를 조심스레 열고 밖으로 몸을 내밀 수 있었다.

인조 용은 커다란 나뭇가지 사이에 걸려 있었다. 보이는 풍경은 온통 서리로 뒤덮여 있었다.

키마라는 위험을 감수하고 아래를 내려다보았다. 보지 않았으면 좋을 뻔했다. 어찌나 높은지 바닥이 보이지 않았다. 해치를 꽉 붙든 그녀는 자신이 공중부양 마법을 할 수 있을 정도로 고등한 마법사가 아니라 한낱 견습생인 게 한탄스러울 뿐이었다.

고개를 돌려 나무줄기까지의 거리를 어림해본 그녀는 나뭇가지까지 무사히 갈 수 있기를 바랐다. 그 순간, 지저분하고 축축한 작은 얼굴과 마주쳤다. 요정의 검은 눈이 사나운 눈길로 그녀를 노려보고 있었다.

"내 나무에서 꺼져!"

드리아데가 외쳤다.

"미안해. 여기 떨어질 생각은 아니었어. 사고였어!"

키마라가 작은 소리로 말하고는 조금 당황해했다.

"늘 그런 식이지! 인간들은 숲을 망가뜨리고는 늘 사고였다고 말하거든!"

"잠깐만! 우선, 난 그냥 인간이 아니라 혼혈 얀이야. 그러니 인간들이 숲을 어떻게 다루는지 잘 모른다고. 우리 고향에는 인간도, 숲도 그리 많지가 않으니까. 그리고 둘째, 우린 지금 전투중이잖아! 너희 숲을 얼어붙게 했고, 틀림없이 나보다는 훨씬 더 심하게 숲을 망치고 있을 그 셰크들을 상대로 내가 목숨을 걸고 싸우고 있다는 걸 알아줬으면 좋겠어."

드리아데가 갑자기 울음을 터뜨리자, 키마라는 요정이 그저 어린 여자아이일 뿐이란 걸 알았다. 요정은 나뭇가지에 몸을 웅크린 채, 서리가 덮인 줄기를 끌어안고 다정하게 어루만지고 있었다. 혼혈 얀은 나무가 겪는 고통을 견디지 못하는 요정의 마음을 이해했다.

"네 나무 일은 안됐다. 그런데……내가 여기서 내려가게 좀 도와주면 안 되겠니?"

드리아데가 회의적인 눈빛으로 그녀를 다시 쳐다보았다. 그때 아래서 고함소리가 들렸다.

"키마라! 거기 있니?"

드리아데는 눈을 가늘게 뜨고는 나뭇가지 사이로 숨었지만, 나뭇잎을 덮은 서리 때문에 초록색 몸을 완전히 숨기지는 못했다.

"신이시여, 감사합니다."

그 목소리는 샤일의 것이었다.

시에셀과 동료들은 다시 숲의 경계에 이르렀다. 군주와 소통하는 채널을 계속 열어두고 주의를 기울이던 시에셀은 뭔가 제대로 돼가지 않고 있다는 걸 알았다. 숲을 얼리던 셰크들이 시에셀을 주시하며 하던 일을 멈췄다. 시에셀은 그들을 불러 세스하크의 소환령을 알렸다. 셰크들은 재빨리 텔레파시로 메시지를 주고받았고, 불과 몇 분 뒤에는 누가 시에셀과 동행하여 드락웬 탑으로 가고, 누가 계속 아와 숲을 포위할지 결정했다. 이렇게 해서 상당수의 날개 달린 뱀들이 시에셀의 무리에 합류하여 곧바로 지평선 쪽으로 사라졌다.

나무에 숨어 있던 마법사들은 놈들이 떠나는 모습을 보았다.

"어디로 가는 거지?"

대마법사가 중얼거렸다. 알레그라가 미간을 찌푸렸다.

"서쪽이에요. 게르데가 있던 카슬룬 탑 아니면 드락웬 탑으로…… 아슈란이 있는."

"아슈란이 왜 지금 셰크들을 부른 게지?"

두 마법사는 눈길을 교환했다.

"그럴 리가."

알레그라의 생각을 짐작한 쾨이다르그가 말했다.

"나도 그런 헛된 꿈은 꾸고 싶지 않아요. 하지만, 만일……?"

"용은 죽었어, 아일레. 당신도 알잖소."

"하지만 빅토리아는 아니죠. 그리고 어쩌면……"

"거의 두 달 동안 우린 그애 소식을 못 들었어. 어쩌면 그애 역시 죽었을지도 모르오."

"하지만 최소한의 가능성은 있어요. 그것에 매달려서라도 우린 이 일을 해야만 해요."

쾨이다르그는 알레그라의 검은 눈을 마주보았다. 그녀가 무슨 말을 하고 있는지 그 역시 잘 알고 있었다.

두 사람은 아까 꽃 속에 몸을 숨긴 채 그 일에 대해 잠시 의논한 적이 있다. 대마법사는 알레그라가 제안한 대로 하늘에 불을 놓는 것도 좋은 방법이라는 결론에 이르렀다. 하지만 무척 위험한 일이었다.

알레그라가 말했다.

"난 준비가 됐어요. 당신이 그 정도의 불을 일으킬 수 있다면, 내가 그걸 분산시킬게요."

"그럴 수 있다면? 난 대마법사요. 그보다 더한 일도 할 수 있소. 하지만 당신은 요정이잖소. 정말 불을 다룰 줄 아는 게요?"

"굳이 궁금하다면, 그래요, 할 줄 알아요."

콰이다르는 잠깐 망설였지만 마침내 고개를 끄덕였다.

"좋소. 우리가 어떻게 해야 할지 알려주지."

먼 훗날, 잭은 그때를 몹시도 혼란스러웠던 순간으로 기억하게 될 것이다. 희미한 어둠에 물든 방에 들어서면서 빅토리아의 이름을 외쳤던 일을 어렴풋이 기억하게 될 것이다. 방을 밝히고 있는 육각형과 그 중앙에 있는 빅토리아의 모습도.

그것은 너무도 선명한 기억이리라. 육각형 중앙에 누운 빅토리아의 모습은 그의 마음에 화인을 새긴 듯 아로새겨졌고, 오랜 시간이 흘러도 끔찍한 악몽 속에 계속 나타나리라.

바닥에 뻗은 채 죽어가는 유니콘의 모습. 이마에 뚫린 끔찍하고 기이한 검은 구멍.

이제 그 뿔은 아슈란의 손에서 마법처럼 반짝이고 있었다. 유니콘은 뿔이 사라진 뒤에도 보통 말과는 사뭇 달랐다. 변함없이 아름답고, 섬세했으며, 갈기는 부드럽고, 깨끗한 살결에 눈길은 크고 아름답고 다정했다. 유니콘이 힘겹게 고개를 들어올렸고, 그 표정이 어찌나 고통스럽고 슬픈지 두 사람의 가슴이 찢어지는 듯했다.

"빅토리아……"

잭은 겁에 질려 중얼거렸다.

두 사람은 빅토리아가 오래 버티지 못하리라는 사실을 즉시 깨달았다. 그녀는 움직일 기운조차 없었고, 희미하게 초자연적인 광채로 빛나는 살결의 빛도 서서히 꺼지고 있었다.

크리스티안이 잭보다 먼저 반응을 보였다. 그는 물기에 젖은 두 눈으로 아버지를 돌아보았다. 그리고 분노와 증오에 찬 소리를 지르며 셰크로 변신했다. 잭도 지체하지 않고 그를 따랐다.

이제 두 사람에게는 아무것도 중요하지 않았다. 신들도, 예언도, 아슈란이 이전의 대결에서 모욕적일 정도로 손쉽게 그들을 이겼다는 사실도. 둘은 분노로 눈이 멀었고, 오직 한 가지 목표밖에 없었다. 네크로맨서 아슈란이라 불리는 남자의 목숨을 없애는 것, 빅토리아를 대신해 복수하고 이 괴물이 이미 야기한 피해 외에 더이상 그 어떤 해악도 끼치지 못하게 하는 것뿐이었다. 용과 셰크는 하나가 되어 싸움을 벌였다. 서로보다 훨씬 더 큰 증오심을 불러일으키는 상대였기 때문이었다. 덩치가 큰 둘은 불길하게 웃고 있는 아슈란에게 대적하기 위해 좁은 방 안에서 가까스로 자리를 잡았다.

"셰크!"

아슈란이 짧게 외쳤다.

그러자 크리스티안이 별안간 멈추더니 보이지 않는 장애물에 가로막힌 듯 바닥에 쿵 하고 육중하게 떨어졌다.

잭은 그 상황을 모면했다. 그는 여전히 움직일 수 있었고, 싸울 수도 있었다. 생생한 활력이 부풀어오르는 가운데, 그는 증오의 어둠에 물들어 있었다. 아슈란의 힘이 자신이 있는 곳에 미치지 못한다는 것을 깨달은 그는 마법사에게 거센 불길을 한 입 가득 내뿜었다. 그러자 크리스티안은 결정적인 순간에 빅토리아를 보호하려고 꼬리를 뻗었다.

잠시 후, 힘이 빠진 잭이 주위를 둘러보자 아슈란은 사라지고 없었다.

하지만 그는 여전히 바닥에서 몸부림치고 있는 크리스티안의 몸통 옆에서 불쑥 나타났다. 얼굴에 미소까지 짓고 있었다.

아슈란이 말했다.

"이 셰크는 네게 도움이 되지 않을 거다, 용. 그러고 싶어도 그럴 수가 없지. 제가 맡은 임무를 이미 완수했거든. 이 세상에 남은 마지막 유니콘의 뿔이 내 손안에 들어오도록 너희들을 내 앞으로 인도하는 임무 말이다."

아슈란이 루나리스의 뿔을 높이 들어올렸고, 잭은 그것이 허공 속으로 사라지는 모습을 무기력하게 지켜볼 뿐이었다.

"그걸 대체 어떻게 한 거냐?"

잭이 소리쳤다.

아슈란이 미소를 지었다.

“무사하게 두었지. 네 손이 닿지 않는 먼 곳에.”

잭은 다시 절망적인 표정으로 크리스티안을 돌아보았다. 하지만 셰크는 움직이지 않았다. 아슈란이 상기시켜주었다.

“그는 널 돕지 않을 거다. 그는 셰크야. 셉티모 신의 도구지. 제 본질을 벗어날 수 없다. 원하든 말든 자기 신에게 복종해야 하지.”

아슈란이 내뱉는 말 한마디 한마디가 잭의 머릿속으로 파고들었다. 네크로맨서는 전과 달라 보였다. 훨씬 더 자신감이 넘쳤고, 어두운 힘의 후광을 발산하고 있었다. 빅토리아에게서 빼앗은 뿔 때문도 아니고, 세 만월의 힘 때문도 아니었다. 잭은 그의 눈을 바라볼 수 없다는 걸 깨닫고는 고개를 숙여야만 했다. 아슈란의 만들어낸 듯한 인위적인 눈동자는 사라졌다. 그 은색 눈빛 속에 감추고 있던 것이 무엇인지 이제 선명하게 볼 수 있었다. 그것은 불멸의 본질을, 설사 용이라 해도 견뎌낼 수 없는 어마어마하게 강렬한 힘을 드러내는 눈이었다.

잭은 절망했다.

‘그럴 리가 없어. 우리가 맞서는 상대가…… 신이란 말인가?’

“바니사르의 알산! 바니사르의 알산! 얼굴을 보여라, 이 겁쟁이야! 싸우러 나오라고!”

캐바니온 왕은 숲 한가운데 멈춰 서서 어둠 속을 살폈다. 요정들의 매복에 부하들을 놓쳐버린 그는 잔뜩 화가 나 있었다. 부하들이 하나씩 차례로 쓰러지는 모습을 본 그는 마주치는 족족 요정, 실포, 두엔데를 가리지 않고 닥치는 대로 목을 베어 복수를 해도 시원치 않았다.

그는 피로 물든 검을 닦으며 계속 알렉산더를 찾았다. 이 모든 게 그놈 탓이야, 캐바니온은 생각했다. 이미 수 년 전에 셰크의 통치체제로 안정을 유지해온 난델트를 전쟁에 끌어들인 죄인, 이 둔에서는 존재가치가 사라진 허망한 제도인 누르곤 기사단을 회복하고 요새를 재건해낸 죄인, 결정적으로 이 모든 혼란을 만들어낸 죄인이 그였다. 캐바니온은 불과 몇 시간 전 자신의 진영에서 벌어진 그 뻔뻔한 침입 때 놈을 바로 눈앞에서 보았다. 두 번 다시 그가 빠져나가게 두지 않을 것이다.

위협하는 듯한 요정들의 수런대는 목소리가 울창한 숲 어딘가에서 들려왔다. 숲을 앞에 두고 불경을 저지르지 말라는 경고였다. 하지만 딩그라의 왕은 요정들의 말을 듣지 않았다.

"알산!"

그가 다시 소리 질렀다.

나무 사이에서 인간의 모습이 눈에 띄었다. 그는 달려갔다.

한 실루엣이 숲의 공터에서 그를 기다리고 있었다. 달빛이 기사단 군장인 코반의 용모를 비춰주었다.

코반이 사나운 미소를 띠고 인사를 했다.

"캐바니온. 이거 놀랍군. 내가 알산이 아니라 유감이겠지만, 나라도 기꺼이 네놈을 상대해주지. 네놈에게 내 검의 날을 시험해 보고 싶었거든, 이 배신자야!"

캐바니온은 코반을 알아보자마자 수비 자세를 취했고, 두 전사의 강철 검이 거칠게 부딪혔다.

싸움은 짧고 강렬했다. 분노의 감정에 사로잡힌 딩그라의 왕은 맹렬하고 정확하게 검을 겨누었지만, 코반이 더 빨랐고, 더 노련했다. 두 사람은 비슷한 연배로, 함께 누르곤에서 수학했고, 같은 스승 아래 있었다. 하지만 코반은 전 생애를 검술을 연마하며 보낸 반면, 캐바니온은 왕국을 통치하며, 혹은 통치한다고 믿으며 시에셀의 주도면밀한 눈길 아래서 왕 노릇 하느라 바빴다.

코반의 칼날이 딩그라 왕의 몸 깊숙이 관통하자, 기사단 군장의 눈이 아주 짧은 순간 반짝였다.

"숨 라르 누르곤"

축 늘어진 적의 몸에서 무기를 빼내어 닦는 동안, 그의 귀에 온몸에 소름이 돋는 오싹한 울부짖음이 생생하게 들려왔다.

잭은 한걸음 뒤로 물러났다. 그의 발치 바로 곁에는 아슈란이 뿔을 뽑아버린 유니콘의 몸이 있었다. 셉티모 신이 최후의 유니콘의 뿔을 없애고자 한다면, 누가 그 일을 막을 수 있을까.

다른 여섯 신들. 잭은 생각했다. 여섯 신들은 대체 어디 있는 거야? 에레아에 머문 채, 셉티모 신이 천체 결합을 일으키고, 용과 유니콘을 전멸시키고, 셰크들을 돌아오게 하여 결국 이둔을 정복하는 꼴을 그냥 지켜보고만 있는 거야? 이런 일이 벌어지는 동안 그들은 대체 뭘 한 거지?

'멍청하기 짝이 없는 예언을 하긴 했지.'

화가 치밀어 오르며 잭이 생각했다.

예언. 그제야 이해가 되었다.

크리스티안은 움직일 수 없다. 그는 셰크이고, 바로 셉티모 신의 창조물이니까. 의지와 상관없이 그는 자신의 신에게 복종해야만 했다. 하지만 그는, 잭은 아니었다. 아슈란은 잭에게 힘을 발휘할 수 없다. 여섯 신들이 그곳에, 그와 함께하는 것이다. 어떤 식으로든.

잭은 다시 공격에 나섰지만, 이번에는 불을 사용하지 않았다. 그는 입을 쩍 벌리고 발톱을 세운 채 아슈란에게 덤벼들면서 셰크의 신을 숨기고 있는 그 육체를 파멸시킬 길을 찾았다. 나약한 인간의 몸. 어쩌면 그게 약점이 될 수도 있다. 그는 오로지 그 희망에만 매달렸다.

아슈란이 단 한 번의 손짓으로 그를 멈춰 세웠다. 잭은 보이지 않는 뭔가에 부딪혀 거칠게 뒤로 내동댕이쳐졌고, 벽에 부딪히고 말았다. 용은 정신을 차려 고개를 들고 끈질기게 다시 공격했다. 다시 그리고 또 다시.

샤일과 키마라는 울부짖는 소리를 따라, 파그노르가 추락한 장소에 이르렀다. 그리고 무시무시한 장면과 마주치고 말았다.

인조 용은 나무뿌리에 처박혀 산산조각 나 있었다. 케스트라의 몸은 해치 위쪽에 간신히 걸쳐져 있었는데, 의식을 잃은 모습이 심한 부상을 당한 것 같기도 했고, 어쩌면 죽은 것 같기도 했다.

케스트라 곁에는 덩치 큰 짐승이 우뚝 서 있는데, 늑대 같기도 하고, 동시에 어렴풋이 인간과 닮기도 했다.

"알렉산더, 안 돼."

샤일이 겁에 질려 작은 소리로 말했다.

짐승이 송곳니를 드러내며 두 사람을 돌아보았다. 눈에는 살인의 광기가 반짝이고 있었고, 팽팽히 긴장한 근육 위로 희끄무레한 털들이 북슬북슬 솟아나 있었다.

"피해!"

짐승이 달려들기 직전 샤일이 소리를 질렀다. 키마라가 옆으로 펄쩍 뛰어 바닥으로 굴렀다.

한때 알렉산더였던 짐승은 샤일이 아슬아슬하게 불러낸 마법의 장벽에 부딪혔다. 바닥에 넘어진 그는 다시 달려들려 했지만 마법사에게 다가갈 수는 없었다.

둘은 잠시 동안 서로 쳐다보았다. 샤일은 야수의 눈에서 알렉산더의 영리하고 침착한 눈빛을, 아니면 적어도 그 흔적이나마 찾기를 바랐지만, 그런 건 흔적조차 없었다. 그는 다시 으르렁거리더니 펄쩍 뛰어 울창한 숲 깊숙한 곳으로 향해 가버렸다.

키마라가 속삭였다.

"알둔 신이여, 우리를 보호하소서. 대체 저게 뭐예요?"

샤일은 대답하지 않았다. 그는 지팡이에 기대어 멍하니 선 채로, 야수가 사라진 곳만을 응시하고 있었다.

"'저건' 내 친구였어."

마침내 샤일이 나지막이 대답하고는 고개를 흔들었다.

"그를 막아야만 해!"

다시 길을 나선 그들은 발길을 재촉했다. 다친 다리로는 알렉산더를 따라잡을 수 없다는 걸 알았지만 그렇게라도 해야 했다.

키마라는 케스트라가 무사한지 알아보러 파그노르를 향해 달려갔다. 그리고 곧 무슨 일이 일어났는지 알 수 있었다.

부들부들 떨면서 두 눈에 눈물을 글썽인 채 한동안 그곳에 서 있던 그녀는 누군가 뒤에 와 있는 느낌에 천천히 돌아보았다.

한 인간 마법사였다. 키마라는 조심스럽게 그를 응시했다. 마법사라는 데는 의심의 여지가 없었다. 고유의 튜닉을 입지는 않았지만, 부적을 지니고 있었다. 하지만 누르곤에서는 한 번도 본 적이 없는 사람이었다.

그는 긴 여행으로 무척 지치고 절망한 듯 보였다. 그가 간신히 입을 열었다.

"바니사르의 알산. 난 알산을 찾아야만 합니다."

바로 그때 울부짖는 소리가 또다시 숲 전체에 울려 퍼졌다.

"그가 지금 당신을 맞이할 상태인지 걱정스럽네요, 마법사."

키마라가 소곤거렸다.

마법사는 조급하게 나무줄기에 쿵 하고 주먹질을 했다.

"그에게 말해야만 해요. 카슬룬 탑에서 보낸 아주 급한 메시지가 있어요. 잭이라는 소년의 메시지예요."

짧은 순간 키마라는 심장이 멎는 듯했다.

아슈란의 힘은 잭을 가격하고 상처입혔지만, 죽이지는 못했다. 잭은 뭔가가 자신을 보호해주었고, 어쩌면 그것이 자신을 이 전쟁으로 불러낸 여섯 신들이 아닐까 하는 생각이 들었다. 어찌 되었건 그래도 아슈란을 이기기에는 부족했고, 그에게 접근하는 것조차 어림도 없었다.

"당신은 날 죽일 수 없어."

용은 쓰러졌다가 수없이 다시 일어서며 고함을 질렀다. 아슈란이 냉담하게 대답했다.

"아직은 아니지. 하지만 상관없어. 네가 지쳐 죽을 때까지 굳이 기다릴 필요도 없지. 유니콘이 너보다 먼저 죽을 테고, 그러면 너도 싸울 힘이 없을 테니까."

잭은 빅토리아를 돌아보고는 아슈란의 말이 맞다는 것을 알았다. 유니콘은 거의 고개를 들 힘조차 없었다. 그녀는 힘겹게 숨을 몰아쉬고 있었고, 아름답던 진줏빛 살결은 점차 시들어 희끄무레한 색으로 변하고 있었다. 그는 빅토리아가 죽는 순간 자신도 모든 힘을 잃으리라는 걸 곧 알았다. 신들이 있든 없든 간에, 빅토리아가 없다면 이 싸움은 아무 의미도 없기 때문이었다.

아슈란은 잭이 방심한 짧은 순간을 틈타 다시 공격해왔다. 잭에게 해를 입히기 위해 굳이 손을 대거나, 다른 마법사들이 하듯 주문을 걸 필요조차 없었다. 아슈란이 손을 들어 올리자 거대하고 눈에 보이지 않는 뭔가가 뼈를 짓이기는 느낌이었다. 잭은 빅토리아 바로 옆에 쿵 하고 쓰러졌다. 그리고, 언젠가 그랬듯이 무의식적으로 한쪽 날개를 뻗어 유니콘의 몸을 가려주었다. 아슈란의 나직한 웃음소리가 들렸지만 그는 개의치 않았다.

잭이 빅토리아에게 속삭였다.

"미안해, 널 구할 수 없었어. 그래도 온 마음을 다해 널 사랑해."

빅토리아는 대답할 기운이 없었다. 눈을 감고 고개를 숙이는 그녀의 모습을 본 잭은 빅토리아가 영원히 이대로 가버릴까봐 두려웠다. 그는 다시 한번 아슈란과 맞서기 위해 일어섰다. 빅토리아에게 생명의 숨결이 맥박치는 한 계속 싸우리라 결심하면서……

바니사르의 암린 왕은 칼을 꺼내들고 울창한 숲을 헤치며 정신없이 나아갔다. 좀전에 부하들을 시야에서 놓쳤기 때문이다. 그 사이, 요정들과 실포들 그리고 반란군 전사들과 따로 떨어져나온 야만족 전사들을 상대로 싸움을 벌인 그는 지상전으로는 아와 숲을 정복할 수 없을 거라는 두려움이 들기 시작했다. 또다시 열쇠는 셰크들과 그들의 얼음 주문에 달린 셈이다. 지금 할 수 있는 가장 현명한 일은 일단 후퇴하여 이곳을 빠져나가는 것이다. 만일 출구를 발견할 수만 있다면.

한편으로 그는 에이세슈의 존재가 아쉬웠다. 그의 힘에 종속되어 여러 해를 살아왔고, 언제나 그를 미워했지만, 자신이 직접 결정을 내리지 않고 에이세슈가 명령하는 대로만 행동하는 데 익숙해져 있다는 것을 이제야 깨달았다. 고개를 들어 날개 달린 뱀들이 배회하고 있는 하늘을 응시했다. 저들 중 하나가 에이세슈일 수도 있었다. 이렇게 멀리서는 장담할 수 없지만.

다시 시선을 내리던 그는 자신을 쳐다보고 있는 뭔가와 마주쳤다. 거대하고 무시무시하고 치명적인 눈이 달빛 아래 불길하게 반짝이고 있었다.

혈관 속의 모든 피가 얼어붙는 듯했다.

"알산…… 형?"

그가 간신히 이렇게 내뱉자, 짐승은 인상적인 이빨을 내보이며 으르렁거렸다.

샤일은 다리를 절면서 숲속을 달렸다. 그러나 지팡이가 나무뿌리에 걸렸고, 마법사는 바닥에 쭉 뻗고 말았다. 분노와 무기력함에 부들부들 몸을 떨던 그는 셰크가 그의 다리를 빼어간 날을 저주하며, 자신이 멍청하고 쓸모없다는 생각에 잠시 그대로 쓰러져 있었다. 이럴 때는 마법조차 아무 소용 없다. 순간이동은 사전에 보았던 장소로만 가능했고, 공중부양도 불과 몇 분만 지속되기 때문에 알렉산더를 따라잡기에는 모자랐다.

공포에 질린 암린의 비명을 들은 건 바로 그때였다. 그는 경계 태세를 취하며 몸을 일으켰다.

"마법사님……"

바로 옆에서 누군가가 속삭였다.

샤일이 돌아보았다. 네 명의 실포가 심각한 얼굴로 자신을 지켜보고 있었다. 모두 부상을 당했고 무기도 온통 피로 물들어 있었다.

한 실포가 말했다.

"숲속에 뭔가가 있어요. 우리는 놈을 통제할 수가 없어요. 막을 수가 없어요. 당신의 마법이 필요해요."

"난 걸을 수가 없소."

샤일이 말했다.

"우리가 모시고 갈게요."

그때 도움을 청하는 또다른 목소리가 들렸다. 누에보스 드라고네스의 지도자 덴얄의 목소리였다.

그리고 그 대답으로 야수의 으르렁거리는 소리가 들려왔다.

세스하크의 텔레파시가 들려왔을 때, 시에셀과 동료들은 이미 딩그라의 심장부 위를 날고 있었다.

'난 실패했다, 시에셀.'

시에셀은 나직이 쉭쉭거리기만 할 뿐 아무 말도 하지 않았다. 그녀의 의식은 셰크의 왕이 용과 싸우고, 그 다음에 뜻밖으로 셰시스가 나타났을 때도 계속 그와 함께하고 있었다. 그녀는 비행속도를 높였고, 다른 셰크들에게도 더 빨리 움직이라고 재촉했지만 결국 제때 도착하지 못하리라는 것을, 알고 있었다.

세스하크가 말을 이었다.

'난 증오에 지고 말았다. 지금 용은 아슈란과 대결을 벌이고 있다. 어쩌면 예언이 이루어질 수도 있다. 우리가 질 수도 있다는 말이다. 내가 쓰러지면, 시에셀, 네가 내 뒤를 이어라. 셰크들의 새로운 여왕이 되어라. 혹시 최후의 용이 이 싸움에서 살아남는다면 네가 그를 찾아, 셰크들이 자유로워질 수 있도록 놈을 없애기 바란다. 그러고 나서, 평화롭게 정착할 수 있는 곳으로 우리 종족을 이끌도록 하라. 막중한 책임이라는 걸 안다, 시에셀. 하지만 너는 내가 실패한 일을 잘 해내리라는 것도 안다.'

시에셀은 절망적인 표정으로 그의 말을 들었다.

'당신의 뜻에 따르겠습니다. 전하.'

그녀는 간신히 작은 소리로 대답할 수 있었다. 세스하크가 이 둔에 있는 셰크들 전체의 의식에 전달하는 메시지가 감지되었다.

'시에셀이 우리의 새로운 여왕이다. 너희는 시에셀을 따르라. 시에셀은 샤크시스의 새로운 계승자이고, 모든 셰크들의 여군주다. 시에셀을 따르라, 시에셀을 따르라.'

시에셀은 그 내용에 주의를 기울이지 않고, 오로지 세스하크의 목소리에만 매달렸다. 소리는 점차 힘을 잃더니, 결국 완전히 사라지고 말았다.

큰 키의 네크로맨서는 그 어느 때보다 강력하고 위협적인 모습으로 눈앞에 우뚝 서 있었다. 잭은 그의 눈길을 피했다. 다시 일어나 공격하고, 또다시 바닥에 쓰러지며 숨을 헐떡였다.

"항복하지 않을 테냐?"

아슈란이 물었다.

그가 빅토리아 쪽으로 고개를 돌려 손을 들어올리자, 잭은 그자가 무슨 짓을 하려는지 즉시 알아챘다.

"안 돼!"

있는 힘을 다하여 일어서며 그가 간신히 소리를 질렀다.

하지만 아슈란은 빅토리아에게 해를 입힐 틈이 없었다. 얼음처럼 차갑고 날카로운 뭔가에 등이 찔린 그가 고개를 돌리자, 자신을 관통한 칼날 못지않게 차가운 파란 눈이 있었다.

크리스티안이 말했다.

"당신은 내 안의 셰크에게 힘을 발휘할 수 있지만, 내 일부는 또한 인간이기도 하다는 사실을 잊으셨군요."

아슈란이 눈을 가늘게 뜨고 손을 들어올렸다. 그것만으로도 충분했다. 크리스티안이 비명을 지르며 바닥에 쓰러지자 잭은 크리스티안이 네크로맨서의 힘에 크게 다쳤다는 것을 깨달았다. 한순간 크리스티안은 죽은 듯 보였다가 잠시 몸을 움직였다. 그렇지만 의식을 되찾지는 못했다.

잭은 얼음 검도 아슈란을 죽이지 못한다는 끔찍한 사실을 확인했다. 네크로맨서가 그들을 돌아보았다. 여전히 등에는 칼이 꽂혀 있고, 눈에는 분노가 번쩍이고 있었다. 잭은 본능적으로 행동했다. 그에게 바로 불을 뿜은 것이다.

그가 지르는 비명을 들은 잭은 만족스러웠다. 그렇지만 불길이 가시고 난 뒤에 보니, 단지 손만 불타고 있을 뿐, 몸은 아무 피해도 입지 않았다. 저도 모르게 절망의 포효가 새어나왔다. 이제 뿜어낼 불도 거의 없고, 그 역시 기진맥진한 상태였다. 마지막 힘을 쥐어짜며 다시 적에게 달려든 그는 앞발로 한 방에 아슈란을 쓰러뜨렸다. 아니, 적어도 그랬다고 생각했다. 아슈란이 있어야 할 자리에서 사라졌기 때문이었다. 그러나 그는 잭의 바로 오른쪽 옆에 있었다.

"이 정도면 이제 충분히 가지고 논 셈이지."

아슈란이 말했다.

잭은 더이상 움직일 수 없었다. 다시 고개를 돌려 빅토리아 쪽을 바라보는데, 놀랍게도 유니콘은 그 자리에 없었다.

아슈란의 눈길도 유니콘에게 향했다. 그리고 그는 바로 자기 옆에 서 있는 그녀를 보았다.

그녀는 이제 더이상 유니콘이 아니었다. 다시 인간 소녀인 빅토리아로 돌아와 있었다. 나선형의 기다란 뿔이 솟아 있던 자리에 남은 어둠의 구멍이 얼굴을 흉측하게 망쳐놓긴 했지만.

잭은 흠칫 놀라 빅토리아를 쳐다보았다. 그녀는 아이셀의 지팡이에 기대고 있었다. 그 눈에는 오싹한 한기를 불러일으키는 뭔가가 있었다.

빅토리아가 천천히 아슈란에게 말했다.

"두 사람이 더이상 고통을 겪지 않을 거라고 했었죠. 그게 조건이었어요."

네크로맨서는 미처 대답할 기회가 없었다. 빅토리아가 정확한 동작으로 재빨리 지팡이를 들어올려 그 끝으로 아슈란의 가슴을 찔렀다. 그는 비명을 지르며 빅토리아를 잡으려고 손을 뻗었다. 하지만 빅토리아는 한걸음 뒤로 물러나 그의 사정권에서 벗어났다. 그녀를 붙잡으려던 네크로맨서의 손가락이 빅토리아의 목걸이인 유니콘의 눈물을 휘감더니 목에서 떼어냈다. 빅토리아는 알아채지 못했다. 바닥에 떨어진 목걸이는 포석에 부딪혀 산산조각 나고 말았다.

지팡이에 담긴 에너지가 네크로맨서의 몸 안에 퍼지자 그는 경련을 일으켰다. 등에 꽂힌 하이아스의 힘도 다시 발휘되었다. 검이 얼음의 광채를 내뿜자 서릿발이 아슈란의 등을 뒤덮기 시작한 것이다.

'내 차례야.'

잭은 지친 표정으로 생각했다.

숨을 들이마신 그는 아슈란에게 마지막으로 남은 용의 불꽃을 토했다.

네크로맨서는 다시 비명을 질렀다. 단말마의 비명이었다.

'이제 됐어. 우리가 이긴 거야.'

잭은 속으로 되뇌었다.

실포들은 샤일을 숲속 공터에 놓아두고는 공중으로 조금 떠올라 활을 차고 창을 준비하면서 채비를 했다.

샤일 역시 준비를 했다. 아니, 적어도, 그곳에서 그를 기다리고 있는 장면을 보기 전까지는 그랬다고 생각했다.

이전에 알렉산더였던 생물은 세 달의 환한 달빛 아래 공포를 자아내며 우뚝 서 있었다. 그 앞에는 덴얄이 부들부들 떨면서 검을 들고 놈과 거리를 유지하려고 애쓰고 있었다. 야수가 이미 덴얄에게 손을 댄 게 분명했다. 그의 왼쪽 팔이 엉망진창이 되어 있기 때문이었다.

야수의 발밑에는 피 흘리는 또 하나의 시신이 있었다.

바니사르의 왕 암린이었다.

"신이시여! 알렉산더, 무슨 짓을 한 거야?"

샤일이 두려움에 사로잡혀 나지막이 외쳤다.

야수는 다른 사람들이 있다는 걸 감지하고 으르렁거리는 소리와 함께 돌아보았다. 그가 펄쩍 뛰어오르자, 샤일도 그를 마비시키기 위해 준비했던 고대 이둔어 주문을 외쳤다. 목소리는 조금 떨렸지만, 위급함과 두려움, 절망이 그에게 필요한 힘을 주었다.

마법이 짐승을 강타했지만, 멈추게 하지는 못하자 샤일은 공포에 질렸다. 또다시 주문을 반복했고, 이번에는 어느 정도 야수의 넋을 빼놓을 수 있었다.

실포들이 지니고 있는 무기를 총동원하여 야수 위에서 날개를 파닥이며 공격했지만, 창은 야수의 살에 박히지 않았고, 화살들도 벌레가 무는 정도로 성가시게만 할 뿐이었다. 이전에 알렉산더였던 야수가 다시 샤일 위로 뛰어오르자, 젊은 마법사는 그 눈에서 반짝이는 죽음의 광기를 보았다. 결정적인 마법을 쓰지 않으면 야수가 그를 죽일 터였다.

그는 목이 멘 채로 공격 주문을 외워 야수를 내던졌다. 짐승이 고통스러운 신음을 지르며 뒤로 벌렁 쓰러졌다. 그러곤 다시 일어났다. 몹시 성이 나 있었다.

샤일이 소리를 질렀다.

"널 죽이게 하지 마! 알렉산더! 알산! 내 말 들어!"

야수가 으르렁거렸다. 야수의 행동에서는 마법사의 말을 듣고 있다는 그 어떤 기미도 찾아볼 수 없었다.

바로 그때 공터에 누군가가 도착했다. 야수가 돌아보았다.

"코반!"

샤일이 그를 알아보고 소리를 질렀다.

"자리를 떠요! 그에게서 멀리 떨어져요!"

기사단 군장은 공포에 질린 표정으로 그 짐승을 응시했다. 야수가 으르렁거리며 그에게 달려들었다. 코반은 검을 뽑았다. 샤일은 기회가 오직 단 한 번뿐이라는 걸 알았다.

샤일은 스스로에게 말했다.

'샤일, 네가 가장 원하는 일을 해. 마지막 남은 마법까지 다 걸어야 한다고, 아니면 우린 지고 말거야.'

샤일이 소리쳤다.

"코반! 움직이지 마요!"

코반은 짐승의 가슴에 검을 찔렀지만, 놀랍게도 그 정도로는 그의 성질을 더 돋울 뿐이었다. 엎친 데 덮친 격으로, 이제 그에게는 무기마저 없었다. 그는 야수에게서 시선을 떼지 않고 천천히 뒷걸음쳤다.

샤일이 그때 친구의 몸속에 있는 야수를 가만히 붙들어둘 주문의 말을 외었다. 진동하며 솟아난 순수한 에너지가 고대의 언어를 통해 샤일이 원하는 마법으로 변해갔다.

야수는 한동안 숨도 쉬지 못하더니, 등 뒤에 강한 일격을 받기라도 한 듯, 낑낑거리며 가쁜 숨소리만 냈다. 그는 고개를 흔들더니, 진이 빠져 바닥에 쓰러진 샤일을 돌아보았다.

마법사는 그가 다가오는 걸 느꼈지만 도망갈 힘이 없었다. 샤일은 고개를 들었다.

그리고 그 짐승의 얼굴에서 알렉산더의 모습을 보았다. 아직

온전히 인간으로 돌아오지는 않았지만 그래도 그 눈길은 이성을 갖추었고, 어딘가 넋이 나간 듯 근심 어린 표정을 짓고 있었다.

알렉산더가 거친 소리로 물었다.

"샤일? 무슨 일이야?"

젊은 마법사는 차마 말을 할 수 없어 고개를 흔들었다. 알렉산더는 주위를 둘러보았다. 코반이 경악하는 표정으로 그를 지켜보고 있었다. 제대로 서 있지도 못해 나무 기둥에 기대어 있던 덴얄은 야수가 물어뜯고 발길질하여 팔에 심한 상처를 입고 있었다.

그리고 그는 생명이 끊어진 동생의 시신이 바닥에 쓰러져 있는 걸 보았다.

"그럴 리가 없어."

그가 겁에 질린 표정으로 중얼거렸다.

알렉산더는 설명은 기대하며 거칠게 샤일을 돌아보았다. 마법사는 말을 할 기운조차 없었다. 하지만 알렉산더는 그 표정에서 진실을 읽었다.

그가 되풀이하여 말했다.

"그럴 리가 없어. 아니야!"

알렉산더가 울부짖었다.

궁지에 몰린 짐승처럼, 공포와 죄책감에 시달리며 모두를 번갈아 쳐다본 그는 뒤돌아 숲속으로 달려갔다.

"알렉산더!"

일어설 기운도 없었던 샤일은 나지막이 욕설을 내뱉었다.

바로 그때 두 사람이 갑자기 공터로 들이닥쳤다.

"샤일! 샤일! 당신이에요?"

키마라의 목소리였다. 샤일은 대답하려 했으나 그를 먼저 알아본 그녀는 대답할 틈을 주지 않았다.

키마라의 말은 너무나 빨라서 제대로 알아듣기 힘들었다.

"샤일! 이마법사가카슬룬에서왔어요! 잭의메시지를전하러왔다는거예요! 잭이랑빅토리아가무사하고바로오늘밤아슈란과대결하러갈생각이래요!"

키마라가 숨을 들이쉬고 조금 진정하더니 다시 입을 열었다.

"잭이 살아 있어요!"

샤일은 대답하지 않았다. 그는 두 손에 얼굴을 묻고 소리 없는 흐느낌 속에 어깨를 들썩였다.

"난 준비 됐어요."

알레그라가 말했다.

"나 역시."

콰이다르가 대답했다. 그는 진지한 표정으로 알레그라의 눈을 보았다.

"지금 하려는 일이 뭔지 제대로 잘 알고 있는 거지?"

"네."

알레그라가 미소를 지었다. 짧은 침묵이 흘렀다.

"원래대로라면 당신이 하는 일을 말려야 하오, 아일레."

"알아요. 하지만 그러지 않을 거잖아요, 콰이다르 대마법사. 이게 유일한 해결책이라는 걸 아니까요."

콰이다르는 대답하지 않았다. 알레그라가 말을 이었다.

"내가 이 일을 잘 해내지 못한다면, 당신에게 가장 성스러운 것을 걸고 빅토리아의 뜻을 존중할 거라고 맹세해줬으면 좋겠어요."

대마법사가 고개를 들었다. 짧은 순간 그의 눈이 빛났다.

"그애는 최후의 유니콘이오. 마법 종단의 마지막 희망이지. 만일 아직도 살아 있다면……"

"……만일 아직도 살아 있다면 그애가 원하는 사람에게 마법을 줄 수 있어야 해요. 우리가 마법 학교에 들어가서 맨 처음 배우는 게 그거잖아요. 유니콘들은 자유로워야만 한다고……"

"마법이 자유로울 수 있도록 말이지. 나도 알아요, 아일레."

콰이다르가 말을 맺었다.

"맹세해줘요, 콰이다르. 우리가 그애를 위해 더 나은 세상을 만들고 있다는 확신을 느끼고 싶어요. 최후의 유니콘이 자신의 재능을 자유로이 베풀 수 있는 세상 말이에요."

"맹세하지, 아일레."

짧은 침묵 후 콰이다르가 말했다.

요정은 고개를 끄덕이고는 다정하게 미소를 지었다. 그리고 공중부양하여 그들이 피난처 삼았던 꽃 위 수십 미터로 떠올랐다. 그녀는 성난 소리를 내며 자신에게 돌진해오는 뱀들을 무시하고 정신을 집중했다. 그렇게 그녀는 아와 숲의 나무 꼭대기 위에 정지한 채 몇 초간 그대로 멈추어 있었다. 그녀의 머리카락이 사방으로 뻗쳤다.

알레그라는 팔을 뻗고 손가락을 최대한으로 펼쳤다.

잠시 후 콰이다르가 불을 일으켰다. 알레그라는 자신을 향해 거침없이 다가오는 그 불기둥을 보지 않았다. 보고 싶지 않았다. 요정들은 셰크들만큼이나 불을 무서워했고, 자칫하면 공포에 질려 집중력을 잃고 말리라는 걸 알기 때문이었다. 하지만 그녀는 불이 다가오는 것을 감지할 수 있었다.

불길이 몸에 닿자, 알레그라는 머리를 뒤로 젖히고 주문을 외쳤다.

그러자 불길이 그녀를 통해 번졌나갔고, 팔과 손, 손가락으로 타고 올라갔다. 마법의 힘이 확장되며 저수지에 던진 돌이 파동을 일으키며 번져가듯 멀리, 아주 멀리까지 퍼져갔다.

불의 고리는 계속 넓어지더니 마침내 시뻘겋게 달아오른 거대한 지붕처럼 하늘 전체를 덮어버렸다.

알레그라와 가장 가까이 있던 셰크들이 순식간에 불타올랐다. 불이 다가오는 걸 본 놈들은 뒤돌아 도망치려고 기를 썼지만, 대부분 그러지 못하고 겁에 질려 비명을 지르는 가운데 얼음의 몸통이 서리 맺힌 물방울처럼 녹아내리며 죽고 말았다.

하늘에 일어난 불은 계속해서 사방으로 번져나갔다. 요정 마법사이자 데르바드 탑의 성주인 알레그라의 몸은 불길 속에서 스스로를 소진하면서, 셰크들의 불행과 추락을 앞당기고 있었다.

잭과 빅토리아는 아슈란의 몸이 불과 얼음, 빛의 막에 휘감긴 채 타들어가는 모습을 녹초가 되어 지켜보았다. 마지막 재가 공중으로 사라지자, 그림자 하나가 그들 앞에 우뚝 섰다. 세상의 모든 존재와 모든 비존재로 만들어진 듯한 그림자는 비인간적인 차가움과 황량한 어둠을 품고 있었다. 그림자가 잠시 세 사람을 주시했다. 그들에게 더할 수 없는 증오를 표출하는 건지, 아니면 그저 비웃는 건지 알 수가 없었다. 빅토리아의 입에서 작은 공포의 소리가 새어나왔다.

갑자기, 그것이 홀연히 사라졌다.

잠시 침묵의 시간이 흘렀고, 그 사이 두 사람은 목소리를 되찾았다.

"아, 우리가 무슨 일을 한 거지?"

빅토리아가 중얼거리며 파르르 떨더니 가을날의 낙엽처럼 바닥에 쓰러졌다. 잭은 그녀를 앞발로 붙잡고 그녀의 상태를 불안하게 살폈다. 빅토리아는 희미하게 미소 지었지만 얼굴에는 여전히 깊은 두려움의 흔적이 남아 있었다.

"우리가 아슈란을 이긴 거야."

잭이 말했다.

"우리가……세상에 어둠의 신을 풀어놓은 거야, 잭."

빅토리아가 속삭였다.

잭은 그대로 얼어붙고 말았다.

"뭐라고?"

"아무도 그를 이길 수는 없어. 우리라고 해도 그를 이기지 못해. 그리고 이제 그는 육체조차 없는데, 어떻게 막을 수 있겠어?"

잭은 공포에 질려 입을 다물었다. 빅토리아가 다시 미소를 지었다. 잭은 이마에 난 끔찍한 구멍을 쳐다보지 않으려고 애쓰며 그녀의 미소를 받아들였다.

빅토리아가 계속 말했다.

"하지만 중요한 건…… 너희가 살아 있다는 거야……둘 다."

그녀는 의식을 잃었다.

시에셀은 머리가 터질 것 같았다. 셰크들의 텔레파시 메시지가 멈추지 않고 연달아 전해져왔다. 수많은 셰크들의 경고와 공포와 죽음의 메시지들…… 소화하기 힘든 혼돈의 메시지들이었다.

'세스하크가 쓰러졌다.'

'아슈란이 쓰러졌다.'

'하늘이 타오른다.'

'우리가 지고 있다.'

'어떻게 하지? 우린 어떻게 하지?'

'죽어간다, 우리가 죽어간다.'

'불이……'

'우리는……'

'안 돼……'

시에셀은 정보들을 정리하려고 애쓰며 비명을 질렀다. 목소리들이 잦아들기를 있는 힘을 다해 기원하자 소리는 곧 사라졌다.

정확히 말하면 사라진 것은 아니었다. 목소리들은 여전히 들려왔지만, 차갑고, 어둡고 권위에 찬 목소리가 그것을 뒤덮은 것이다.

'시에셀.'

목소리가 속삭였다.

'넌 누구냐?'

이유도 모른 채 두려워 전율을 일으키며 시에셀이 물었다.

'내가 누군지 이미 알고 있지 않느냐.'

대답이었다. 그러자 시에셀은 그가 누군지 알았다.

기가 꺾인 채 그의 말을 알아들었다.

'아슈란. 그래, 당신은 아슈란이야. 하지만 당신은……'

'그 이상이지.'

시에셀은 입을 다물었다. 너무 혼란스러워 뭐라고 해야 할지 아무 생각도 떠오르지 않았다. 그때, 드락웬 탑으로 함께 비행하던 동료 셰크들이 뭔가가 일어나고 있다는 경고를 보냈다. 뒤돌아보니 지평선이 불타고 있었다. 첫 태양의 해돋이가 아니었다. 불길은 너무나 빨리 번져왔고, 곧 따라잡히리라는 걸 깨닫자 공포의 소리가 새어나왔다.

목소리가 말했다.

'내 말을 잘 들어라, 시에셀. 우리는 이 싸움에서 졌다. 그렇지만 큰 전쟁에서 진 건 아니다. 너희가 불길에 다치지 않게 할 것이다. 너희는 이곳을 떠나야만 한다.'

'어디로 말입니까? 우마둔으로요?'

'아니다, 시에셀. 열쇠는 네가 지니고 있다. 넌 셰크들의 새로운 여왕이며, 세스하크가 보유했던 힘을 지니고 있다. 내가 바로 그 힘을 네게 건네주었다. 내가 도로 빼앗아오기 전까지는 세스하크의 아들, 아슈란의 아들이 지니고 있던 그 힘이지. 세스하크

는 너를 계승자로 선택했고, 난 그 힘을 바로 네게 건네주었다.'

시에셀은 그 말을 알아들었다. 그러자 셰크의 얼어붙은 심장에 희망의 빛이 켜졌다.

갑자기 천둥치는 소리가 들리더니 모든 벽들이 쩍쩍 갈라지며 금이 가기 시작했다. 바닥도 흔들렸다.

잭이 생각했다.

'탑이 붕괴되고 있어. 이곳에서 빅토리아를 끄집어내야만 해.'

주위를 둘러보았지만 방에는 창문이 없었다. 탑을 벗어날 최선의 방법은 날아가는 것임을 깨달은 그는 세스하크와 셰시스가 싸움을 벌이던 그 홀을 떠올렸다. 조금만 운이 좋다면, 림바드로 가는 차원의 문은 아직 열려 있을 것이다.

그는 다시 인간으로 변신했다. 용의 모습일 때는 에너지 소모가 많았고, 그 에너지는 비행할 때 필요했다. 그는 빅토리아를 메고, 도미바트와 아이셸의 지팡이를 쥔 채 크리스티안에게 다가갔다.

셰크는 심한 부상을 당하기는 했지만 아직 살아 있었다. 잭이 마구잡이로 그를 흔들었다.

"정신 차려! 탑이 무너진다고!"

크리스티안은 반응이 없었다. 그냥 두고 가고 싶은 마음도 들었지만, 결국 꼼짝 않는 그의 얼굴 가까이 도미바트를 대어보았다. 불의 열기가 셰크의 감각을 일깨웠고, 크리스티안은 본능적으로 몸을 일으키며 뒤로 물러섰다.

잭이 재촉했다.

"이곳에서 나가야만 해! 하이아스를 짚고 일어나. 어떻게든 힘을 내보라고!"

크리스티안은 잭을 쳐다보다가 가까스로 몸을 세웠다. 막 넘어지려는 찰나, 잭이 붙잡아주었다. 셰크는 간신히 검이 있는 곳으로 다가가면서도, 아슈란이 남긴 잿더미에는 눈길도 주지 않았다. 그는 자동인형처럼 몸을 끌며 두 사람을 따라 방을 나섰다.

계단으로 가는 그 길은 그들 생애에서 가장 머나먼 길이었다. 잭은 다리를 절면서 빅토리아를 짊어지고 앞장섰다. 크리스티안은 벽을 짚으며 따라갔는데, 서 있기조차 힘들 지경이었다. 드락웬 탑은 지진이 난 것처럼 흔들렸고, 모든 것이 금방이라도 무너져내릴 것만 같았다.

문을 넘어서자마자 입구의 아치가 뒤로 무너져내렸다. 크리스티안은 파편을 피하려다가 다리가 걸려 바닥에 쓰러졌다.

그는 바닥에 쓰러져 있던 거대한 몸통 덕분에 간신히 넘어지는 걸 피할 수 있었다. 비늘 덮인 셰크의 몸통이었다.

크리스티안은 위험하다는 생각에 뒷걸음질을 쳤다.

하지만 셰크는 죽어 있었다. 그 옆에 누워 있는 다른 셰크와 마찬가지로.

두 마리의 위대한 날개 달린 뱀은 서로 맞서 싸우다가 사랑과 죽음의 마지막 포옹을 나누며 함께 쓰러져 있었다.

크리스티안은 절망적인 표정으로 둘을 응시했다. 무슨 이유에선지 내면의 셰크가 비통한 눈물을 흘리고 있었다. 고개를 들어 잭을 보니 놀랍게도 그 역시 울고 있었다. 셰크의 왕이 죽은 것을 슬퍼하는 것이 아니라, 그를 죽이고 함께 죽은 암컷 셰크의 죽음 때문이라는 것을 알 수 있었다.

잭이 손등으로 눈물을 훔치며 말했다.

"이름은 셰시스였어. 셰시스는……"

"말하지 마."

크리스티안이 힘주어 그의 말을 잘랐다.

"무슨 말을 하려는지 알아. 말하지 마. 지금은 하지 마."

잭이 고개를 끄덕였다. 감정을 추스른 뒤, 다리를 절면서 테라스로 나갔다. 크리스티안은 잠시 망설이다가 그를 따라갔다. 밖으로 나온 두 사람은 동쪽 지평선이 온통 불길에 휩싸였고, 그 불길이 이곳을 향해 재빨리 번져오고 있다는 걸 알아챘다.

"이게 무슨……?"

잭은 말을 끝맺지 못했다. 탑이 다시 한번 흔들리며 두 사람이 방금 빠져나온 방 천장이 뒤에서 무너져내렸기 때문이다. 잭이 황급히 돌아섰다.

"셰시스!"

잭은 소리를 질렀다. 지친 눈빛을 한 크리스티안이 마지막 남은 힘을 다해 말했다.

"넌 틀림없이, 역사가 시작된 이래로 셰크의 죽음을 슬퍼하며 운 첫번째 용이 될 거야."

그의 눈 역시 눈물이 어려 있었다. 잭은 뭐라고 대답해야 할지 몰랐다.

그때 크리스티안의 눈빛이 흐려졌고, 잭은 재빨리 팔을 뻗어 그가 바닥에 쓰러지기 전에 간신히 붙잡았다. 또다시 의식을 잃은 것이다.

잭은 나지막이 투덜거렸다. 크리스티안과 빅토리아, 두 사람을 짊어지기 위해 용으로 변신을 한 후 날개를 펼친 그는 한 번 더 돌아보았다. 뭔가가 마음에 걸렸다. 셰시스가 그곳에서 죽었다는 사실 때문만은 아니었다.

'빅토리아의 뿔.'

뿔을 되찾으면, 마법사들이 원래 자리에 다시 끼워줄 수 있을지도 모른다. 아직도 저 탑에 있는지, 아니면 아슈란이 다른 곳으로 보냈는지는 알 수 없다. 하지만 어떤 경우든……

마지막으로 탑이 흔들리자 그는 결심했다. 뿔을 찾을 시간은 없었다. 테라스 바닥이 발아래로 무너져내렸다.

'하지만 우린 통과할 수 없어요. 통과할 수 없다고요.'

시에셀이 걱정스럽게 대답했다.

'할 수 있다. 그 봉인을 깨기 위해 내가 이곳에 있으니까. 전에는 육체에 갇혀 있었기에 제약이 많았지만, 이제는 더이상 그렇지 않지. 이 상태라면 그들이 오기 전에 봉인을 깰 수 있다.'

시에셀은 결심을 하지 못하고 계속 원을 그리며 날고 있었다. 아침 햇살이 밝아오는 곳에서 불이 빠르게 다가오고 있었다.

'통과할 수 없어요.'

시에셀이 속삭였다.

'할 수 있다.'

목소리가 반복했다.

'하지만 다른 이들을 위해 먼저 넘어갈 자가 있어야 한다. 나를 믿어라, 시에셀. 그 희생은 헛되지 않을 게다. 가라, 떠나서 내 지시를 기다려라. 너희를 기다리고 있겠다.'

시에셀은 두 바퀴 더 돌았다. 그런 후 용기를 내어 마음을 다지고 비명과 함께 그 문을 넘어섰다……

마지막 순간, 잭은 크리스티안과 빅토리아를 싣고 공중으로 날아올랐다. 삐거덕거리는 소리에 돌아보니, 성벽의 일부가 그들 위로 무너져내리는 참이었다. 용은 필사적으로 날갯짓을 하여 세 사람을 납작하게 눌러버릴 듯한 커다란 돌덩이들을 피했다. 세 달을 향해 날아올라 그 저주받은 장소에서 멀어져갔다. 하지만 더 높이 올라갈 엄두는 나지 않았다. 동쪽에서 다가오는 불길이 하늘을 불태우고 있기 때문이었다.

그때, 불길의 도전에 맞서 돌아가고 있는 거대한 빛의 소용돌이가 보였다. 꼭 은하수의 축소판 같았다.

'저게 뭐지? 꼭 차원의 문 같아.'

우마둔으로 가는 문인가? 아슈란이 파멸한 지금, 셰크들이 돌아가는 건가? 하지만 우마둔으로 가는 차원의 문은 불의 봉우리 위에 있는데. 아니면 또다른 문이 있단 말인가?

소용돌이가 더 빨리 돌기 시작했고, 잭은 한 셰크가 불을 피해, 분노와 공포에 찬 비명을 지르며 그 중심으로 서둘러 향하는 모습을 보았다. 뱀의 몸이 순식간에 분해되었다. 잭은 놀라 숨을 헐떡였다.

그때 소용돌이 속에 이미지가 떠올랐다. 한순간에 불과했지만 그래도 그것은 잭의 망막에 분명하게 각인되었다. 별이 총총 떠 있고, 하나의 달이 환하게 비추는 풍경이었다.

이미지는 곧 사라져버렸고, 잭은 그게 자신의 상상일 거라고 생각했다.

스무 마리쯤 되는 다른 셰크들이 첫번째 셰크를 뒤따라 소용돌이 속으로 돌진하는 모습이 보였다. 이번에는 별 탈 없이 통과하는 듯했다.

등 뒤에서 쿵 하는 큰 폭발음이 들리자 잭은 방금 본 광경을 잊고 고개를 돌려 드락웰 탑이 화염 속에 타오르는 모습을 보았다. 열기가 급속도로 번져왔다. 잭은 아직도 위험에 처해 있음을 깨달았다.

더 빨리 날려고 애쓰는 사이, 등 뒤에선 드락웰 탑이 불지옥 속에서 타오르고 있었다. 크리스티안과 빅토리아를 그 불길에서 지키겠다는 일념에 잭은 앞발을 모아 웅크렸다.

그러나 점차 기운이 빠지면서 그는 서서히 의식을 잃어갔다. 알리스 리스반의 죽은 나무들 위로 곤두박질치기 시작한 그는 등을 대고 떨어져 자신이 보호하고 있는 연약한 두 사람이 충격을 피할 수 있도록 했다. 한쪽 날개가 부러진 잭은 고통스러워 고함을 질렀다. 하지만 크리스티안과 빅토리아는 아무 해도 입지 않고 그의 몸 위에서 살짝 튕겨났다. 잭은 미끄러지려는 두 사람을 앞발을 뻗어 잡았지만 둘은 손아귀를 빠져나가 그대로 바닥에 넘어졌다.

'빅토리아.'

충격으로 아직 멍한 채, 용이 생각했다. 곁에 쓰러진 빅토리아의 몸은 너무나 차가웠다.

'빅토리아, 안 돼.'

몸의 온기를 전달하기 위해 끌어안으려 했지만 자신의 몸집이 너무나 컸다. 그는 다시 인간으로 변신했고, 빅토리아를 어설프게 끌어당겨 있는 힘껏 안아주었다.

빅토리아는 반응이 없었다. 그녀의 몸은 여전히 차가웠다.

잭은 크리스티안이 힘겹게 두 사람이 있는 쪽으로 기어오는 걸 보고, 팔을 뻗어 빅토리아의 허리를 감쌌다. 잭은 그를 막으려 하다가 의식을 잃었다. 그의 뇌리에 마지막으로 떠오른 생각은 이것이었다.

'저리 가. 넌 너무 차가워.'

14

회복

샤일이 몸서리를 치며 말했다.

"차가워, 너무 차가워. 그리고 이마의 저 끔찍한 흔적은……"

그의 목소리가 갈라졌다. 사이세이가 위로하려는 마음으로 그를 안아주었다.

그들은 카슬룬 탑의 한 발코니로 나와 난간에 기대 있었다. 그 아래에서 잭은 셰시스와 함께 신들과 운명, 예언에 대한 대화를 나눴고, 그로부터 며칠 후 빅토리아가 잭과 크리스티안을 위해 싸우겠다는 의지를 거듭 표명했었다. 두 사람을 위해서.

하지만 샤일도 사이세이도 이런 일들은 전혀 알지 못했고, 아와 숲의 전투가 끝난 지 거의 이 주가 되어가는 지금까지도 그 동안 세 젊은이에게 일어난 일은 모든 사람들에게 여전히 미스터리로 남았다.

사이세이는 불과 몇 시간 전에 탑에 도착했다. 저항군에서, 누에보스 드라고네스에서, 마법종단에서…… 한마디로 말해 아슈란과 맞섰던 모든 싸움에서 살아난 사람들이 다시 한번 마법사들의 소유가 된 유니콘 뿔 모양의 이 탑에 모두 모였다. 마법사들은 여섯 신들에게 경배를 드렸다. 그렇다, 그들이 이긴 것이다. 하지만 그들에게는 비통한 승리일 따름이었고, 사랑하는 사람을 잃은 사람들에겐 특히 더 그랬다.

사이세이가 속삭였다.

"그애들이 드락웬에 있다는 걸 어떻게 알았나요? 잭이 살아 있다는 걸 어떻게 안 거죠?"

"잭이 보낸 소식을 갖고 도착한 사람이 있었어요. 아슈란을 섬겼던 마법사들 중 하나였지. 불행히도 너무 늦게 도착했지만…… 여러 가지 의미에서 말이오. 그렇지만……"

제 생명을 바쳐 하늘에 불을 지른 알레그라의 무시무시한 과업이 채 다 끝나기도 전에, 사람들은 셰크들이 이미 도망치기 시작했다는 사실을 깨달았다. 혼돈, 불신 그리고 셰크들이 물러갔다는 사실에 봇물 터지듯 기쁨이 넘쳐나는 가운데, 콰이다르는 이성을 유지하고 잭과 빅토리아를 찾아 드락웬 탑으로 동행할 마법사 무리를 뽑았다.

샤일이 사이세이에게 그때의 일을 설명했다.

"처음에는 그들과 함께 가야 할지 말지 망설였어요. 알렉산더를 숲에 풀어놓은 채로 놔두고 싶지 않았으니까. 하지만 드리아데들이 알렉산더가 아와 숲을 떠나 북쪽으로 갔다고 말해주더군. 내가 잘못한 건지도 모르겠지만, 먼저 잭과 빅토리아를 찾아야 한다는 생각이 들었소. 그애들끼리만 너무 오래 놔두었으니까. 살아 있는지도 궁금했고."

그는 잠시 입을 다물었다. 사이세이는 그가 계속 말하기를 참을성 있게 기다렸다.

"우리는 그 세 사람을 알리스 리스반에서 발견했어요. 드락웬 탑에서 멀지 않은 곳이었는데, 뭣 때문이었는지는 모르지만 탑은 이미 붕괴되었더군요. 난 그 순간을 결코 잊지 못할 거요."

그는 기억 속으로 빠져들며 심호흡을 했다.

잭, 크리스티안, 빅토리아.

엉망진창의 몰골로 상처입은 그들은 창백한 얼굴로 의식을 잃은 채 바닥에 나란히 누워 있었다. 두 소년이 빅토리아를 보호하듯 그녀를 사이에 두고 쓰러져 있었다. 빅토리아의 얼굴은 잭의 가슴에 기대어 있었고, 잭은 위를 보고 누운 채 빅토리아의 어깨에 팔을 두르고 있었다. 맞은편에 혼자 몸을 웅크리고 있던 크리스티안은 빅토리아가 사라지기라도 할까봐 두렵다는 듯 그녀의 허리를 껴안고 있었다.

샤일은 잠시 감동을 받아 그들을 지켜보았다. 그때쯤에는 다들 네크로맨서 아슈란이 파멸했고, 예언에 등장하는 세 영웅, 트리아다가 승리를 거두었다는 사실을 알고 있었다. 하지만 이제 막 이둔을 구해낸 그들 세 사람은 얼마나 연약해 보였던가.

대마법사가 크리스티안을 빅토리아에게서 떼어놓으려 했지만, 샤일은 지팡이로 대마법사를 저지하며 그를 진지한 눈길로 보았다. 그러자 콰이다르는 셋이 함께 있도록 그냥 내버려두었다.

마법사들은 먼저 잭을 깨웠다. 눈을 깜박이던 잭은 정신을 제대로 수습하지 못하면서도, 가장 먼저 빅토리아를 챙겼다.

그 다음, 마법사들은 크리스티안을 깨웠다. 그는 숨을 헐떡이며 막 악몽에서 깨어난 듯 파란 눈을 활짝 떴다. 그리고 벌떡 몸을 일으켜 마법사들을 놀라게 했다. 마법사들이 그를 빅토리아에게서 떼어놓으려 했지만, 그는 야생 고양이처럼 화를 내며 몸부림을 쳤다.

샤일은 그를 가만히 두라고 부탁했다. 크리스티안은 샤일을 보고도 알아보지 못하는 것 같았다. 잭보다는 먼저 정신을 차린 듯했지만, 여전히 혼란에 빠져 본능적으로 행동하고 있었다.

잭의 어깨에 얼굴을 파묻은 빅토리아는 마법사들이 아무리 흔들어도 깨어나지 않았다. 한 마법사가 결국 용기를 내어 빅토리아의 고개를 돌렸다. 달빛이 그녀의 얼굴을 비추자, 샤일의 입에서 공포에 찬 신음소리가 새어나왔다.

빅토리아는 도자기처럼 하얗게 질린 창백한 얼굴을 하고 있었고, 이마 한가운데 두 눈 사이에 무시무시한 구멍이 나 있었다. 그냥 파인 구멍도, 피가 흘러나오는 상처도 아니었다. 아무것도 없는 시커먼 원, 암흑의 고리 같은 어둠, 그 자체였다.

"그애한테서 뿔을 빼앗아갔소."

샤일이 목소리를 낮춰 설명했다.

"신이시여……"

사이세이가 겁에 질려 소곤거렸다.

"이걸 보고 누군가가 빅토리아가 죽은 것 같다고 말하더군요.

누군지는 잘 기억나지 않소. 이베르였는지, 대마법사였는지."

그가 고개를 들어 사이세이의 눈을 바라보았다.

"하지만 난 그렇지 않다는 걸 알았어요. 두 사람이 빅토리아를 안고 있는 모습을 보고 알 수 있었지. 잭과 크리스티안은 그 어떤 위험, 심지어 우리들의 끈질긴 시선으로부터도 빅토리아를 지켜냈으니까. 그들은 빅토리아가 살아 있다는 걸 알고 있었소. 그래서 나 역시 알 수 있었다오."

"그래서 이곳으로 데려온 거군요."

샤일이 한숨을 내쉬었다.

"당연하잖소. 카슬룬 탑은 커다란 유니콘의 뿔이니까. 이곳에서라면 그애를 좀더 잘 돌봐줄 수 있을 테고, 어쩌면 그애가 잃어버린 것을 찾을 수 있을지도 모른다고 생각했소."

샤일이 근심어린 표정으로 고개를 흔들었다.

"하지만 지금까지 아무 반응도 없고, 그저 생사의 갈림길에서 혼자 싸우고 있어요. 아마 다른 유니콘이었다면 이미 죽었을 거요. 빅토리아의 유니콘 영혼이 상처를 입었다는 데는 의심의 여지가 없고, 어쩌면 회복하지 못할 수도 있소. 하지만 인간의 영혼이 계속 싸우고 있는 셈이죠, 살아남으려고…… 잭과 크리스티안이 붙들고 있는 육체의 생명을 유지하려고."

"유니콘의 영혼이 몸을 포기하면 어떻게 되는 거죠?"

사이세이가 나지막이 물었다.

"인간의 영혼도 함께 앗아가고, 빅토리아는 죽게 되겠죠."

긴 침묵이 흘렀다. 사이세이가 다시 물었다.

"뿔을 빼앗은 게 아슈란인가요? 그게 과연 가능한가요?"

"모르겠소. 그리고 잭은 도통 그 이야길 하려 하지 않아요."

"잭은…… 괜찮아요?"

"괜찮아요. 탈진하긴 했지만. 상처도 빠르게 회복하고 있고, 셰크도 마찬가지고."

그는 불안한 기색으로 말을 끝맺었다.

"셰크가 여기 있군요."

사이세이가 나지막이 속삭였다.

"그래요, 그도 함께 데려왔소. 쉬운 결정은 아니었어요. 난 아직도 그를 어떻게 대해야 할지 모르겠으니까. 셰크가 잭을 죽이는 걸 내 눈으로 직접 봤는데, 지금 잭은 살아 있고, 아슈란은 죽었잖소. 그리고 잭 말로는 셰크가 게르데도 죽이고, 카슬룬 탑을 되찾았다고 하더군요. 아슈란에 대한 충성심은 어디로 갔는지, 정확히 뭘 원하는 건지 모르겠소. 하지만 빅토리아에 대한 마음은 이미 오래전부터 의심하지 않았소. 그래서 데려오기로 결정한 거요, 빅토리아 가까이 두려고. 빅토리아가 우리에게 돌아올 수 있다면 뭐라도 기꺼이 받아들일 테니까. 그 다음은…… 당신이 보는 바와 같아요."

"지금은 어디 있어요? 잭과는 잘 지내나요?"

"왔다가는 떠나고 해서, 통제하기가 어렵더군요. 하지만 빅토리아가 있는 방에서 보통 멀리 떨어져 있지는 않소. 진심으로 그 애를 걱정하고 있다는 생각이 들고…… 잭과 잘 지내는지는 모르겠군. 둘이 서로 참고 있다고 하는 게 낫겠군요. 아니면 너무

지쳐서 싸울 힘도 없던지. 잭에게 혹시 모르니 셰크를 주의하라고 했지만, 그건 지금 상황에서는 너무 많은 걸 바라는 거지요. 잭은 빅토리아에게서 한순간도 떨어지지 않으려 하니 말이오."

사이세이가 시선을 피하며 말했다.

"여교왕이 셰크와 이야기하고 싶어하셨어요."

"크리스티안하고? 뭐하려고요? 잠깐만," 그가 당황하여 말을 멈추었다. "여교왕이 여기 있다는 거요?"

"교왕도요. 당신이 걱정할까봐 말하지 않은 거예요. 모두 같이 도착했어요. 지금은 분명 콰이다르와 접견중일 거예요."

"빅토리아 때문에 온 거요?"

사이세이가 망설였다.

"한편으로는요. 하지만 다른 일도 있어요. 신탁이…… 꼭 미친 것 같아요."

샤일이 놀라 사이세이를 쳐다보았다.

"신탁이? 아와 신전의 신탁이 이제 다시 작동하는 거요?"

"멈춘 줄 알았는데, 갑자기 목소리들이 말을 하기 시작한 거예요. 칸타드 신전, 그리고 아와 신전의 소리들 말예요. 높고 빠른 목소리로 어찌나 많은 말을 하는지, 알아듣기 힘들 정도예요. '듣는 자' 들이 우리에게 알려준 바로는 그랬다고 하더군요."

샤일이 고개를 끄덕였다. 두 교단의 주요 신전에는 신탁의 홀이 있는데, 그곳에는 신비롭고 부드럽게 빛나는 아치형의 둥근 천장이 있었다. 바로 그 홀에 '목소리' 가 울려 퍼졌다. 샤일은 신탁의 소리를 듣기 위해 지은 그 건물에서 사제들이 어떻게 그 소리를 듣는지까지는 정확히 알지 못했다. 그것은 아주 조심스레 유지되고 있는 비밀이었다.

그 소리들, 혹은 소리의 파편들은 마치 천상의 소리처럼 신비롭게 속삭이듯이 울린다고 한다. 감이 너무 멀어 거의 들리지 않을 때도 있고, 선명하게 들린다 해도 그 메시지를 해석하기는 어려웠다. 그 때문에 '듣는 자' 들이 있는 것이다. 그들은 신탁의 목소리를 듣고, 그 뜻을 해석하며, 신들의 참된 메시지와 상관없는 단순한 속닥거림을 구별하기 위해 그 말을 기록하는 사제들이었다. 듣는 자들은 밤낮을 가리지 않고 신들의 목소리를 들으며 내내 그 홀에 머문다. 메시지가 아주 분명하여 의심할 바가 없고, 세 신전의 듣는 자들이 모두 비슷한 뜻의 말을 기록하면, 비로소 그것이 예언으로 인정되는 것이다. 잭과, 빅토리아, 그리고 나중에 크리스티안의 운명과 네크로맨서 아슈란의 삶과 죽음이 관계가 있음을 알린 그 예언처럼.

"당신 말은 그러니까?"

"신탁이 우리에게 외치고 있다는 거죠. 지금까지 이런 일은 단 한 번도 없었어요. 목소리들이 어찌나 큰지 듣는 자들이 견딜 수 없을 정도에요. 신전이 만들어진 이후 처음으로 아무도 그 소리를 제대로 듣지 못하고 있어요. 그들 중 셋은 귀머거리가 되었고, 둘은 미쳐버렸어요. 여섯째는 어찌나 겁에 질렸는지 다시는 그 방 가까이 가려고도 하지 않아요."

"모든 신들이……"

샤일이 작은 소리로 되뇌었다. 사이세이가 말을 이어갔다.

"교왕 말씀이, 신들이 우리에게 소리를 치는 게 아니라, 우리와 아주 가까이 있기 때문이라고 하시네요. 지금까지는 한 번도 없었던 일이래요. 그래서 신들의 목소리가 그처럼 선명하게 들린다는 거예요. 샤일, 무슨 일이 벌어지고 있는 거죠? 아슈란과 셰크들을 쳐부수었다고 우리를 칭찬하시는 걸까요? 그렇다면, 그 소리가 왜 그렇게 무시무시한 거죠?"

샤일이 고개를 가로저었다.

"모르겠소. 어찌 되었건 마음에 드는 게 하나도 없구려."

그가 진지하게 사이세이를 바라보면서 덧붙였다.

"만일 두 존자들이 콰이다르와 의논하러 온 거라면, 그분들은 사람을 잘못 고른 거요. 누군가 신들에게 무슨 일이 일어났는지 말해줄 수 있다면 그건 잭과 크리스티안 그리고 빅토리아겠지. 말을 할 수 있는 상황이라면 말이오. 예언을 완수한 건 그들이니 말이오."

사이세이가 생각에 잠긴 표정으로 고개를 끄덕였다.

"그래서 가에달루가 크리스티안과 이야기하려는 건가?"

샤일이 궁금해했다.

"아닐 거예요. 하지만 어쨌든 당신 말이 맞는 것 같아요."

사이세이가 결심을 한 듯 고개를 들었다.

"어디 가면 잭을 만날 수 있죠?"

샤일이 지친 미소를 지어보였다.

"빅토리아가 있는 곳. 거기 말고 어디겠소?"

"잭이 있는 곳으로 데려다줘요."

잠시 후, 두 사람은 빅토리아가 생사의 갈림길에서 싸우고 있는 방으로 들어갔다. 그 곁에는 여러 요정들과 두 명의 마법사, 위나 여신을 모시는 몇몇 여사제들이 있었는데, 어떤 의식을 치르고 있는 듯 보였다. 그러나 빅토리아는 그저 창백한 모습으로 누워만 있을 뿐이었다. 여전히 이마에 그 어둠의 구멍을 지닌 채. 주의 깊게 지켜보아야만 가슴이 아주 천천히 오르내리는 걸 알 수 있었다. 호흡이 어찌나 약한지 생명의 숨결조차 느껴지지 않을 정도였다.

빅토리아 곁에 앉은 잭은 요정들과 그들의 치유의식은 아랑곳하지 않고, 지친 표정으로 두 손에 얼굴을 묻고 있었다. 두 사람이 들어오는 소리에 고개를 들어올린 그를 보고 샤일은 잭이 어느 때보다도 진지하며 성숙해졌다는 걸 알았다. 창백한 얼굴과 눈 아래 생긴 시커먼 그늘을 보니, 한동안 잠을 자지 못한 듯했다.

하지만 사이세이는 그 이상의 것을 감지했다. 사랑하는 사람을 잃기 직전에 처한 사람이라면 누구나 느낄 고통과 고뇌, 두려움과 불안 외에도 잭의 가슴 속에서는 죄책감이 넘쳐나고 있었다. 천상족 여인은 잭이 빅토리아의 지금 상태에 책임을 느끼고 있음을 순간적으로 이해했다. 그렇지만 아무것도 묻지 않았다. 천상족들은 다른 사람들의 마음을 쉽게 읽을 수 있지만, 그 사실을 비밀로 간직해야만 한다는 것을 알고 있었다. 잭의 괴로움은 너무나 깊고 강해, 설사 그가 원치 않는다 해도 어쩔 수 없이 사이세이와 공유할 수밖에 없었다.

샤일은 잭의 어깨에 격려하듯 손을 얹었다.

"빅토리아는 좀 어때?"

잭이 작은 소리로 말했다.

"똑같아요. 적어도 더 나빠지지는 않았어요. 최소한 이곳에 있고, 심장도 계속 뛰고 있고……"

샤일은 심호흡했다. 그 역시 빅토리아의 얼굴을 쳐다보기가 힘들었다. 어린 소녀였을 때부터 그녀를 알았고, 커가는 모습, 여인으로 성장하는 모습을 지켜보았다. 그러나 아슈란이 그애에게서 가장 소중한 것을 빼앗아갈 때 그녀를 지키지 못했다.

'도대체 그동안 난 어디 있었던 거야?'

샤일은 비통한 마음으로 자문해보았다. 그는 다리 하나를 잃었지만, 빅토리아는 뿔을, 그녀 안에 깃든 유니콘의 본질 자체를 잃어버린 것이다. 알렉산더는 가장 중요한 인간성의 일부를 잃었고, 평소의 그로 어느 정도 돌아온다 해도 예전 같을 수는 없을 터였다. 친동생을 살해한 다음에는 절대 그럴 수 없으리라.

그리고 알레그라는…… 알레그라는 자신의 생명을 바쳤다. 잭 역시 한 번 목숨을 잃지 않았던가. 샤일은 우려가 깃든 눈길로 잭을 보았다. 그는 잭이 죽는 장면을 보았다. 그런 부상을 입고, 그렇게 추락한 후라면 누구도 살아날 수 없었을 것이다. 저 아이가 정말로 잭일까?

하지만 그의 초록색 눈은 아무리 피곤해도 빅토리아에게서 한 치도 눈길을 떼지 않고 있었다. 더이상 아무 의심도 할 수 없다. 빅토리아를 저런 식으로 바라보는 건 오로지 잭뿐이니까.

그는 잭의 어깨를 살포시 눌렀다.

"괜찮다면 잠깐…… 사이세이가 너와 말을 좀 했으면 하는데."

잭이 사이세이를 돌아보았다. 처음으로 그녀를 알아본 듯했다.

"아, 안녕하세요. 다시 만나 반가와요."

천상족 여인이 미소를 지었다.

"우리는 모두 네가 죽은 줄 알았어. 무사하다니 기적이야."

잭은 불편한 듯 고개를 돌릴 뿐 아무 말도 하지 않았다. 샤일은 잭이 어떻게 하여 죽음의 왕국에서 돌아왔는지 말하지 않으리라는 걸 알고 있었다. 그는 아무에게도 그 이야기를 하지 않았다. 아마도 빅토리아, 그리고 어쩌면 크리스티안을 빼고는.

샤일은 생각했다.

'알렉산더에게라면 진실을 말했을지도 모르겠군.'

"잠깐 시간 좀 내줄래?"

마법사가 다시 부탁했다.

잭은 망설이며 빅토리아를 바라보고는 고개를 끄덕였다. 결의에 찬 표정으로 일어나 빅토리아의 차갑고 창백한 뺨을 한 번 부드럽게 어루만지고는 샤일과 사이세이를 뒤따라 방을 나갔다. 그러나 멀리 갈 생각은 없는 듯, 복도로 나오자 문 옆에 있는 벽에 바로 몸을 기댔다.

사이세이는 잠깐 망설이다가 신탁의 새로운 목소리에 대한 이야기를 전부 들려주었다. 잭의 얼굴이 점점 더 어두워져갔다. 좋은 징조 같지는 않았다.

사이세이가 말을 마치자, 잭은 결심한 듯 몸을 세웠다.

"존자들과 높은 등급의 마법사들에게 모이라고 하세요. 코반과 덴얄도 참석했으면 해요."

샤일이 말했다.

"두 사람은 탑에 없어. 셰크들을 사냥하러 나갔다."

잭이 화난 듯 눈을 가늘게 뜨며 어두운 표정으로 말했다.

"셰크들은 이미 전쟁에서 졌잖아요."

그러고는 뒤돌아서 아래쪽 복도로 멀어져갔다.

"어디 가는 거니?"

"크리스티안을 찾으러 가요. 그 역시 꼭 참석해야만 해요."

"우리가 찾는 게 낫지 않을까?"

"못 찾으실 거예요."

잭이 사라지자 샤일과 사이세이는 눈길을 주고받았다.

"많이 변했어."

샤일이 걱정스럽게 말했다.

"우리 모두 변했죠."

사이세이가 조용히 대답했다.

사이세이가 손을 잡자 샤일도 다정하게 그 손을 맞잡았다. 두 사람은 그렇게 잭의 부탁을 들어주러 갔다.

모든 이들이 카슬룬 탑의 큰 홀에 모였을 때는 이미 첫 태양이 저물었다. 여교왕은 신탁에 대한 정보를 모든 사람들과 나누는 것이 썩 내키지 않았지만, 하딘과 잭은 공개해야만 한다고 주장했다. 가에달루의 생각과 현재 일어나고 있는 일들에 대한 하딘의 보고가 끝나자, 잭이 자리에서 일어나 테이블 위에 손을 짚고 모두에게 강렬한 눈길을 던졌다. 그의 눈이 잠시 키마라에게 머물렀다. 그녀는 높은 등급의 마법사는 아니었지만, 잭의 요청으로 회의에 참석하고 있었다.

며칠 전 두 사람의 재회는 감동적이었었다. 키마라는 잭이 정신을 차린 직후에 카슬룬 탑에 도착했다. 두 사람은 잠시 서로 쳐다보고 따뜻한 포옹을 나누었다. 잭은 그제야 분명히 이해할 수 있었다. 자신이 이 혼혈 얀을 친구처럼, 혹은 동생처럼 좋아하지만, 그뿐이라는 것을. 잭은 키마라가 그의 어깨에 기대어 그를 다시 찾은 행복에 한동안 울도록 내버려두었다. 잭은 그녀를 위로하며 안아주었고, 키마라가 몸을 떼고 눈물을 닦으며 그를 쳐다보자, 다정하게 미소를 지었다. 키마라는 잭이 자신을 사랑하지 않는다는 것을 알고 있었다. 하지만 그의 죽음을 슬퍼하며 수많은 세월을 울며 지낸 터라, 그가 여전히 살아 있다는 사실만으로도 지금까지의 절망을 충분히 보상받았다.

키마라는 지금, 카슬룬 탑에서 빅토리아에게 무슨 일이 일어날지 기다리고 있었다. 원래대로라면 마법 연구를 계속해야 했지만, 대부분의 마법사들이 최후의 유니콘을 살릴 길을 찾느라 바빴고, 그래서 지금 그녀가 할 수 있는 일은 별로 많지 않았다. 그녀는 가끔씩 타나웨의 인조 용을 그리워하고 케스트라를 떠올리며, 비록 앞으로의 미래는 마법과 관련된 일이겠지만, 그래도 꼭 다시 용을 조종할 거라고 스스로 다짐했다.

잭이 말했다.

"여러분께 드릴 말씀은 특히 받아들이기가 어려운 일일 겁니다. 바로 제 말을 믿어달라고 하지는 않겠습니다. 그리고 이 모든 일에 의미를 부여하기를 원치도 않습니다. 단지 제 말을 잘 기억하고, 생각할 여유를 가지시길 바라는 겁니다."

몇몇 사람은 젊은 청년의 목소리에 깃든 권위에 인상을 찡그렸다. 하지만 잭의 목소리와 침착하고 단호한 표정, 존경을 불러일으키는 눈빛에는 단순한 권위의식을 뛰어넘는 뭔가가 있었다.

잭은 심호흡을 하고 셰시스에게 배운 모든 것을 이야기했다. 우마둔의 창조와 파괴의 역사, 일곱 신들의 영원한 싸움, 용과 셰크들의 존재의미와 이 두 종족 중 하나가 완전히 전멸하기 전에는 증오심에서 벗어날 수 없다는 것까지. 그리고 예언과 셉티모 신의 목소리에 대해 말했고, 셉티모 신이 크리스티안을 끼워넣어 모든 일을 어떻게 자기에게 유리하게 만들어갔는지를 설명했다. 세 사람이 아슈란과 대결하러 갔던 이야기도 했지만, 세세한 부분까지 말하지는 않았다. 네크로맨서의 죽음과, 그럴 의도는 없었지만 그들이 풀려나게 한 어둠의 그림자에 대한 것으로 이야기를 마무리 지었다.

그리고 그것이 의미하는 바가 무엇인지도.

긴장과 함께 그 말을 선뜻 믿지 않으려는 듯한 침묵이 흘렀다.

가에달루가 말했다.

'방금 네가 이야기한 모든 게 우리 믿음과 상충된다는 것을 아느냐?'

잭은 고개를 가로저었다.

"오히려 그 반대죠. 모든 일이 무시무시하게도 새로운 의미를 띠게 된 건 사실이지만, 사제들이 가르친 것과 많은 면에서 일치하고 있습니다."

"그렇다면, 네 말은 아슈란이 온전한 인간이 아니었다는 말이냐? 아슈란이 셰크들의 창조자이자 이둔의 평화를 언제나 위협해온 사악한 그림자인 바로 그 셉티모 신이었다고?"

잭이 어두운 표정으로 대꾸했다.

"모두가 이둔의 평화를 위협해왔다고 말씀드려야겠네요. 셉티모 신과 다른 여섯 신들 모두요. 하지만 그래요, 아슈란이 셉티모 신이었어요. 아니 어쩌면 셉티모 신이 아슈란 안에 살고 있었다고 말할 수도 있겠네요."

누군가가 소리쳤다.

"저애가 거짓말을 하는 거야! 신을 이길 수는 없어!"

"우리는 그를 이긴 게 아닙니다. 제가 말씀드리려는 게 그거예요. 단지 그의 육신을 감싸고 있던 포장, 이 세상에 알려져 있던 그의 외면을 파괴한 것뿐이지요. 무슨 말인지 아시겠어요? 그는 여섯 신과 맞서기 위해, 네크로맨서 아슈란이라는 인간의 모습으로 이 세상에 다시 온 거였어요. 신들과 비슷한 힘을 지닌 인간의 모습으로. 그러나 육체의 불완전함 때문에 제약을 받은 것이죠. 그는 이곳에 있는 동안 내키는 대로 이둔을 통치할 수 있었고, 그래서 여섯 신들은 개입할 수 없었던 겁니다. 그래서 신들이 우릴 보낸 거죠. 예언을 통해 아슈란의 육신을 파괴하고 셉티모를 자유롭게 하여 정면대결을 벌이도록 말입니다. 그리고 그 일이 일어나자 여섯 신들은 다시 그들의 계획대로 셉티모 신과 대결을 벌일 수 있게 된 거예요."

하딘은 두 손으로 얼굴을 감싸며 정보를 소화하려고 애썼다. 그러더니 고개를 들어 잭을 바라보았다.

"여섯 신들이 셉티모 신과 대결을 벌일 거라는 말이냐? 그건 좋은 소식이군. 아주 까마득한 옛날에 그랬던 것처럼 우리 세계에서 악을 쫓아버릴 수 있겠구나."

잭이 고개를 가로저었다.

"이미 여러분은 신들의 목소리만으로도 겁에 질렸잖아요. 정말로 우리 가운데 직접 내려온 신들을 보고 싶으신가요? 개인적으로 저는 그러고 싶은 생각이 별로 없습니다.

그래요, 여섯 신들은 셉티모 신과 싸우기 위해 강림할 테고, 그와 동시에 우리 모두를 파괴하고 말 겁니다."

짧은 순간 침묵이 감돌았고, 홀에서는 의견과 놀람, 불만에 찬 목소리들이 터져나왔다. 모두 잭의 말이 무슨 의미인지 입씨름했다.

잭은 그들의 말에 주의를 기울이지 않았다. 고개를 든 그는 어두운 구석에서, 거짓말처럼 평온한 자세로 벽에 기댄 그림자를 보았다. 그는 내내 미동도 않다가 잭의 시선을 느끼자 몸을 일으켜 말 한마디 하지 않고 고양이처럼 살그머니 방을 나갔다.

잭은 한숨을 쉬고 사람들 사이를 헤치며 출구로 나가려 했다. 샤일이 그를 가로막고 심각한 표정으로 그를 쳐다보았다.

"네가 말한 모든 이야기가 사실이니?"

잭이 지친 미소를 지어 보이며 대답했다.

"네, 유감이지만 그래요."

얼굴이 창백해진 마법사는 아무 말도 하지 않았다.

그들이 분분히 의견을 나누기 시작하자 잭은 복도로 나왔다. 예상대로, 크리스티안은 자리를 뜨고 없었다.

잭은 오래전 셰시스와 대화를 나누었던 바로 그 조망대로 나왔다. 이제 그녀는 없다. 그녀가 포석 위에 두 번 다시 똬리를 틀 수 없게 된 지금, 잭은 셰시스가 몹시 그리웠다. 그는 그 자리에 잠시 머물며 여러 가지 의미에서 자신의 스승이었던 그녀를 떠올렸다. 셰시스는 그에게 용이 되는 법과 셰크에 대해 가르쳐주었다.

고개를 들자 크리스티안의 그림자가 있었다. 두 사람이 시선을 주고받았다.

"다들 받아들이기가 꽤 힘들 거야."

잭이 한마디 했다. 크리스티안이 눈을 가늘게 뜨며 나지막이 물었다.

"그럼 너는? 넌 힘들지 않았어?"

잭은 바로 대답하지는 않았다.

"생각보다는 많이."

"네게 그 모든 걸 가르쳐 준 게 그녀였지, 그렇지? 오직 셰크들만 아는 것들을 가르쳐준 게 말이야."

잭이 고개를 끄덕였다.

"하지만 그녀도 아슈란의 진짜 정체에 대해서는 전혀 몰랐지. 아슈란은 세스하크에게만 밝혔을 테고. 안 그래?"

"나 역시 몰랐어, 네가 말하는 그런 존재인 줄은."

"그럴 줄 알았어."

짧은 침묵이 흘렀다. 잭이 작은 소리로 말했다.

"아슈란은 나를 죽일 수도 있었어. 세상에 남아 있는 최후의 용을 죽이고 여섯 신들과의 전쟁에서 이길 수 있었다고. 그게 마법사를 생성할 수 있는 힘을 얻는 것보다 더 중요한 거 아닐까? 우리가 생각하지 못하고 놓친 게 뭘까?"

크리스티안이 말했다.

"모르겠어. 나한테 이 모든 일의 의미를 찾으라고 하지 마. 이미 그런 건 포기한 지 오래됐으니까."

"네 말이 맞을지도 모르지. 그 모든 일을 겪고도, 아슈란의 행동과 동기를 이해할 수 없으니. 그가 신이었을지도 모른다는 짐작만 빼고는 말이야."

크리스티안이 대꾸했다.

"하지만 그가 인간에 불과했던 때도 분명히 있었을 거야."

"그게 궁금하니? 네가 정말로 누구의 아들인지 알고 싶은 거야? 아슈란인지, 세스하크인지…… 아니면 셉티모 신인지."

크리스티안이 작은 소리로 말했다.

"아버지가 너무 많군. 단순히 누군가의 아들이 아니라, 나는 그냥 지금의 나 자신이면 좋겠는데. 뭐, 가끔은 내가 누구인지 잘 모를 때도 있긴 하지만."

"네가 그런 식으로 말하는 걸 들으니 어쩐지 낯선데."

크리스티안이 잭에게 얼음 같은 눈길을 고정했다.

"왜? 생각해봐, 잭. 우리 둘은 삶에서 어떤 목적, 임무를 지니고 있었지. 난 내 임무에 실패했고, 넌 임무를 완수했어. 하지만 지금 우리 둘은 같은 처지잖아. 이제 뭘 해야 하는 거지? 우리의 역할, 우리 존재의 의미는 뭘까?"

잭이 어깨를 으쓱했다.

"아마도, 살아가는 것? 신들과 대결할 수는 없어, 크리스티안. 그건 너무 어마어마한 일이야. 그리고 난 싸우는 데 지쳤어. 아무 의미도 없는 전쟁에서 계속 싸우고 싶지 않아."

"하지만 우리는 싸우기 위해, 서로 미워하기 위해 만들어졌잖아. 그 이상의 뭔가가 과연 존재할까?"

잭이 크리스티안을 쳐다보았고, 용의 불이 초록색 눈 뒤에서 한순간 이글거렸다.

"우리는 사랑할 수도 있어."

잭은 그저 이렇게 말할 뿐이었다.

크리스티안의 얼음 눈에서 따뜻한 불꽃이 반짝하고 빛났다. 그가 급히 고개를 돌렸지만, 잭은 빅토리아 때문에 그가 겪고 있는 괴로움을 한순간 엿볼 수 있었다. 그 역시 나처럼 죄책감을 느끼나보다, 라고 잭은 생각했다.

크리스티안은 난간에 기대어 창공을 주재하는 세 달을 힐끗 쳐다보았다.

"이 탑이 절반쯤 비어 있을 때가 좋았는데. 우리 셋만 있을 때 말이야."

잭이 말했다.

"빅토리아가 죽게 내버려두지 않을 거야."

"나도 그래. 하지만 우리가 뭘 할 수 있을지 모르겠다."

잭이 심호흡을 했다.

"모두 그녀를 위해 애쓰고 있어. 모든 종족의 마법사들, 사제들이 빅토리아를 살리려고 날마다 온갖 의식과 주문을 시험해보고 있어. 하지만 내가 보기엔 뿔이 없으면 그녀를 되살릴 길은 없는 것 같아. 그래서 콰이다르는 뿔을 되찾을 수 있을지, 아니면 다시 생기게 할 방법이 있는지 찾아보는 중이야. 적어도 아슈란이 그 뿔로 뭘 했는지 그것만이라도 알 수 있다면……"

크리스티안은 아무 말도 하지 않았다. 잭이 말을 이었다.

"설사 뿔을 되찾아온다 해도, 다시 그애에게 이식할 수 있는지도 모르겠어. 어떤 위험을 감수하고라도 다시 찾을 각오는 되어 있지만, 지금은 단 한순간도 빅토리아 곁을 떠나고 싶지 않아."

크리스티안이 그를 쳐다보았다.

"네 친구 알렉산더를 찾으러 가진 않을 거야?"

잭의 얼굴이 일그러졌다.

"지금은 아니야. 빅토리아를 이런 상태로 두고서는 못 가."

긴 침묵이 감돌았다.

"그럼 네 말은 내가 뿔을 찾으러 가야만 한다는 건가?"

잭이 고개를 들어 무척 진지한 표정으로 쳐다보았다.

"그냥 제안일 뿐이야. 어차피 조만간 넌 이곳을 떠나야만 할 테니까. 일이 더 안 좋게 돌아가기 전에."

그는 아무 말도 덧붙이지 않았지만, 두 사람은 그게 무슨 말인지 알고 있었다.

아슈란이 쓰러진 이후에도 셰크들은 완전히 사라지지 않았고, 많은 이둔인들은 그 때문에 실망했다. 대부분의 셰크들은 콰이다르와 알레그라가 만들어낸 불의 마법에 걸려 죽었다. 일부는 우마둔으로 피신하기 위해 화산 속 불구덩이를 건너가기도 했고, 또 몇몇은 차원의 문을 통해 다른 곳으로 빠져나가기도 했다. 이제 잭은 자신이 본 것이 혼자만의 상상이 아니라고 확신했다. 다른 사람들도 그 모습을 보았기 때문이었다.

하지만 아직도 이둔에는 셰크들이 남아 있었다. 대부분 산속이나 좀더 한적한 지역으로 피했지만, 명백한 사실을 받아들이기를 거부하는 뱀들도 있었다. 수슈의 경우가 그랬다. 카슈타르 지역을 다스리던 이 셰크는 아직도 사막 주민들에게 자신의 법을 강요하고 있었다. 그는 어쩔 수 없이 후퇴했고, 이전에 비해 절반밖에 안 되는 영토로 만족해야 했지만, 그래도 아직도 그곳을 지배하고 있었다.

시슈들에게도 비슷한 일이 일어났다. 그들 대부분은 이둔에 남은 셰크의 주위에 머물렀고, 자기들끼리만 남아 있거나, 반란군들에게 살해당하기도 했다. 셰크들의 영향력이 미치는 지역에 이르러서야 그들은 안전하고 무사하다는 느낌을 받았다.

사람들은 이둔에 여전히 뱀들이 남아 있다는 사실에 많은 의문을 제기했다. 아슈란이 무너지면 셰크들을 다시 한번 추방할 수 있을 거라고 여겼던 것이다. 잭에게 넌지시 잔류하고 있는 놈들을 이둔에서 추방하거나 죽이는 임무를 떠맡으라고 권유하는 사람들도 있었다. 그게 용으로서의 그의 책임이라는 것이었다.

하지만 잭은 뱀들을 사냥하러 가는 데 전혀 관심이 없었다. 사람들은 잭이 너무 지쳤거나, 빅토리아에 대한 걱정 때문에 용의 본능에 따르는 데 관심이 없는 거라 여겼고, 모든 게 정상을 되찾으면 최후의 용이 이둔 구석구석 손이 닿지 않는 곳에 숨어 있는 셰크들을 처단하리라 생각했다.

누군가는 아슈란의 계승자가 아직 살아 있기 때문에 셰크들이 물러가지 않는 거라고 떠들기 시작했다. 잭도 그 소문을 들었고 크리스티안 역시 이를 알고 있을 거라고 확신했다.

많은 사람들이 이둔에서 뱀들을 몰아내기 위해 네크로맨서의 아들을 희생해야만 한다고 생각하고 있었다. 심지어 카슬룬 탑에 거주하는 사람들까지도.

잭이 솔직히 털어놓았다.

"누군가 널 죽이려 덤비는 건 이제 시간문제야, 크리스티안."

"해보라지."

크리스티안이 웃었다. 잭은 그런 그를 진지하게 바라보았다.

"그렇게 가볍게 여겨선 안 돼. 넌 무적이 아니잖아."

크리스티안이 눈길을 마주보았다.

"아, 그래? 나를 해칠 만한 힘을 가진 게 대체 누구지?"

두 사람은 위험한 게임을 벌이기 시작했다. 결과는 생각도 않은 채. 그렇게 해서라도 괴로움과 고통을 몰아내야 했기 때문이었다.

"나일 수도 있지."

잭이 그의 도발에 응하듯 대꾸하고, 크리스티안을 노려보았다.

"네가 죽으면 다른 뱀들이 자신들이 왔던 곳으로 돌아갈 거라는 말이 사실이야?"

셰크가 무서운 미소를 지어 보였다.

"어디 한번 확인해보지 그래?"

잭의 얼굴이 험악해졌다.

"날 뭘로 여기는 거야? 난 널 죽일 수 있다고. 잘 알 텐데."

"지난번에 널 죽인 게 바로 나였다는 사실을 상기시켜주지."

"그렇다면 이제 복수할 때가 됐군, 안 그래?"

잭은 도미바트를 칼집에서 꺼냈다. 친구들 사이에서 안전하게 지내는 지금도 그는 칼을 떼어놓은 적이 한 번도 없었다. 오랜 시간을 도망치고 싸우고 피신하면서 이제는 무장을 하는 게 바꾸기 힘든 습관이 되었다.

크리스티안도 지체하지 않고 하이아스를 꺼냈다. 두 사람은 고함을 지르면서 서로에게 달려들었고, 이제껏 수도 없이 그랬던 것처럼 불과 얼음은 또다시 사투를 벌이며 대결했다.

검이 부딪히는 소리에 탑 안에 거주하는 모든 사람들이 놀라 달려나왔다. 사람들이 소리를 질렀고, 힐끗 곁눈질한 크리스티안은 곧 그들에게 방해받을지도 모른다는 것을 깨달았다. 그는 하이아스를 한쪽에 던져버리고 셰크로 변신했다. 하늘로 날아오른 그는 잭의 몇 미터 위에 멈춰 독니를 드러내며 쉭쉭거리는 성난 소리를 질렀다. 잭도 도전을 받아들여 변신을 했다.

잠시 후, 두 경이로운 생물은 카슬륜 탑 하늘에 정지한 채 날개와 앞발과 독니가 맞부딪치는 혼돈 속에 싸움을 벌였다. 많은 사람들이 무슨 일인가 싶어 창문과 발코니로 나왔다. 모두들 그가 바로 얀드라크, 최후의 용이라는 걸 알고 환호와 격려를 쏟아냈다. 하지만 그와 싸우고 있는 셰크가 네크로맨서의 아들 키르타슈라는 걸 아는 사람은 거의 없었고, 아는 이들조차도 눈앞에 펼쳐진 일이 대체 무슨 일인가 싶었다.

키마라는 샤일, 사이세이와 조망대에 함께 자리했다. 그녀가 두 사람을 재촉했다.

"뭔가 해야만 해요! 그가 잭을 죽일 거예요!"

하지만 샤일은 미간을 찌푸린 채 그 장면을 보기만 했다. 별로 걱정하지 않는 표정이었다. 키마라가 소리를 질렀다.

"잭을 죽일 거예요, 샤일! 지난번처럼 말이에요!"

마법사가 고개를 가로저었다.

"아니, 지난번 같지는 않을 거야. 용은 불을 뿜지 않고, 뱀도 물려고 하지 않아. 서로 죽이고 싶지 않은 거야."

키마라가 거칠게 샤일을 돌아보았다.

"어떻게 그렇게 자신하죠? 기회가 주어지면 셰크가 물지 않을 거라고 어떻게 알아요? 어떻게 믿을 수 있냐고요?"

샤일은 대답할 틈이 없었다. 바로 그때 두 생물이 날개를 움직일 여지도 없이 서로 뒤얽힌 채 바다로 떨어졌기 때문이었다. 조수가 밀려오고 있었고, 달을 향해 솟구치는 무시무시한 파도에 부딪힌 충격은 엄청났다. 모든 사람들의 입에서 놀란 비명이 터져나왔다.

그때, 셰크가 수면으로 다시 나왔다. 그가 힘차게 날개를 퍼덕이며 솟아오르자, 그 뒤로 용이 육중한 몸통을 끌고 나오는 게 보였다. 파도가 막 절벽에 부딪히려는 틈을 타, 뱀은 다시 날아올라 단단한 육지에 내려앉았다. 용도 그 옆에 육중하게 착지했다.

키마라는 뒤돌아 조망대에서 달려나갔다.

잭이 천천히 눈을 떴다. 다시 인간으로 돌아와 있었다. 옆에 있는 크리스티안도 마찬가지였다. 둘은 흠뻑 젖어 기진맥진했지만 그래도 기분은 훨씬 더 좋아졌다.

크리스티안이 힘들게 말했다.

"봤지? 너는 날 이길 수 없어."

잭이 미소를 지었다.

"너도 날 이길 수 없지."

두 사람은 잠시 입을 다물었다. 그때 탑에서 고함소리가 들려왔다.

잭이 몸을 일으키려고 애쓰며 중얼거렸다.

"별로 현명한 일이 아니었어. 이제 사람들은 네가 날 또다시 죽이려 했다고 생각할 거야."

자리에서 일어선 크리스티안은 탑에서 다가오는 사람들을 힐끗 쳐다보았다.

"내가 안 그랬던 것 같아?"

그가 부드럽지만 위협적인 어조로 말했다.

잭이 어두운 표정으로 그를 돌아보고는 곧바로 미소지었다.

"날 속일 수는 없어. 넌 독을 사용하지 않았잖아."

크리스티안이 어깨를 으쓱했다.

"너를 죽이면 골치가 아플 거라는 걸 알고 있으니까. 지금은 널 살려두는 게 더 편하거든."

"잭!"

별안간 멀리서 목소리가 들려왔다.

"잭, 괜찮아?"

잭이 돌아보자, 키마라가 방금 벌어진 싸움의 결과를 걱정하며 전력으로 달려 도착했다.

"저 사람들한테 뭔가 해명을 해야 할 것 같은데, 안 그래?"

잭이 걱정하며 한마디했다.

대답이 없었다. 돌아보니, 늘 그랬듯이 셰크는 아무 말도 없이 자리를 떠난 후였다.

빅토리아 곁으로 돌아간 그는 몇 시간을 곁에 머물며 작은 변화라도 일어나기를 기다렸다. 하지만 빅토리아는 여전히 아무 반응이 없었다.

잠시 후, 누군가 코반이 돌아왔다고 알려주었다.

잭은 한숨을 내쉬고, 빅토리아를 지키던 방에서 나와 코반을 만나러 갔다.

서로 불과 며칠 전에 알았지만, 이미 두 사람은 좋은 친구가 되었다. 연로한 기사단 군장은 알렉산더를 떠올리게 하는 친숙한 구석이 있었고, 함께 있으면 기분이 좋아졌다. 그렇지만 의견의

의치를 보지 못한 부분들도 있었다.

일단 아슈란의 위협이 사라지자, 코반은 누르곤의 옛 기사단을 다시 일으키자고 제안했다. 이번에는 요새를 더 크게 재건할 것이고, 젊은 기사들을 새롭게 수련시킬 것이다. 잭을 염두에 두고 한 말이었지만, 잭은 아직 결정을 내리지 않았다. 지난날, 알산이 지키던 기사단의 원칙을 지지하고 존중했지만, 이제는 사물을 다른 시각에서 바라보게 되었다. 기사들은 뱀들을 무차별적으로 처단해야 한다고 믿었다. 잭과 샤일 때문에 크리스티안이 탑에 있는 걸 허용할 뿐이었다.

하지만 잭은 코반이 이끄는 몇몇 전사들과 마법사들이 가끔씩 셰크 사냥을 나가는 것까지 어찌할 수는 없었다. 설사 속으로는 그 일을 십분 이해하고, 용의 본능이 그 일에 가담하라고 독촉해도, 잭은 한 번도 그 원정에 참가하지 않았다.

이번에는 잭이 코반을 찾아 나왔다. 사냥꾼 무리가 북쪽 난델트 지역을 돌며 여러 날을 보내고 돌아왔던 것이다.

"알렉산더 소식은 있나요?"

호감 어린 인사를 주고받은 후 기사단 군장에게 물었다. 코반이 고개를 가로저었다.

"전혀. 나나이에 가려고 얼음고리 산맥으로 접어든 게 아닌가 싶다. 그런데…… 모르겠다, 잭. 거긴 아주 위험한 길이지. 아무리 알렉산더 같은 사람이라도 말이다."

잭은 아무 말도 하지 않았다.

코반은 새로운 소식들을 들려주었다. 슈르 이카일을 지나왔는데, 야만족들은 아와 숲의 전투 이후 재정비를 하는 중이고, 다 모이면 누에베 클라네스의 새로운 군주를 뽑을 예정이라고 한다.

또한 아디르 강 수원지 근처에서 암컷 셰크를 몰아붙였다는 말도 해주었다.

코반이 투덜거렸다.

"그 빌어먹을 셰크가 우리한테서 빠져나갔지 뭐냐. 놈을 없앨 정도로 아주 가까이 있었는데."

"자세히 듣고 싶진 않아요."

잭이 조금 딱딱한 어조로 말을 잘랐다. 코반이 인상을 쓰며 쳐다보았다.

"용들은 셰크를 죽이는 걸 좋아하는 줄 알았는데."

"그래요. 하지만 그건 자랑스러워할 일은 아니에요."

그는 작별의 손짓을 하고 뒤돌아서서 빅토리아가 있는 방으로 돌아갔다.

계단을 올라가던 그는 초조해하는 한 인물과 마주쳤다. 그녀의 붉은 눈이 다급하게 번득이고 있었다.

"잭! 널 찾고 있었어."

"무슨 일이야, 키마라?"

잭이 그녀를 진정시키려 했다. 굉장히 걱정스러워 보였다.

"네가 와봐야겠어. 빅토리아가…… 어서."

잭은 전기에 감전이라도 된 듯 몸을 꼿꼿이 세웠다.

"무슨 일이야?"

질문하는 목소리에 두려움이 묻어났다. 잠시나마 빅토리아를 혼자 남겨둔 자신을 욕한 잭은 성큼성큼 뛰어 계단을 올라가기 시작했다. 키마라는 잭을 붙잡아 세우며 설명했다.

"셰크가 빅토리아랑 같이 있어."

"크리스티안이 같이 있다고?"

잭은 긴장을 풀었다. 네크로맨서의 아들이 빅토리아의 곁을 지켜도 안전하다는 사실을 잘 알고 있는 사람은 몇 안 되었는데, 잭도 그중 하나였다.

신경이 곤두선 키마라가 얀 족 특유의 빠른 말을 쏟아냈다.

"빅토리아에게이상한주문을걸고있어. 저주를하는것같아."

"진정해. 그는 빅토리아를 해치지 않아."

키마라의 눈이 성이 나 반짝했다.

"무슨 말이야? 그 못된 놈이 널 거의 죽일 뻔했잖아!"

잭은 심호흡을 했다. 마법사들이 제공해준 견습생 튜닉을 입고 있는 그녀의 모습은 여전히 낯설었다.

"내가 보러 갈게."

그가 키마라를 진정시키며 말했다.

"같이 가."

"그럼 조용히 가자. 두 사람을 방해해서는 안 되니까."

키마라는 이해할 수 없다는 듯 잭을 쳐다보았지만 아무것도 묻지 않았다.

그들은 여러 층을 올라가 빅토리아의 방에 이르렀다. 잭은 키마라를 복도에서 제지하며 들어서지 못하게 했다. 두 사람은 벽에 바짝 붙어 말소리를 들었다.

마치 낮은 속삭임처럼, 빅토리아의 귀에만 대고 부르는 노랫소리 같은 셰크의 말이 들려왔다. 키마라는 그 말을 이해할 수 없었다. 하지만 잭은 슬며시 미소를 지었다.

"저주는 아니야."

그가 키마라에게 소곤거렸다.

"그럼, 뭐야?"

키마라도 잭처럼 목소리를 낮추며 물었다. 잭의 미소가 더 커졌다.

"사랑의 노래야."

키마라는 어리둥절해하며 쳐다보았다.

"그럴 리가 없어."

"두 사람을 봐."

두 사람은 눈에 띄지 않도록 살며시 몸을 내밀었다. 엿보는 건 잘못이라는 느낌이 들었지만 그래도 그 장면을 지켜보았다. 크리스티안은 빅토리아에게만 눈길을 주고 있었다. 빅토리아는 여전히 창백한 얼굴로 누워 있었고, 이마에는 그 끔찍한 구멍이 난 채, 미동도 않고 있었다. 크리스티안이 무한한 애정으로 그녀를 품에 안아 흔들며, 오래전 그녀를 위해 만든 노래를 부르고 있었다.

서서히 크리스티안의 목소리가 잦아들었다. 하지만 그는 계속 빅토리아를 끌어안고 있었다. 잭은 문득 빅토리아가 죽으면 셰크가 어떻게 될지, 어디로 갈지 궁금했다. 그 질문에 대한 대답은 현재로선 알 수가 없었다.

근심 어린 표정으로 고개를 든 그는 키마라에게 그만 가자는 신호를 보냈다. 키마라가 잭을 붙잡고 안 된다는 눈빛을 했지만, 잭은 두 사람만 있게 두자고 손짓으로 대답했다.

키마라는 잭을 따라가지 않았다. 고개를 흔들며 계단 아래 앉아, 크리스티안이 방에서 나올 때까지 기다렸다.

방을 나온 셰크는 키마라의 모습을 보고 얼굴을 찡그렸다. 키마라는 심각한 표정으로 일어섰다. 두 사람은 긴장되고 조심스러운 눈길을 주고받았다.

키마라가 말했다.

"내가 널 믿지 않는다는 걸 알아둬."

크리스티안이 짧은 미소를 지으며 대답했다.

"그건 현명한 일이군."

키마라가 눈을 가늘게 떴다.

"내 말을 못 알아듣네. 네가 셰크거나 네크로맨서의 아들이라서 그런 게 아니야. 그런 건 아무 상관도 없어. 하지만 너는 잭을 여러 번 죽일 뻔했고, 언젠가는 그 뜻을 이루려 하겠지."

크리스티안이 고개를 갸웃했다.

"그래서?"

키마라는 빠드득 이를 갈았다. 크리스티안의 냉정함에 당황스러웠고 바짝 약이 올랐다.

"내가 그렇게 두지 않을 거라고."

키마라가 넓은 튜닉 소매에서 단검을 꺼내더니 번개처럼 재빨리 크리스티안에게 덤벼들었다. 키마라는 사막에서 자랐고 싸우는 법을 알고 있지만, 누구보다도 빠른 크리스티안을 상대로는 아무 소용이 없었다. 그는 키마라의 손목을 잡아 벽으로 몰아붙였다.

"내가 너라면 다시는 이런 짓을 하지 않을 거야."

크리스티안이 침착하게 말했다.

키마라는 그만 그의 눈을 보고 말았다. 별안간 비이성적인 공포가 그녀를 마비시켰다. 그 얼음 눈은 어두운 것들, 전혀 알고 싶지 않은 것들을 떠올리게 했다. 키마라는 있는 힘을 다해 눈을 떼려 했지만 한 치도 움직일 수가 없었다.

크리스티안이 몸을 떼자, 키마라는 신음소리를 내며 부들부들 떨다가 바닥에 주저앉고 말았다.

크리스티안이 조용히 말했다.

"잭과 나 사이에 일어나는 일은 우리 문제야, 키마라. 충고하는데 함부로 끼어들지 마. 아니면 해를 입을 테니까.

네 안에서 빅토리아의 빛이 반짝이는 걸 봤어. 빅토리아가 마법의 재능을 네게 준 거겠지. 그 일에 감사하라고. 그게 오늘 내가 네 목숨을 살려준 이유니까."

키마라는 대답하지 않았다. 붉은 두 눈이 분노로 반짝였다.

"네가 빅토리아에게 어떤 감정을 갖고 있건 그건 내가 상관할 바 아니야, 이 뱀 녀석아. 너는 잭을 죽이려 했고, 난 그걸 용서하지 않을 테다. 맹세하지만, 때가 되면 널 없애버릴 거야…… 내 손으로 직접."

그날부터 잭은 빅토리아를 혼자 두는 일이 잦았다. 걱정되지 않아서가 아니라, 자신이 빅토리아와 같이 있을 때는 크리스티안이 가까이 오지 않는다는 것을 알았기 때문이었다. 모든 일을 겪고 나니, 셰크 역시 빅토리아와 잠시라도 함께 보낼 권리가 있다고 느껴졌다. 빅토리아가 회복을 하든 못 하든 상관없이, 두 사람 모두 그녀의 곁에 있다는 게 중요했다.

그는 가끔씩 먼 곳까지 날아가곤 했고, 그러면서 머리를 식히고 다른 여러 가지 일들을 생각했다. 신들의 전쟁과 그들이 이둔으로 돌아오면 어떤 일이 벌어날지를 생각했다. 신탁이 경고를 보내는데도 불구하고 그 일은 아직 멀게만 느껴졌다. 어쩌면 빅토리아를 영원히 잃을지도 모르는 지금은.

가끔은 도시 가까이, 사람들의 시선에서 멀리 떨어진 곳에 내려앉아 인간으로 변신하고는 거리와 광장, 시장들을 돌아다니기도 했다. 아무도 그가 누구인지 몰랐고, 젊은이의 모습 아래 감춰진 용을 알아보지 못했다. 잭은 잠시 긴장을 풀고 난델트에서 무슨 일이 일어나는지 알아보러 다닐 수 있었다.

한번은 케스 시장을 다니다가, 보석과 유리구슬이 반짝이는 상점 앞에 발길을 멈추고 한참을 서 있기도 했다.

"여자친구에게 줄 걸 찾고 있나, 젊은 친구?"

상인이 웃으며 물었다.

현실로 돌아온 잭은 고개를 가로저으려 했다. 하지만 유리로 된 눈물 모양의 목걸이에서 시선을 뗄 수가 없었다. 장사꾼이 잭의 관심을 알아챘다.

"유니콘의 눈물이지. 마법사들은 이 구슬을 아주 좋아하네."

상인이 미소를 지었다. 잭이 고개를 끄덕였다.

"알아요. 내……" 그는 잠시 머뭇거렸다. "내 여자친구가 이런 걸 갖고 있었어요. 그런데 잃어버린 것 같아요."

샤일이 오래전에 선물했던 유니콘의 눈물을 빅토리아가 언제 어디서 잃어버렸는지 기억할 수가 없었다. 며칠 전 빅토리아를 한참 바라볼 때였다. 혹시 영원히 이별할 순간이 오더라도 절대로 그 모습을 잊지 않기 위해, 얼굴의 세세한 부분까지 기억에 담아두기 위해. 그녀를 바라보던 잭은 그녀가 그 목걸이를 차지 않았다는 걸 알아차렸다.

상인들의 왕국 나네텐 출신인 장사꾼이 미소를 지으며 목걸이 받침대에서 고리를 풀어 숙련된 폼으로 건네주었다.

잭이 한걸음 뒤로 물러나며 말했다.

"아니에요…… 살 돈이 없어요."

상인이 미심쩍은 눈길로 쳐다보며 대답했다.

"요즘 돈을 가지고 다니는 사람이 누가 있나. 전쟁 때문에 모든 게 예전 같지 않다네. 그러니 딱히 새로울 것도 없지. 하지만 물물교환 어때? 뭐 나한테 줄 만한 거 없나?"

"안타깝지만 없는 것 같네요."

잭이 중얼거렸다. 그제야 자신이 얼마나 가진 게 없는지 깨달았다. 유일한 소유물은 도미바트뿐이고, 그걸 줄 수는 없다. 또한 목에 걸고 있는 육각형의 목걸이도 있지만 그것 역시 풀어줄 생각은 없었다. 그건 빅토리아가 준 선물이었다.

장사꾼이 끈질기게 매달렸다.

"값이 많이 내렸어. 전에는 많이 팔았었지. 하지만 마법사들이 점점 더 줄어드는 판국이라 아무도 유니콘의 눈물에 관심을 갖고 있지 않다네. 놀리르에서도 이제 목걸이 제조를 중단한다고 했으니 젊은이가 보는 이게 그 마지막 물건 중 하나가 될 걸세."

잭은 새삼 목걸이를 다시 보았다. 크리스털이 아주 아름다웠다. 태양의 세 광선 아래 반짝이는 여러 단면이 무지갯빛을 발하고 있었다. 빅토리아가 가지고 있던 것보다 훨씬 더 예뻤다.

'저걸 꼭 선물해줘야 하는데.'

잭이 생각했다. 그러자 갑자기 한 가지 아이디어가 떠올랐다.

상인에게 금방 돌아올 거라고 약속하고 잠시만 목걸이를 맡아달라고 했다. 금세 돌아온 그의 손에 뭔가가 들려 있었다.

"그게 뭔가?"

상인이 의심의 눈초리를 던졌다.

잭이 상인에게 손을 내밀었다. 황금색으로 된 일종의 딱딱한 금속판이었다. 상인이 그게 뭔지 알아차리기도 전에 잭이 조용히 말했다.

"용의 비늘이에요."

상인은 숨넘어가는 소리를 내뱉고는 잭의 손에서 그걸 뺏었다.

"금으로 된 건가?"

잭이 대답했다.

"그건 아닐 거예요. 하지만 진짜예요."

몇몇 호기심 많은 사람들이 무슨 일가 하여 다가왔다.

"이제 용은 남아 있지 않아. 날 속이려는 게야?"

"정확히 그렇지는 않죠. 딱 한 마리의 용, 황금용이 남아 있어요. 아슈란을 이기고, 지금은 카슬룬 탑에 살고 있는 예언의 용 말이에요."

자랑스럽게 떠든 잭은 곧바로 입을 다물지 못한 제 자신이 후회스러웠다. 그렇지만 그 자리에 있는 모든 사람들은 비늘에 감탄하느라 정작 그의 말은 제대로 듣지도 않았다. 곧, 시장에 작은 소동이 일었다. 모두들 용의 비늘을 보려 했고 가능하면 만지고 싶어했다. 잭은 상인이 이 물물교환을 받아들일지 말지 결정할 때까지 기다리지 않았다. 그는 유니콘의 눈물을 가지고 군중 사이로 사라졌다. 비늘이 자신에게는 아무 가치도 없지만 그 상징적인 의미만으로도 부르는 게 값이라는 것 정도는 알고 있었다. 상인이 영리한 사람이라면 그걸로 단단히 한 몫 잡을 수도 있을 터였다.

카슬룬 탑으로 서둘러 발길을 돌린 그는 두번째 태양이 저물 무렵 탑에 도착했다. 빅토리아를 보려면 잠시 더 기다려야만 했는데, 그녀의 잃어버린 에너지 일부를 되찾는 의식을 거행하고 있기 때문이었다. 천상족들이 의식을 거행하자 빅토리아의 축 늘어진 몸이 지면에서 몇 미터 위로 둥둥 떠올랐다. 잭은 그 모습을 문가에 서서 가만히 지켜보았다. 의식이 끝나자 그들은 빅토리아를 다시 침대에 살짝 내려놓고 조용히 방에서 나갔다.

잭은 여전히 의식이 없는 빅토리아 곁에 앉았다. 그녀의 머리카락을 한쪽으로 젖히고, 목에 목걸이를 걸어주며 다정하게 말했다.

"지금은 그저 이 눈물 한 방울뿐이야. 하지만 언젠가 네게 뿔을 갖다줄 거야. 아니면 그걸 대신할 만한 거라도."

그는 아이셀의 지팡이가 방 한구석에 놓여 있는 걸 발견하고는 얼굴을 찡그렸다. 지팡이를 가져와 침대 위 빅토리아 옆에 놓아두고 그녀의 팔로 손잡이를 감싸게 했다.

그게 효과가 있는지는 알 수 없다. 하지만 며칠 전 잭은 샤일이 아이셀의 지팡이가 유니콘의 뿔처럼 작동한다고 했던 말이 떠올랐다. 그래서 그것을 늘 빅토리아 곁에 두려고 했다. 혹시라도 서서히 빠져나가는 그녀의 생명을 되찾아줄지 모르니까. 그렇지만 지팡이가 거기 있으면 의식을 거행하기가 어렵기 때문에 치료자들, 마법사들, 사제들은 잭이 가까이 없을 때면, 한 준마법사를 시켜 늘 지팡이를 치우게 했다. 그리고 그 나이든 천상족 준마법사는 지팡이를 다시 제자리에 갖다놓는 걸 늘 잊어버렸다.

잭은 한숨을 쉬며 빅토리아 곁에 누웠다. 아직 저녁 식사까지는 시간이 좀 남았으니까……

몇 시간 후 이미 밤이 어둑어둑해졌을 때야 눈을 뜬 그는 자신이 잠이 들었었다는 걸 깨달았다.

방에 누군가가 있는 느낌이 들었다. 차갑고 섬세한 그림자. 늘 그랬듯 본능이 솟구쳤다. 잭은 그것을 다독이려고 애썼다.

"크리스티안?"

잭이 속삭였다.

"내가 능력을 잃어가는 모양이군."

어둠 속 어느 구석에선가 그가 대답했다.

"너도 알다시피, 난 용이라고. 네가 가까이 있을 때면 매번 죽이고 싶은 욕구가 들지."

잭이 놀리듯이 덧붙였다.

별안간 셰크의 목소리가 깜짝 놀랄 정도로 가까워졌다.

"내 말이 그 말이야. 훨씬 전에 나를 감지했어야지."

언짢아진 잭은 거리를 두며 그를 보았다. 아이셀의 지팡이의 희미한 빛이 그의 얼굴을 비추었다. 심각하고 어두운 얼굴에 깃든 깊은 괴로움의 흔적이 눈에 띄었다.

"빅토리아와 있으려고 온 거야? 그럼 너희 둘만 있게 해줄게."

하지만 크리스티안은 고개를 가로저었다.

"아니야, 널 보러 온 거야."

혹시나 셰크가 좋지 않은 의도를 품고 있을지도 모른다는 생각에 잭은 경계태세를 취하며 몸을 일으켰다. 하지만 크리스티안은 그저 어두운 시선으로 쳐다볼 뿐이었다.

"나 떠날 거다."

심호흡을 한 잭은 일어나 크리스티안과 눈높이를 맞추었다.

"이제 제정신을 차린 거야? 아니면 누가 드러내놓고 널 위협이라도 한 거야?"

크리스티안이 고개를 옆으로 기울였다.

"그런 사람이야 많지. 하지만 그런 건 걱정하지 않아. 내가 떠나려는 이유는 다른 거야."

그가 강렬한 눈빛으로 빅토리아를 보았다. 잭은 떠나고 싶지 않은 그의 심정을 이해했다. 밤낮으로 곁에 있어줄 수는 없지만,

그렇다고 멀리 떠나고 싶지는 않은 것이다.

"심각한 일인 모양이네."

잭은 그제야 크리스티안의 말을 이해했다.

"무슨 일이 있는 거지? 다시 인간의 감정이 강해진 거구나."

크리스티안이 심호흡을 했다.

"이곳에선 질식할 것 같아. 너무나 많은 감정들, 너무나 많은 사람들…… 나를 되찾기 위해 한동안 떨어져 있어야만 해."

그는 호기심 어린 시선으로 잭을 쳐다보았다.

"왜 너한테는 그런 일이 일어나지 않지? 왜 넌 인간으로 있으면서 아무 문제도 없는 거야?"

잭이 어깨를 으쓱했다.

"나도 문제는 있어, 하지만 다른 종류지. 너와 같이 있을 때 솟구치는 증오심을 참으려고 하면, 용으로 변신하는 게 점점 더 힘들어져. 우리가 맨처음 이둔에 도착했을 때처럼 말이야. 어쨌든 내 인간 영혼은 용의 정신과 아주 단단히 결합했나봐. 아마도 네 경우보다 훨씬 더."

크리스티안은 생각에 잠겼다.

"넌 이미 용의 정신을 지닌 채로 태어났으니까. 아마 그게 너와 나의 차이겠지."

"어쨌든 너 혼자 떠나려는 거라면, 언제든 돌아와도 좋다는 말밖엔 할 수가 없네. 빅토리아는 널 그리워할 거야. 깨어 있든 잠들었든 간에."

크리스티안이 고개를 끄덕였다. 어색한 침묵이 감돌았다.

"네가 지금보다 더 셰크다워져서 돌아온다면, 증오심이 또다시 우리의 눈을 멀게 할 테고, 싸움과 문제가 반복되겠지. 어떻게 하면 우리 둘이 빅토리아와 같이 있을 수 있을까?"

오랫동안 머릿속에 맴돌던 질문이었다. 크리스티안은 평소처럼 미소를 지으며 대답했다.

"난 빅토리아와 같이 있지 않을 거야. 아무리 원한다고 해도 그럴 순 없어. 난 가끔씩 혼자여야만 해. 무슨 말인지 이해하겠어?"

잭이 인상을 찡그렸다.

"알 것 같아."

"하지만 그 말이 빅토리아를 포기할 거라는 뜻은 아니야. 빅토리아를 단념할 순 없어. 빅토리아가 내게 감정을 지니고 있는 한, 때때로 찾아올 거야. 그리고 빅토리아와 나 사이의 일은 오로지 우리 둘 사이의 일일 뿐이야."

크리스티안은 평소의 그답지 않게 방어적이고 신랄한 어조였다. 잭이 눈을 가늘게 떴다.

"그렇게까지 공격적으로 굴지 않아도 돼. 알아들었으니까. 빅토리아의 뜻이 그렇다면, 나는…… 난 좋아. 너희들 일에 참견하지 않을 거야."

하기 힘겨운 말이었지만, 일단 하고 나자 잭은 불현듯 깨달은 것이 있었다.

"하지만 그렇게 되면 넌 나보다 빅토리아와 지내는 시간이 훨씬 줄어들 텐데. 그렇다면 내가 이득이잖아."

"우리 모두 이득일 거라고 생각해. 지금으로선 이해하기 힘들겠지만. 그애는 우리 둘 사이에서 선택을 할 수도 있었어. 우리 중 하나는 선택받고, 다른 하나는 죽었을 수도 있어. 하지만 우리 둘 다 살아 있잖아. 그건 빅토리아가 둘 다 살리려고 자신을 희생했기 때문이야. 그 사실을 절대로 잊지 말라고, 잭. 절대로."

대꾸하려던 잭은 복도에서 갑작스럽게 들리는 소리에 문을 향해 돌아섰다. 몇 초 후 샤일이 불을 들고 들어왔다.

"아, 잭, 너구나. 목소리를 들은 것 같아서. 누구 있었니?"

샤일이 방 안으로 들어왔다.

잭이 돌아보았지만 크리스티안은 또다시 사라지고 없었다.

'잘 다녀와, 셰크.'

잭은 생각했다.

그날 밤 크리스티안은 빅토리아를 보러 오지 않았다. 그리고 다음날부터 탑에서 그를 본 사람은 아무도 없었다. 잭은 이미 그가 떠났을 거라고 굳게 믿었다.

그런데 셰크는 세번째 태양이 저물 무렵 다시 나타났다.

빅토리아는 바루 족의 손에 맡겨져 새로운 의식을 치르고 있었다. 그들은 빅토리아를 온천에 데려가 미지근한 물속에 집어넣었다. 빅토리아의 몸이 둥둥 뜨자 바루 족 여섯 명이 그녀의 주위에 둘러서더니 수수께끼 같은 멜로디를 읊조렸다.

욕실 문에 지켜선 두 명의 바루 인이 아무도 들어오지 못하게 지키고 있었다. 하지만 크리스티안은 그들에게 신경조차 쓰지 않았다. 당연히 바루 인들은 그를 막을 수 없었다.

그는 자신감에 찬 발걸음으로 들어가, 욕조 가장자리에 멈췄다. 바루 인들이 당황하여 그를 쳐다보았다.

크리스티안이 텔레파시로 명령했다.

'여기서 나가요. 빅토리아와 단둘이 있고 싶으니까.'

다들 반대하려 했지만, 크리스티안의 의식은 너무나 막강했다. 바루 인들은 셰크가 두려워 서둘러 물에서 나왔고, 곧 빅토리아만 혼자 물 위에 남겨두었다.

크리스티안은 계단을 타고 물속으로 들어가 빅토리아에게 다가갔다. 흰색 튜닉에 감싸인 그녀의 몸 주위로 부드럽게 물결이 일렁였다. 셰크는 잠시 속을 알 수 없는 표정으로 그녀를 쳐다보았다. 그리고 빅토리아의 허리를 잡고는 조금씩 끌어당기면서 물가로 걸어나왔다.

그는 물 밖으로 빅토리아를 끌어내 품에 안은 채 수조 가에 앉았다. 둘 다 흠뻑 젖어 있었다. 빅토리아는 여전히 아무 반응이 없었다. 크리스티안이 부드럽게 귓가에 속삭였다.

"난 떠나야만 해, 빅토리아."

그는 잠시 입을 다물었다. 빅토리아가 어떤 표정이라도 지을까 기다리는 듯 보였다. 그럴 리 없다는 것을 너무나 잘 알면서도. 크리스티안은 눈을 가늘게 뜨고 손가락을 빅토리아의 이마에 난 구멍에 갖다댔다. 차가운 느낌이 들었다. 그에게조차 너무나 차가웠다.

'네게 필요한 걸 되돌려줄 수만 있다면.'

그는 나지막이 말했다.

"난 떠나야만 해. 하지만 가능한 한 빨리 돌아올게. 너한테 또 무슨 일이 생기면……"

그의 목소리가 갈라졌다. 그는 마음을 다잡으려고 애썼다.

"어떤 경우든, 내가 알 수 있을 거야. 네가 내 반지를 끼고 있으니까. 잊지 마. 떠나더라도 난 너와 함께 있는 거야."

그는 그렇게 빅토리아를 품에 안고, 오로지 그녀만 알아들을 수 있는 말을 나지막이 속삭였다. 그러다 문득 몸을 일으킨 그는 문가에서 누군가 자신을 지켜보고 있음을 알고 얼음 같은 시선을 던졌다.

가에달루가 말했다.

'네가 바루족의 의식을 방해했다고 알려주더구나. 처음엔 그들이 잘못 안 줄 알았다. 아무리 너라고 해도 그 정도로 대담하지는 않을 거라고 생각했으니까.'

크리스티안은 대답하지 않았다. 그는 빅토리아를 품에 안고 천천히 일어나더니, 가에달루의 주의 깊은 눈길을 받으며 빅토리아를 다시 수면에 놓아주었다. 바루 인들의 힘이 아직 감돌고 있어 빅토리아의 몸은 다시 수조 수면에 둥실 떠올랐다.

크리스티안은 수조에서 나와 문으로 향했다. 자신을 못마땅한 눈빛으로 쳐다보는 가에달루 앞에서 그는 걸음을 멈추었다.

가에달루가 말했다.

'나는 아직도 네가 이 모든 일에서 어떤 역할을 맡고 있는지 모르겠다. 넌 아슈란을 쳐부수는 데 도움이 되었지만, 그 일로 우리 세상에 가장 큰 악을 풀어놓은 게 사실이라면, 넌 여전히 우리에게 적일 수밖에 없어.'

크리스티안이 대답하지 않자 가에달루가 고집스럽게 물었다.

'너는 누구 편이지? 우리 편에서 네 신을 상대로 싸울 게냐?'

크리스티안이 침착하게 대답했다.

'난 당신들의 전쟁도, 음모도 관심 없습니다. 난 해야 할 일을 할 겁니다. 그게 다입니다.'

가에달루가 비통한 어조로 대답했다.

'늘 그랬듯이. 아니냐? 다른 세상에서 우리 편 사람들을 암살했던 것처럼.'

크리스티안은 굳이 대답하지 않았다.

'그리고 내 딸 데바도.'

가에달루가 속삭였다.

크리스티안의 얼굴은 어떤 감정의 흔적도 드러내지 않았다.

'아슈란은 이미 여러 날 전에 쓰러졌고, 다른 세상으로 가는 차원의 문도 다시 열렸지. 추방당한 마법사들이 돌아와야 마땅하거늘, 아직 아무도 돌아오지 않았다. 더 기다려야만 하는 거냐? 아니면 네가 그들을 전부 다 죽인 거냐? 데바도 네 손에 죽었냐?'

셰크는 고개를 들어 반추하더니 서서히 미간을 찌푸렸다.

그러고는 대답했다.

'그녀가 기억나는군요.'

그리고 그는 더이상 아무 말도 없었고, 그럴 필요도 없었다. 여교왕은 한 손을 가슴에 가져가며 벽에 기댔다. 그녀는 고개를 숙이고 울었다.

할 말이 없던 크리스티안은 가려던 길을 계속 갔다. 그렇지만 가에달루가 따라오는 느낌이 들어 뒤돌아보았다.

증오심이 가득한 눈으로 가에달루가 말했다.

'괴물, 너를 영웅으로 여기는 자들도 있고, 또 네가 유니콘을 사랑할 수 있다면 네 마음이 그렇게까지 사악하지는 않을 거라고 말하는 사람들도 있더군. 하지만 나는 네가 괴물이라는 걸 알아. 지금까지도 늘 그랬고, 앞으로도 역시 언제나 그렇겠지.'

"난 지금의 내 모습 그대로입니다."

크리스티안이 침착하게 대답했다.

'그리고 난 셰크입니다. 언제나 우리는 당신들에게 괴물이지요. 그래서 우리를 추방했고, 전멸시키려고 한 거겠죠. 이미 우리가 패배했음에도 계속 몰살하고 있는 거고요. 그렇다고 내가 뭐라고 불평하는 건 아닙니다. 어차피 세상일이 다 그런 거니까요.'

'너의 일부는 인간이라고 생각했었다!'

가에달루는 거의 고함을 지르듯 했다. 그녀의 텔레파시는 분노와 고통에 물들어 있었다.

크리스티안이 작은 소리로 말했다.

"지금의 나는 지나칠 정도로 인간적이지만, 죄책감을 느낄 정도는 아닙니다. 하지만 때로는 그러고 싶은 마음이 들기도 한다는 걸 믿어주십시오. 용서를 구할 수 있다면 좋겠지만, 정말로 미안한 마음은 없습니다. 그때는 해야만 하는 일을 한 거니까요. 그것뿐입니다."

자리를 뜨려고 돌아선 그의 의식에 여교왕의 마지막 메시지가 감지되었다.

'내겐 너를 해칠 힘이 없다는 걸 안다, 셰크. 하지만 머지않아 그 대가를 치르게 할 방법을 찾아낼 것이다. 네가 죽는 꼴을 보기 전까진 한시도 쉬지 않을 것이다……'

마침내 크리스티안이 떠났다는 것을 가장 먼저 알아차린 것은 잭이었다. 다른 사람들은 그 사실을 깨닫는 데 조금 시간이 걸렸다. 셰크가 탑에 머물 때도 그의 모습을 보기는 쉽지 않았기에 그다지 이상한 일은 아니었다. 불안한 마음이 든 샤일이 묻자, 잭은 샤일의 짐작을 확인해주었다.

마법사는 잠시 입을 다물고 있다가 말했다.

"그가 떠난 걸 기뻐해야 할지 모르겠구나. 그애가 빅토리아를 돌보고 지켜주느라 이곳에 있었다는 걸 안다. 그러면서도 다른 한편으론…… 난 여전히 그를 믿지 않았지. 그가 네 가슴을 검으로 찌르고 용암이 흐르는 불구덩이에 던져버리는 걸 봤으니까. 이제 어떻게 생각해야 할지 모르겠구나."

잭이 작은 소리로 말했다.

"그를 믿지 않은 건 잘한 거예요. 크리스티안은 여전히 빅토리아에게는 충실하지만, 다른 모든 사람들한테는 무관심하니까요. 모두 그의 관심 밖이죠. 그리고 그는 막강하고, 위험한 생물이니까. 차라리 계속 거리를 두는 게 나아요."

샤일이 잭을 쳐다보았다.

"너한테 위험할 수 있다는 생각은 하지 않니?"

"위험해요. 하지만 다른 이유에서죠. 어쩔 수 없이 나를 미워하고, 또 날 죽이고 싶은 마음까지도 갖고 있지만, 그 덕분에 그는 날 존중해요. 하지만 다른 사람들에게는 아예 감정이 없어요. 그러니 위험하죠. 무슨 말인지 알겠어요?"

샤일은 아무 말도 하지 않았다. 잭이 불쑥 나지막이 말했다.

"나도 그래요. 가끔씩 나도 다른 사람들에게 무관심하게 느껴요. 빅토리아와 크리스티안을 빼고는 중요한 사람은 아무도 없다는 기분이 들어요. 때때로 내 주위에서 그 둘만이 유일하게 진짜로 존재한다는 느낌이 들 때가 있어요. 다른 사람들은 실제로 존재하지 않는 것 같은 느낌이에요."

그가 고개를 들어 샤일을 쳐다보았다.

"그래도 제 친구들이죠, 안 그래요? 대체 뭐가 변한 걸까요?"

샤일은 대답하는 데 조금 뜸을 들였다.

"네가 용이니까, 잭."

그가 순순히 말했다.

"더이상 너 자신이 인간으로 느껴지지 않는 거지. 네가 크리스티안에 대해 말한 모든 게 너한테도 똑같이 적용되는 거지."

잭은 고개를 숙이고 곰곰이 생각한 후 중얼거렸다.

"마치…… 오랫동안 집을 나갔던 아이가 된 것 같아요. 몇 년의 세월이 흐른 뒤 돌아왔더니 모든 게 기억하고 있던 것보다 훨씬 더 작다는 걸 깨달은 거지요. 전에는 두려워하거나 중요하다고 여겼던 일들이 이제는 그냥 하찮은 것에 지나지 않는 것처럼."

샤일이 고개를 숙였다.

"그래 알겠다. 조만간 너와 빅토리아에게 그런 일이 일어날 줄 알았지. 아슈란과 대결하려면 필히 인간성의 일부를 잃어야만 했을 테니까. 우리가 너희를 도울 수 있었다면…… 하지만 누가 짐작이나 했겠니……"

잭이 말했다.

"어떻게든 그렇게 되고 말았을 거예요. 그자와 싸우려면 다른 선택의 여지가 없었으니까요. 그자도 그걸 알고 있었어요."

샤일이 인상을 찡그렸다.

"이상한 점이 바로 그거다. 정말로 아슈란은 예언이 실현되는 걸 막으려 한 걸까? 막을 생각이었다면 기회가 차고 넘칠 정도로 많았다는 생각이 들어."

"맞아요. 하지만 그는 빅토리아의 뿔을 빼앗고 싶어했죠. 그래서 그 모든 위험을 감수한 것 같아요."

샤일이 고개를 가로저었다.

"뿔을 빼앗고, 그런 후 패배한다고? 그걸 미리 예상하지 못했다는 게 이상해."

잭이 눈길을 피하자 마법사는 더이상 화제를 고집하지 않았다. 빅토리아의 뿔과 관련된 일은 무엇이든 두 사람을 슬프게 했다.

잭이 나지막이 말했다.

"그자는 나를 손아귀에 넣었었어요. 죽일 수도 있었어요. 그런데도, 최후의 용을 없애는 것보다 유니콘의 뿔이 더 중요한 것처럼 보였어요. 그게 말이 돼요?"

샤일이 고개를 가로젓기만 할 뿐 대답하지 않았다. 두 사람은 우울한 생각에 잠긴 채 한동안 그렇게 잠자코 있었다.

샤일이 조용히 말했다.

"셰크가 없는 지금, 그리고 네가 혼자 해결해나갈 수 있다는 걸 아는 지금, 이제 나도 안심하고 탑을 떠날 수 있겠구나."

잭이 고개를 들었다.

"샤일도 떠날 거예요?"

샤일이 고개를 끄덕였다.

"알렉산더를 찾으러. 빅토리아를 혼자 둘 수 없어서 지금까지 그러지 못했다. 하지만 이제 내가 그앨 위해 해줄 수 있는 건 아무것도 없는 것 같구나. 그리고 얼마 전에 나는 알렉산더가 다른 사람들에게 위험이 되지 않게 단속하겠다고 여러 사람들에게 맹세했었어. 그러니 네가 알다시피 이 일에 책임감을 느낀다."

"이해해요."

잭이 고개를 끄덕였다.

"누군가 알렉산더를 찾으러 간다니, 더구나 그게 샤일이라니, 기뻐요. 저도 좀더 마음이 놓이고요."

샤일이 웃었다.

"나도 기뻐. 네가 아직까지는 어느 정도 인간성을 유지하고 있고, 적어도 네게 가까웠던 사람들을 여전히 걱정한다는 걸 알게 되니 기운이 난다."

잭은 셰시스가 용에 대해 했던 말을 떠올리며 시선을 피했다.

'용들이 온혈동물들을 볼보는 건 그들이 동맹, 아니 신하이기 때문이지. 가장 측근에 있는 자들에게 애정을 느낄 수도 있고, 어쩌면 보호해줄 수도 있겠지. 하지만 그들을 사랑하지는 않아.'

잭은 오싹한 기분이 들었다.

'난 인간성을 잃고 싶지 않아. 샤일이나 알렉산더를 나보다 열등한 존재로 대할 수는 없어. 두 사람은 내 선생님이나 다를 바 없어! 지금의 내가 될 수 있도록 많은 걸 가르쳐줬잖아.'

하지만 알레그라가 죽었다는 소식을 듣고도 자신이 얼마나 냉담했었는지를 떠올리지 않을 수 없었다. 그 요정 마법사와 그다지 친하지 않았고, 빅토리아의 고통 때문에 더이상 다른 생각을 못 하는 것이려니 했다. 그렇게 믿고 싶었다.

잭이 대뜸 말했다.

"하지만 몇몇 사람들에게는 애정을 느껴요. 예를 들어, 샤일이나, 알렉산더, 그리고 키마라한테도요."

"네 일부는 인간이다. 그 점을 잊지 마."

'그럼 크리스티안은?'

불현듯 잭은 궁금했다. 셰크는 하이브리드인 두 영혼 사이에서 조심스러운 균형을 유지해야만 한다. 그가 친구를 가질 수 있을까? 누군가에게 정을 느낄 수 있을까? 게르데가 그에게 그 정도까지는 아니었다는 건 분명하다. 그가 함께 정을 나눌 누군가를 기다리는 건 아닌가 하는 생각이 들었지만, 아무 결론에도 이를 수 없었다. 이제 셰크들을 충분히 알게 되었지만, 크리스티안은 아직도 그에게 완전히 미스터리였다.

샤일은 벌써 기울기 시작하는 세 태양을 힐끗 보았다.

"내일 첫 해가 떠오를 때 떠날 거다. 운이 좋아야 할 텐데, 그리고 가는 길에 무슨 일이 일어나고 있는지 좀더 알아보려고 해. 아직 뱀들이 남은 지역들과, 놈들이 패배한 지금 난델트는 어떤지. 또……"

샤일이 머뭇거렸다.

"네가 언젠가 제기했던 문제들의 해답을 찾아보고 싶구나. 신들이 가까이 있다는 게 사실이라면, 그들이 돌아올 때 무슨 일이 벌어질까? 셉티모 신의 그림자가 이둔에 풀려나 돌아다닌다면, 어디에서 뭘 하고 있는지, 우리가 잡을 수 있는지. 아슈란은 정확히 뭔지, 신에게 사로잡힌 인간인지, 아니면 다름 아닌 셉티모 신이 육체의 탈을 쓴 것인지. 아니면 네가 그자에 대해 뭔가 잘못 알았고, 그자는 그냥 잊혀진 대마법사들 중 하나로 그냥 좀더 강하고 뒤틀린 인간일 뿐이었던 건 아닌지 등등. 아마도 이렇게 돌아다니다보면 무슨 일이 일어났는지, 그리고 지금 무슨 일이 벌어지고 있는지 좀더 이해할 수 있겠지. 모든 게 너무 조용하다는 느낌이 들어서 말이야. 지나칠 정도로."

잭이 미소를 지었다.

"조사할 게 엄청 많네요. 같이 갈 수 있으면 좋을 텐데."

"아니야. 넌 여기서 빅토리아를 돌보면서 남아 있어야만 해. 네가 그애 곁에 있다는 걸 알아야 나도 훨씬 마음이 놓일 테니까."

잭이 고개를 끄덕였다.

"빅토리아 곁에서 떠나지 않을게요. 무슨 일이 있어도."

샤일이 미소를 띠고, 작별의 손짓을 하며 방에서 나갔다.

잭은 잠시 그대로 빅토리아를 바라보았다. 창백한 얼굴은 오래전 순수하고 투명한 빛으로 빛났던 이마의 별 대신 생긴 암흑의 구멍 때문에 더 어두워져 있었다. 그는 아무 반응 없는 입술에 손끝을 대며 함께 보냈던 순간들을 떠올렸다. 그녀를 조심스럽게 껴안으며 품안에서 가만히 다독여주었다.

"빅토리아, 내 작은 빅토리아……"

잭이 소곤거렸다.

더이상 아무 말도 할 수 없었다. 그는 빅토리아의 짙은 밤색 머리카락에 얼굴을 묻고 울음을 터뜨렸다.

에필로그

영혼이 나뭇잎 사이로 하늘하늘 가볍게 날고 있다. 고통도 슬픔도, 미움도 괴로움도 존재하지 않는 영원한 초록빛 세상에서, 그것은 산들바람에 흔들리며 나뭇가지와 꽃들 사이를 날아다녔다. 그곳에 있은 지는 얼마 안 되었지만 늘 언제나 이랬던 것만 같았다. 아와 숲의 가장 아름다운 구석구석을 누비고 다니면서도, 영혼은 그곳에 거주하는 살아 있는 존재들은 의식하지 않았다. 그런 것들을 그저 아름다운 그림이나 별이 총총한 밤하늘의 광채처럼 받아들였는지도 모르겠다. 때문에 요정의 영혼은 제 종족들 중에서 자신보다 먼저 죽어 모든 물질적인 요소들을 아주 오래전에 버렸기에 이제는 얼굴도 이름도 없는 많은 영혼들 사이를 행복하고 평화롭게 둥둥 떠다니고 있었다. 바로 그때 목소리가 영혼을 불렀다.

영혼은 저항하고 싶었다. 돌아가고 싶지 않았다. 무슨 일이 있어도. 세상은 물질적인 법칙에 얽매여 불편하고 버거웠고, 지금 움직이는 차원만큼 아름답고 기분 좋은 곳이 아니었다. 하지만 목소리는 집요했고, 그녀를 다른 나머지 영혼들과 떼어놓으며 끌어당겼다.

영혼은 소리를 질렀으리라, 만약 그녀에게 입이 있었더라면.

그런데, 불현듯 입이 다시 생겼다. 그러자 몸이 없는 느낌이 답답했다. 세포 하나하나가 재빨리 확장되더니, 심장이 다시 고동치고 혈관을 통해 피가 새롭게 콸콸 솟아났다. 하지만 입을 열어 소리치려 해도 그럴 수가 없었다. 눈도 뜰 수 없었다. 적어도 지금 당장은.

드디어 몸에 익숙해지기 시작할 무렵, 영혼은 갑자기 기분 나쁘게도 벌써 그 육체를 차지한 세입자가 있다는 걸 알아차렸다.

'넌 누구냐?'

영혼이 물었다. 목소리가 말했다.

'나는 나다, 위나 여신의 딸아. 하지만 지금은, 또한 너이기도 하지.'

육체가 경련을 일으켰다. 요정은 갑작스럽게 눈을 뜨고 공기를 들이마셨다. 폐가 아팠지만, 그 고통을 무시했다. 그녀는 자신이 지금까지 죽어 있다가 이제 막 다시 살아났다는 사실을 받아들이려고 애쓰며 몸을 일으켰다. 손을 내려다보았다. 언제나 그랬듯 부드럽고 완벽한 손이었다. 머리카락을 만져보았다.

'나야.' 요정이 생각했다. '하지만 난 내가 아니야. 전부는 아니야.'

목소리가 말했다.

'너는 나다. 하지만 또한 나는 너다. 나는 네게 우리가 하나가 될 수 있도록 생명을 돌려주었다.'

공포의 전율이 일었다. 목소리가 계속 말하는 사이, 서서히 그의 본질, 셉티모 신의 본질이 영혼을 점령해가고 있었다.

'이곳에서 우리는 안전할 것이다.'

목소리가 말했다. 그리고 요정이 소리 내어 말했다.

"이곳에서 전 안전할 거예요."

그녀는 조금씩 몸을 일으켰다. 걷지 못한 지가 한참 되었다. 얼마나 만이지? 며칠? 몇 달? 몇 년? 하지만 몸은 부패하지 않았고, 영혼이 다시 돌아와 거주하기를 완벽한 상태로 기다리고 있었다. 앞으로 일어날 일을 대비하여 아슈란이 조치해놓은 것이다.

요정은 머리 위로 팔을 들어올렸다. 이제 평화는 끝났다. 그건 확실했다. 하지만 다시 살아 있는 기분을 느낀다는 건 정말 멋진 일이었다. 자신의 목소리를 듣는 것이 아주 흡족했다.

그녀는 다시 한번 자기 자신이 되었지만, 동시에 그렇지 않기도 했다. 새로운 어둠의 힘이 영혼의 몸에 깃들었다는 걸 알았지만, 그것이 낯선 자나 침입자처럼 여겨지지 않았다. 요정의 일부는 침입자만이 알고 있는 것들, 그만의 기억을 지니고 있었다. 그렇지만 요정 자신의 기억도 여전히 그대로 남아 있었고, 그것과 함께 증오와 원한이 물밀 듯이 밀려왔다.

하지만 두려움은 아니었다. 이제 더이상 두려움은 없었다. 오래전 요정에게 해를 끼쳤던 그 생물들은 이제 더이상 요정을 건

드릴 수는 없다.

"난 내가 누군지 알아."

그녀는 소리 내어 말했다.

그리고 잠시 눈을 감았다. 그 어둠의 본질은 그 어느 때보다도 확실하게 요정의 일부가 되었다. 그것은 불멸이요, 불사신이었다. 그녀는 미소를 지었다. 지금까지 살면서 이렇게 기분 좋은 적이 없었다.

호기심 어린 눈으로 주위를 둘러본 그녀는 자신이 일종의 버려진 지하실 같은 곳에 있다는 걸 알았다. 드락웬 탑의 지하실이었다. 천정 일부가 붕괴되었지만, 보호 주문 비슷한 것이 걸려 있어, 오래전 요정의 몸을 대피시켜둔 돌제단에는 아무 해를 미치지 않았다. 기쁨에 겨워 전율이 일었다. 놀랍게도 그녀는 살아 있는 것이다. 원하는 건 뭐든 할 수 있을 것 같았다. 세상 전체가 그녀의 것이기 때문이었다.

요정의 아주 가까운 곳, 움푹 파인 벽에 놓인 어떤 물건이 눈길을 끌었다. 손을 뻗어 쥐려던 그녀는 선뜻 결단을 내리지 못하고 동작을 멈추었다. 그렇지만 곧바로 세세한 기억이 떠오르기 시작했다.

"내게 이걸 넘겨준 건 바로 그애야. 그러니 이제 내 것이지."

길고 가느다란 손가락이 유니콘의 뿔을 세심하게 잡더니, 그때까지 보관되어 있던 장소에서 끄집어냈다. 뿔은 가벼운 진동을 일으키는 듯하더니 결국 요정에게 굴복했다. 그 육체는 자신에게 주어졌던 바로 그 육체가 아닐 수도 있고, 그 영혼 역시 정확히 똑같지 않을 수도 있지만, 그래도 그 육신 속에서 호흡하는 막강한 본질은 변하지 않았다.

요정이 손끝으로 유니콘의 뿔을 어루만지며 미소를 지었다. 사악하면서도 매력적인 미소였다.

"난 내가 누군지 알아."

요정이 되풀이하여 말했다.

"난 게르데야. 그리고 동시에 여신이기도 하지."

옮긴이 **고인경**
한국외국어대학교 스페인어과를 졸업하고 동 대학원에서 후안 고이티솔로에 관한 연구로 석사 학위를 받았다. 주한 멕시코 대사관에서 근무했으며, 스페인어 통번역자로 활동하고 있다. 『이둔의 기억』 1~4권과 『전쟁의 풍경』 『그리고 갑자기 천사가』 『세계 최고의 극작가 셰익스피어』 『천상의 선율을 담은 모차르트』 『그림자를 훔친 남자』 등을 우리말로 옮겼다.

문학동네 세계문학
이둔의 기억 6 제2부 트리아다

초판인쇄 | 2009년 4월 10일
초판발행 | 2009년 4월 15일

지 은 이 | 라우라 가예고 가르시아
옮 긴 이 | 고인경
펴 낸 이 | 강병선
책임편집 | 박여영
마 케 팅 | 장으뜸 정민호 한민아 김정민 정소영
제 작 | 안정숙 서동관 김애진

펴 낸 곳 | (주)문학동네
출판등록 | 1993년 10월 22일 제406-2003-000045호

주 소 | 413-756 경기도 파주시 교하읍 문발리 파주출판도시 513-8
전자우편 | editor@munhak.com
전화번호 | 031) 955-8888
팩 스 | 031) 955-8855

ISBN 978-89-546-0788-9 04870
978-89-546-0360-7(세트)

www.munhak.com